KB012214

데스마치에서 시작되는
이세계 광상곡
12

"주인님, 용조창은 예비로
써도 될까요?"

"그건 상관없는데,
쓰기 힘들었어?"

"아뇨. 단단한 적에게도 저항 없이 꽂히고,
마력의 흐름도 전과 변함없습니다.
그렇지만—

—제 창은,
마창 도우마입니다.”

데스마치에서 시작되는 이세계 광상곡

12

★ ★ ★

아이나나 히로

Death Marching to the
Parallel World Rhapsody
Presented by Hiro Ainana

신입 탐색자 교습에서 들은 이야기에 따르면, 바위 틈이나 먼지가 쌓여 있는 움푹 패인 곳, 거미줄 아래 같은 곳에 보물 상자가 숨어 있다고 배웠다. 그래서 그런 장소를 중점적으로 찾았다.

　그런 보람이 있어서, 각각의 구역에서 하나에서 셋까지 보물 상자를 찾았다.

　다들 대단한 게 들어 있는 건 아니었지만 마력을 띤 장신구나 저주 받은 무구, 약효가 떨어진 마법약 등은 제법 들어 있었다.

　"반짝반짝~."

　"선물인 거예요!"

　타마랑 포치가 땅에 떨어진 수정을 주워서 자신들의 요정 가방에 수납했다.

　"주인님, 채집이 필요하다면 모으겠습니다만, 어떻게 할까요?"

　"수정은 아까 커다란 걸 구했으니까 됐어."

　투명한 수정이나 색 때문에 기피되는 자수정은 10톤 단위, 다소 희귀한 물빛이나 파란 수정도 톤 단위로 회수했다.

　대단한 가치가 있는 건 아니지만, 미적에게서 구출한 사람들의 부업용 소재로 사용할까 생각 중이다.

　적당한 작은 파편에 미궁도시의 시민들이 좋아할 법한 「복 부르기」, 「가내 안전」, 「연애 성취」, 「무용(武勇)」 같은 룬을 새겨서 탈리스만 부적 같은 액세서리를 만들려고 한다.

　"아! 발견한 거예요!"

　"포치 나이스~?"

　포치와 타마의 목소리가 들리는 쪽으로 가자, 바위 벽의 움푹 패인 곳에 거대한 벌집이 있었다. 보물 상자가 아니라 이끼 게 벌의 둥지를 발견했나 보군.

이곳의 「구역의 주인」인 여왕 숲 게 말벌의 둥지는 요새 같은
_{퀸 포레스트 캔서 호넷}
거대한 구조물이었으니, 이건 비교적 작은 벌집이었다.

여왕 숲 게 말벌의 몸이나 소재도 버릴 곳이 없어서 좋았지만, 개중에서도 8쌍의 날개에서 채취한 풍정주(風晶珠)는 처음 습득한 귀중품이었다.

거대한 벌집에서 얻은 대량의 벌꿀이나 밀랍이 빛 바랠 정도였다.

"달아맛나~?"

"엄청 달콤한 거예요!"

이끼 게 벌의 벌집에서 땅으로 떨어지는 벌꿀 방울을 손가락으로 떠낸 타마와 포치가 행복하게 눈웃음을 지었다.

보통 벌꿀보다 맛이 연하고 풍미도 떨어지지만, 달콤함은 변함이 없으니 달콤한 음료나 조리용으로 쓰면 좋을 것 같군.

"여기 있는 건 발효되어 벌꿀주가 안 됐나 보네."

여왕 숲 게 말벌의 벌집에서 얻은 꿀은 3분의 1 정도가 벌꿀주로 변해 있었다.

이미 게 벌의 꿀은 다 쓰지도 못할 정도로 많지만, 기왕 발견한 거니까 이것도 회수해 갈까.

"아, 저거!"

"보물 상자네."

벌집을 회수했더니 바위 위에 금속제 보물 상자가 있었다.

이끼 낀 게 벌이 보물 상자 위에 둥지를 만든 모양이군.

"함정 없어~?"

"희한하네."

내「함정 발견」스킬로도 함정이 감지되지 않기에 보물 상자의 자물쇠를 손톱에 만들어낸 마인으로 베어 열었다.

"작은 책자와 두루마리, 그리고 작은 병이 하나 있구나."

AR표시를 보니 작은 병의 내용물은 만능약, 두루마리는 만능약의 레시피였다.

작은 책자는 골렘 제작의 흙 마법이 실린 주문집 같았다.

나는 AR표시로 얻은 정보를 동료들에게 알려줬다.

"후~응, 제법 괜찮은 편 아냐?"

"그렇네─."

─어라?

"왜 그래?"

"이 만능약 레시피는 반쪽인가 봐."

나머지가 다른 보물 상자에 숨겨져 있을지도 모르지만, 제법 심술궂은데.

나는 엘프들의 레시피를 알고 있으니까 그걸 통해서 유추하여 메울 수 있지만, 이것만 가지고는 아무 도움도 안 된다.

혹시 레시피 단편을 모으는 퀘스트인지도 모르겠군.

"유감~?"

"실망~인 거예요."

"가끔은 이런 일도 있는 법이야."

이 골렘 제작 마법 주문집이나 만능약만 해도 그럭저럭 보물이니까.

우리는 보물 상자 탐색을 쭉 하고, 별장의 보관 창고에 남는 마핵을 투입한 다음에 사립 양육원 아이들에게 선물할 고기를 확보하러 미궁 개구리가 있는 제8구역으로 향했다.

◆

"꽤 멀어?"

"걸어 가면 2시간 정도겠는데?"

"으게~."

"으게게~?"

"으게게으게, 인 거예요."

아리사의 목소리와 태도를 타마와 포치가 따라 했다.

"아이참, 아리사가 이상한 소리를 내니 그렇잖니."

"죄송함~다."

"반성~."

"인 거예요."

루루가 꾸짖은 아리사가 반성하는 포즈를 취하자, 또 타마와 포치가 따라 했다.

아마 따라 하는 게 재미있는 나이인 거겠지.

"뉴?"

타마와 포치의 귀가 움찔 움직였다.

"전투 소리~?"

"잔뜩 싸우는 소리인 거예요."

타마와 포치가 알아채고서 5분쯤 지나자, 수많은 탐색자 집단이 싸우는 대광장에 도착했다.

대광장이라고 해도 가슴팍까지 가리는 잡초의 바다와 천장에서 늘어진 막 같은 차폐물이 있어서 시야가 안 좋다. 이 늘어진 막 같은 차폐물은 비교적 많은 광장이나 회랑에서 볼 수 있는데, 거미줄의 잔해에 먼지가 쌓인 것이었다.

"어라? 개구리가 아니라 사마귀랑 싸우고 있잖아."

"이 구역은 벌레 중심이야. 개구리는 구역 구석 쪽에 있지."

탐색자들이 잡초의 바다를 베어내 진지를 구축하고 사마귀나 메뚜기 마물과 싸우고 있었다.

다들 적철의 탐색자가 이끄는 10~20명 규모의 커다란 집단들이고, 레벨 20이 넘는 주요 멤버 몇 명과 레벨 10 전후의 보조 멤버로 구성된 집단이 많았다.

대부분이 전사였지만, 집단마다 신관이나 마법사가 보였다.

사마귀는 비싸게 팔리는 소재니까 장비가 충실하고 규모가 커다란 파티들이 진을 치고 있는 모양이군.

우리는 방해되지 않도록 대광장의 가장자리에 있는 조금 높은 부분의 통로를 나아갔다.

"반짝반짝~?"

"빛나는 거예요."

타마와 포치가 가리키는 곳을 보니 은색으로 빛나는 금속 갑옷을 입은 집단이 있었다.

AR표시를 보니 「은광」이라는 귀족 여성들만 있는 파티였다.

전신 금속 갑옷을 입은 중장 전사 4명이 방어를 맡고, 사슬 갑옷을 입은 중위가 방어진 뒤에서 장창이나 폴 메이스로 공격하고 있었다.

"주인님, 저 애들은 전에 미궁 개미의 연쇄폭주에서 구해낸 애들 아냐?"

금속 갑옷 뒤에서 이미 토벌한 사마귀를 해체하고 있는 사람들 가운데 낯익은 둘이 있었다.

"아아, 『아리따운 날개』 애들이구나."

전에 미궁도시에서 만났을 때 적철의 탐색자 원정대에 따라갈 수 있게 됐다고 했는데 「은광」이었나 보군.

그녀들을 포함한 해체반 쪽으로 레벨 5쯤 되는 미궁 메뚜기가 뛰어들었다.

"위험."

"괜찮다고 고합니다."

돌아보는 미아를 나나가 달랬다.

해체반을 호위하던 라운드 실드를 가진 소녀 두 사람이 미궁 메뚜기와 전투를 시작했다.

해체반 소녀들도 그것을 보고 무기를 집어 지원하려고 했지만, 감독을 맡은 금속 갑옷 아가씨가 말려서 해체 작업으로 돌아갔다.

어쩐지 해체반 아가씨들이 불만스런 기색이었다.

"그건 그렇고, 저 방패 한 명은 엉망이네."

라운드 실드를 가진 소녀들 중 한쪽은 베테랑인 것 같은데, 아리사가 가리킨 쪽은 명백하게 움직임이 나빴다.

"신입 탐색자 교습에서 본 소녀군요. 아직 미궁에서 싸우는 것에 익숙하지 않은 거겠죠."

리자 말을 듣고 생각났다.

분명히, 다릴 사작 영애─ 지나란 이름의 소녀다.

"거기 너희들! 우리들『은광』에 용건이 없다면 물러서라!"

감독을 맡은 금속 갑옷 아가씨가 우리들을 발견하더니, 도끼창을 휘두르며 큰 소리로 위협했다.

그러고 보니 미궁 안에서는 다른 탐색자 파티도 경계대상이었지. 꽤 거리가 멀어서 괜찮을 거라고 생각했는데 가만히 보고 있던 탓에 경계를 하는 모양이다.

나는 실례했다고 사과한 뒤 그 자리에서 물러났다.

이동하면서 보니, 모든 파티가 총력을 기울여 마물과 싸우는 것이 아니라 반드시 전투에서 벗어난 예비 전력을 만들어 놓고 있었다.

지쳤을 때를 노리는 마물이나 미적, 그리고 고생해서 약화시킨 먹잇감을 옆에서 가로채는 매너 나쁜 탐색자 파티에게 습격받지 않도록 경계하는 거겠군.

물론 마물의 난입이나 예측 못한 사태를 커버하기 위해서 안전 마진을 둔다는 이유도 있겠지만.

◆

"피 냄새인 거예요!"

아까 지나 양 일행이 있던 대광장과 다음 대광장을 잇는 주회랑의 중간쯤에서, 마물에게 잡아 먹히고 있는 몇 명의 시체를 발견했다.

검고 납작한 벌레 마물에게 먹히고 있었다.

"기다려!"

그쪽으로 가려는 동료들을 타마의 날카로운 목소리가 막았다.

타마의 시선 끝, 주회랑의 아치에서 검붉은 액체가 떨어졌다.

─피다.

아치의 그림자에서 지네 마물이 뚝 떨어졌다.

레벨 15쯤 되는데, 머리는 베개 사이즈에 몸길이 5미터쯤 된다.

"공간 파악 마법으로 주위를 확인할게─. 미궁 지네가 천장 근처에 아직 두 마리 붙어 있으니까 조심해."

아리사가 무영창 공간 마법으로 확인하는 동안에도 방금 지상에 떨어진 지네가 덤벼들었다.

"지네여! 다리가 많다고 잘난 것이 아니라고 선언합니다!"

─지네도 그렇게 생각하진 않을 것 같은데.

몸통 박치기를 하는 지네를 나나가 대형 방패로 막았다.

지네는 몸통 박치기를 한 기세를 살려서 대형 방패를 기어올라 나나를 공격했지만, 나나가 그 머리를 밑에서부터 마검으로 꿰뚫었다.

그리고 움직임이 멎은 지네의 관절 마디를 포치의 마검이 재빨리 베어냈다.

"역시 이 근처 마물은 약하네."

불평하는 아리사의 시선을 따라가자, 루루가 벼락 지팡이 총에서 쏘아낸 전격으로 지상에 떨어뜨린 지네를 리자가 마창으로 척척 처리하는 모습이 보였다.

"방심 금물~?"

혼자서만 지네와의 싸움에 참가하지 않은 타마는 아리사의 등 뒤로 접근하던 그림자 소귀를 퇴치했다.

"으엑— 고, 고마워. 타마."

"난쿠루나이사~."

그림자 소귀는 좁은 통로를 사용해 그림자에 숨어 드는 암살자 타입의 데미 고블린인데, 방심했을 때 등 뒤에서 기습한다.

레벨 3부터 5쯤되는 약한 마물이지만, 신입 탐색자 교습에서 배운 바로는 연간 탐색자 사망수의 30퍼센트가 이 그림자 소귀들의 소행이었다.

조우전을 마친 우리는 아까 그 시체에 몰려든 마물을 처리하러 갔다.

—으에엑.

번들거리며 빛나는 모습이 낯익다 싶더니 1미터 사이즈의 바퀴벌레였다.

접근전은 하기 싫군.

"주인님, 내가 태울 테니까 시체에서 떼어내 줘."

"그래. 알았어."

내가 「유도 기절탄」으로 시체에서 떼어낸 거대 바퀴벌레— 미 궁 기름벌레는, 아리사가 뿜어낸 「화염구」에 맞아 불타 버렸다.

아무래도 불이 붙기 쉬운 마물인가 보군.

시체에서 청동증과 유품을 대신할 머리카락을 회수하는 리자 뒤에서, 무참하게 뜯어 먹힌 탐색자를 본 아리사가 추측했다.

"바퀴랑 싸우고 있을 때 위에서 지네가 공격했을까?"

"긍정. 아이들은 안 보는 것을 권장합니다."

지네가 아치 위에 있는 움푹 패인 곳에 희생자를 끌고 들어갔 기에, 천구로 상승해서 거기 남아 있던 시체를 지상으로 내려줬 다. 5인 파티였나 보군.

"시체는 태울게."

"그래, 부탁한다."

아리사가 불 마법 「화염 방사」로 시체를 불살랐다.

시체를 방치하면 「핵 없음」이나 「저주 씨앗」이라고 불리는 언 데드가 되어 버리니까, 시체를 만나면 유품을 회수하고 태우는 것이 권장되고 있었다.

"생존자는 없는 걸까?"

"한 번 찾아볼게—."

맵을 열어 살펴봤지만 적은 수로 이동하는 탐색자는 가까운 곳에 없었다.

이 앞 십자로를 오른쪽으로 돌아간 곳에 있는 광장에 20명 좀 넘는 대규모 파티가 대기하고 있긴 하다. 그 안쪽 통로에 몇 명의 탐색자가 떨어져서 행동하고 있지만 그건 대규모 파티의 척후부대일 테니까 아닐 거야.

"없는 모양이야."

맵을 닫으려다가 이변을 발견했다.

아까 그 척후부대가 마물을 픽업하는데 실패했는지 열 몇 마리의 마물을 이끌고 광장으로 돌아가고 있었다.

내가 보는 동안에도 마물의 수가 늘어서 마지막에는 50에서 60마리쯤 되는 대집단으로 성장해버렸다.

"위험해. 마물의 연쇄폭주다."

"어머, 오랜만이네."

아리사가 말한 것처럼, 미적들이 인위적으로 일으켜서 미궁 방면군을 공격한 걸 본 이후 처음이다.

그러고 보니 세리빌라 미궁에 처음 들어왔을 때도 마주쳤었지.

"괜찮아 보여?"

"우리는 괜찮지."

문제는 대규모 파티 쪽이다.

수에 밀려서 당해낼 수 없다는 것도 있지만, 파티의 레벨이 전체적으로 높지 않다.

5명쯤 되는 중핵 멤버는 레벨 20 이상 되지만, 다른 15명은 레벨 5부터 10정도밖에 안 된다. 이 근처의 마물들과 싸우기에는 다소 불안하다. 잘라 말하자면 무모하다.

아까 동료들이 어려울 것 없이 쓰러뜨린 미궁 기름벌레나 미궁 지네도 레벨이 9부터 15쯤 된다.

이대로 가면 전멸은 안 하더라도, 중핵 멤버가 아닌 사람들은 꽤 많이 희생될 거야.

구해줄 의리는 없지만 그냥 방치하는 것도 꿈자리가 사납지.

우리 멤버들이라면 상처 없이 이길 수 있을 테니까 조금만 실례하러 가봐야겠네.

"잠깐 들렀다 가도 될까?"

내가 물어보자 동료들이 당연하다는 표정으로 긍정의 대답을 했다.

◆

"비켜비켜어어어어어어어!"

"우리 앞길을 방해하면 베어 버린다!"

광장으로 가는 십자로까지 왔을 때, 뽑아 든 검을 휘두르는 남자들 2명이 달려왔다.

둘 다 땀 범벅에 피투성이. 눈도 충혈되어 있고 잘못해서 가로막으면 정말로 칼질을 할 것 같았다.

군자는 위험을 가까이 하지 않는 법.

우리는 전력으로 질주하는 두 사람을 통과시켜줬다.

"벳소! 신입들 말고 토로이도 안 왔어."

"헷, 얼빠진 놈들은 내버려둬라! 놈들이 먹히는 동안에 도망친다."

"그, 그래. 알았어. 벳소!"

남자들이 달려가는 방향에서 그런 대화가 들렸다.

아무래도, 방금 그 둘은 동료를 버리고 도망친 모양이군.

여기서부터 미궁의 출구까지 꽤 거리가 있다. 그들이 둘이서 도착할 수 있을지는 모르겠지만, 딱히 내가 걱정할 일도 아니니까 뇌리에서 존재를 떨쳐냈다.

"아까 그 녀석들, 지난번 연쇄폭주 때도 봤었지?"

"그랬었나?"

"네, 주인님. 틀림없습니다."

아리사와 리자 말을 들어보니 미궁 개미의 연쇄폭주 때도 있던 녀석들이라고 한다.

"마스터, 전방에서 적이 온다고 보고합니다."

문제아를 구해주는 것 같아서 심통이 나지만, 그들이 나아가는 곳에 개구리 광장이 있으니까 사냥터의 보존을 위해서라도 쓰러뜨려둬야지.

내가 전투를 지시하자 루루의 휘염총과 미아의 정령 마법 「바람 칼날」, 아리사의 불 마법 「연쇄 불씨 탄환」이 뿜어져 나가 순식간에 통로의 마물을 박멸했다.

"……어쩐지, 위험해 보이네."

도착한 광장은 명백하게 열세였지만 아직 전선이 붕괴되지는 않았다.

리더의 지시가 뛰어난 거겠지.

그러나 이미 광장 한구석까지 몰려 있었다. 어딘가 한 군데라도 무너지면 단숨에 전멸할지도 모를 정도로 위태로웠다.

위치를 보니 탐색자들이 있는 구석을 포위하는 것처럼 바퀴벌레들이 몰려있었다.

우리는 마침 그 측면에서 공격하는 형태가 되었다.

"미아는 신호하면 정령 마법으로 조명을 만들어. 아리사는 조명과 동시에 무영창으로 화염구를 마물들 중앙에. 나는 화염구가 착탄하는 타이밍에 맞춰 탐색자들한테서 마물을 떼어낼 테니까 전위 4명이 돌격해서 바퀴벌레를 각개격파 하고. 루루는 아리사와 미아의 호위를 부탁한다."

나는 작전을 전하면서, 동료들에게「물리 방어 부여」를 걸었다.

그리고, 루루의 휘염총은 위력이 너무 강하니까 사용을 금지했다.

전위 팀의 마인이나 이술, 아리사의 무영창이나 공간마법도 마찬가지로 사용 금지다. 게임의 제한 플레이 같은 놀이가 아니라, 정보의 은닉을 위해서 제한을 걸었다.

"그러면, 기병대 등장해 보실까!"

"기다려, 아리사."

성급한 아리사의 목덜미를 붙잡아 말렸다.

"구원하러 들어가기 전에 그들에게 말을 걸어두자."

"그것도 그렇네. 구하러 왔는데 미적으로 착각해서 공격받으면 싫으니까."

아까 그「은광」도 다른 탐색자를 경계했으니까. 그렇잖아도 패닉 직전인 탐색자들의 혼란 상태를 조장해서야 구원이 아니라 방해가 된다고 판단할지도 모른다.

"이쪽은 탐색자『펜드래건』! 가세합니다!"

"그래! 도와줘! 무사히 살아남으면 다 마시지도 못할 만큼 술을 사지!"

다투지 않을까 생각했는데 상대편 리더가 즉시 이쪽의 가세를 인정했다.

역시 상당히 궁지에 몰려 있었나 보군.

"미아!"

"■ ■ 햇빛.^{선 라이트}"

일단, 미아의 정령 마법 조명이 천장 부근에서 전장을 비추었다.

아리사가 곧장 뿜어낸 화염구가 바퀴벌레들의 중앙에 명중해서 폭발했다.

직격을 받은 바퀴벌레가 타오르고, 그 주위의 바퀴벌레들에도 옮겨 붙었다.

나는 폭풍과 분진에 뒤섞여서, 탐색자들을 몰아붙이던 바퀴벌레들을 언제나 발동하고 있는 술리 마법「이력의 손」― 마법적인 사이코키네시스로 조금 떨어진 장소에 차례차례 던져 버렸다.

"으엑, 징그러."

"우응."

아리사와 미아가 눈썹을 찌푸리는 마음이 이해되는군. 나도 동감이다. 내던졌더니 공중에서 자세를 고쳐 비행할 거라고는 생각 못했어. 과연 바퀴벌레야.

"갑니다."

"탈리 호(Tally-ho)~?"

"타앗, 인 거예요."

"섬멸 실행, 자비는 필요 없다고 고합니다."

전위 4명이 마검이나 마창의 붉은 빛을 끌면서 전장으로 돌격했다.

—그건 일방적인 유린이었다.

자루까지 파묻는 포치의 마검 일격이 바퀴벌레의 체력을 송두리째 빼앗았다.

타마의 마검이 춤추는 것처럼 참격을 가해서, 반격도 용납하지 않고 바퀴벌레의 체력을 깎아냈다.

나나는 지상의 바퀴벌레를 마검으로 베어내고, 날아올라 공격하는 바퀴벌레는 대형 방패의 실드 배쉬로 분쇄했다. 상당히 다이나믹한 전투 방식이군.

리자에 이르러서는 마물들 사이를 달려가면서 눈에 보이지도 않는 연속 찌르기로 바퀴벌레들을 차례차례 꿰뚫어 쓰러뜨렸다.

그야말로 스치기만 해도 죽는 꼴이군.

"굉장해……. 저 미끄러운 외피를 가볍게 베고 있어."

"칫, 나도 마법 무기가 있으면 저 정도는 할 수 있어."

"무리라니까아. 내 사마귀검도, 마검의 일종, 이지만, 보는 것처럼, 이 꼴이다."

엿듣기 스킬이 건너편에 있는 탐색자 파티의 목소리를 포착했다.

처리할 수 있을 정도의 수만 그들 쪽에 가도록, 「이력의 손」으로 계속 바퀴벌레들의 진로를 제한하고 있으니 대화할 여유가 생긴 모양이다.

사마귀검은 나도 만들긴 했지만, 병사 사마귀의 소재를 그냥 사용하기만 한 것은 마검이라고 안 할 것 같은데.

그걸 마검으로 만들려면 생각보다 귀찮은 공정이 필요하다.

실제로 그의 검은 리자의 마창 도우마랑 달리 붉은 빛을 띠지 않으니까.

물론 전위 팀뿐 아니라 아리사를 비롯한 후위 팀도 활약했다.

"후하하하! 바퀴가 쓰레기 같구나~."

아리사가 너무 신났는데.

"이야~ 기름벌레라고 할 정도니까 참 잘 타네. 자, 한 번 더. 이번에는 불 고리^{파이어 서클} 가보자~."

그래도 영창을 한 다음에 사용하고 있네. 전위 팀이나 그 너머의 파티가 말려들지 않는 위치에 쏠 정도의 분별은 분명하게 남아 있나 보군.

"주인님, 위쪽이요!"

루루가 천장을 기어 다니는 지네— 미궁 지네를 발견했다.

몰래 「이력의 손」으로 멀리 던져뒀는데 아직 남아 있었나 보군.

"루루, 쏴도 돼."

"네!"

루루가 겨눈 불 지팡이 총의 불 탄환이 천장의 지네를 꿰뚫었다.

이것은 라이플 같은 휘염총과 달리, 라이플 같은 실루엣을 가진 지팡이의 일종이다. 방아쇠를 트리거로 사용자의 마력을 빨아들여서, 총신 끝에 있는 불 광석에서 작은 불 탄환을 쏘아낸다.

루루는 아리사나 미아 정도로 마력이 많지는 않지만, 레벨 38이 된 지금은 불 지팡이 총의 연사 정도로는 그리 간단히 마력이 떨어지지 않는다.

버티지 못하고 천장에서 떨어진 지네를 내 요정검으로 찔러 마무리를 지었다.

나는 루루를 아리사의 호위로 남기고, 적십자 완장을 찬 미아와 함께 이동했다.

그리고 말할 것도 없지만 미아의 코스프레용 완장은 아리사가 만들었다.

"치료합니다! 부상자는 모여요."

나는 전위 팀과 아리사가 열어준 공간을 통해서 탐색자들의 진지로 찾아갔다.

"미아, 부탁할게."

"응, 맡겨둬."

미아가 물 마법인 「가벼운 치유: 물」과 「독 제거」 마법으로 탐색자들의 상처와 상태 이상을 치유했다.

나는 미아의 호위 겸 매니저 역할이다.

"통증이 가라앉는다."

"오오, 상처가 나아간다. 이러면, 아직 싸울 수 있어."

"뭐야. 마비됐던 팔다리에 감각이 돌아왔어."

"나도 그래."

"고마워! 마법사 아가!"

미아가 후드를 쓰고 있어서 엘프란 걸 깨닫지 못한 것 같은데, 척 보면 가녀린 체구는 알 수 있으니 탐색자들은 미아를 소녀 혹은 아이라고 받아들인 모양이다.

"응."

미아가 쑥스러워하면서 고개를 끄덕였다.

미아가 치료하자 전투 불능이었던 탐색자들이 조금씩 전선으로 복귀했다.

그 덕분에 이쪽 전선도 안정됐다. 레벨이 부족한 탐색자들도 집단으로 한 마리를 노려서 순조롭게 바퀴벌레를 쓰러뜨리고 있었다.

상당히 우세해졌을 무렵부터, 싸우면서 잡담을 하는 사람이 늘어났다.

"벳소 녀석, 뭐가 좋은 사냥터야."

"여기는 무리에서 뒤처진 미궁 기름벌레가 단독으로 나타나니까 안전하게 사냥할 수 있다고 말하더니만."

"잘난 척하면서 『마물 유도하는 건 맡겨둬』라고 말해놓고는 이 꼴이니까."

아까 도망친 2인조가 이 사냥터를 제안한 모양이군.

"그러고 보니, 그 녀석들 어딨지?"

"마물한테 잡아먹힌 거 아냐?"

"꼴좋다."

별로 좋아하는 사람이 없는 녀석들인가 보군.

"사토."

치료를 마친 미아가 내 소매를 끌면서 지시를 요구했다.

"이제 곧 싸움이 끝날 것 같으니까, 여기서 지켜보자."

"응, 같이."

우리는 바위 하나에 앉아서 투석이나 치유 마법으로 지원하며 전투를 지켜보았다.

전투가 끝난 것은 그로부터 약 1시간 정도 지난 뒤였다.

"가세해줘서 고마워, 귀족님."

"아뇨. 늦지 않아서 다행입니다.

이 다수 파티를 통괄하고 있다는 적철의 탐색자 코신 씨가 나한테 인사를 하러 왔다.

그의 파티 「백마의 갈기」는 베테랑 4명뿐이고, 나머지 멤버는 코신 씨가 모집해서 모인 임시 멤버였다.

"이번 일 사례 말인데—."

"필요 없어요."

말하기 어려운 기색을 보이는 코신 씨의 말을 가로막았다.

"그래도—."

"당신들이 위험에 빠진 탐색자를 만나면 도와주세요."

"그, 그래—. 그런 걸로 되는 거야?"

"코신, 너는 여전히 배운 게 없구나. 『은혜 보내기』라는 거죠? 귀족님."

코신 씨 옆에 있던 안경 남성이 대화에 끼어들었다.

은혜 보내기— 시가 왕국에도 페이 포워드 같은 사고방식이 있구나.

내가 안경 남성의 말을 긍정하자 코신 씨가 안경 남성에게 의미를 물어보았다.

그때 다른 탐색자들이 보고에 끼어들었다.

"코신! 벳소 자식이 아무데도 안 보여."

"그 녀석네 신입 둘은 둥지 쪽 통로에서 죽어 있었어."

우리가 오기 전에 희생자가 나온 모양이다.

"토로이 녀석은 찾았어! 바위 뒤에 뻗어 있더라."

누군가 외치는 게 들렸다.

주위의 대화를 들어보니 토로이란 남성은 벳소의 파티 멤버라고 한다.

연행된 토로이가 코신 씨에게 심문을 받았다.

들자니 미궁 기름벌레의 둥지에 있는「매료기름샘」이라는 희귀 소재를 가로채려다가 실패하고, 미궁 기름벌레의 연쇄폭주를 유발시켜 버렸다고 한다.

"주인님. 저희들이 쓰러뜨린 마물에서 마핵을 회수해 왔습니다. 다른 소재는 어떻게 할까요?"

"그쪽은 거추장스러우니까 파기해도 돼."

지네 고기는 독이 있고, 미궁 기름벌레는 병원균이 있을 것 같으니까 방치를 권장하자.

"—어?"

내 말을 들은 코신 씨가 심문을 중단하고 굉장한 기세로 돌아보았다.

"귀족님, 무슨 말이야?"

그의 말에 따르면 지네의 껍데기는 방패나 갑옷의 소재로 인기이며, 바퀴벌레의 등이나 날개도 척후나 경장 전사의 장비를 만드는 소재로 좋다고 한다.

지네의 독샘이나 바퀴벌레의 냄새 기름 주머니는 연금술 길드나 암시장에서 거래된다고 했다.

"팔 수 있는 거라면 그쪽에서 처분해 주세요."

이미 미궁 소재는 넘칠 정도로 있다.

구원의 대가로 모조리 빼앗으면 아무래도 너무 속이 좁으니까.

"코신 씨, 마핵 회수해왔어. 귀족님네 아가씨들이 회수한 것 말고는 전부 모았을 거야. 소재 해체를 시작해도 돼?"

"아, 그래. 해체 시작해."

피투성이 남성에게 마핵이 든 주머니를 받은 코신 씨가 해체 시작을 지시했다.

"귀족님. 소재는 고맙게 받을게. 그러니까 하다못해 마핵은 전부 가져가라구."

너무 거절만 하면 또 느낌이 안 좋을 테니까, 그에게서 마핵이 든 주머니를 받기로 했다.

"그럼 우리는 이만."

"귀족님! 지상으로 돌아가면 약속대로 술 살게!"

"네, 기대하고 있을게요."

코신 씨의 말에 수긍하고, 우리는 바퀴벌레 해체 현장에서 물러났다.

◆

"개구리 없어~?"

"탐색자인 사람들이랑 파리는 잔뜩 있는 거예요."

개구리 광장에 찾아오긴 했는데, 학교의 교정쯤 되는 넓이의 광장에는 미궁 개구리가 몇 마리밖에 없었다. 그 몇 안 되는 미궁 개구리도 다른 탐색자들과 전투중이었다.

기복이 많은 광장의 몇 군데에서 썩은 내가 올라오는 구멍이 있는데, 그곳에 미궁 개구리의 내장이나 해체할 때 나온 쓰레기를 파기하는 모양이다.

포치가 발견한 강아지 사이즈 미궁 송장 파리는 그곳에서 먹이를 구하는 모양이다.

메이즈 콥스 플라이

먹이가 풍부한 탓인지 식사를 방해 받지 않으면 사람을 습격하지 않나 보군.

"정말로 사람이 많네요."

리자가 말하는 것처럼 열 파티 가까이 모여 있었다.

그 중에는 아는 파티도 있었다. 미적들에게서 구출한 여성 탐색자들— 큰언니 스미나가 이끄는 8명 규모의 파티였다.

평소에는 감자나 콩이 있는 바로 앞 구역을 사냥터로 삼고 있는데, 오늘은 레벨이 높은 애들만 데리고 여기까지 원정을 온 모양이다.

"주인님, 개구리 어디 없어?"

"있어."

내가 말하며 광장 중앙을 분단하는 탁한 연못을 가리켰다.

연못가에 원격 공격이나 「도발」 스킬을 가진 탐색자가 모여 있었다. 개구리가 수면에서 모습을 드러내기를 기다리고 있는 모양이었다.

개중에는 로프로 묶은 미궁 송장 파리를 연못으로 던져서, 미궁 개구리를 유인하려는 사람도 있었다.

"MMORPG의 레어 몬스터 출현 기다리는 것 같아."

"그러게, 살벌하네."

아리사의 감상을 수긍했다.

동료들을 데리고 탐색자가 적은 쪽으로 갔다.

"낚시."

"마스터, 낚시꾼이 있다고 고합니다."

나나에게 목마로 올라탄 미아가 연못가의 낚시꾼들을 가리켰다.

일단 탐색자 같긴 한데 분위기가 딱 낚시꾼이네.

나는 다가가서 말을 걸었다.

"낚여요?"

"오늘은 장님고기뿐이야. 바위가재는 한 마리도 없네."

낚시꾼이 편하게 대답했다.

바위가재란 것은 바위로 의태하는 닭새우 크기의 가재인가 보다.

"맛있어~?"

"바위가재도 장님고기도 비싸게 팔리지만, 흙내가 나서 항구 태생인 내 입에는 안 맞아."

아무래도 진흙제거를 안 하고 조리하는 모양이군.

그는 비싸다고 했지만, 나중에 미궁문 게시판을 봤더니 장님 고기는 동화 2닢, 바위가재는 대동화 1닢 정도였다.

"당신들은 뭘 낚으러 왔는데?"

"개구리 낚시인 거예요."

"―엉?"

포치의 대답을 들은 낚시꾼이 수면의 찌에서 눈길을 돌리고 우리를 보았다.

못 말리겠다는 느낌의 표정을 짓더니 한숨을 한 번 쉬고 충고해 주었다.

"이쪽에는 개구리가 안 와. 저기 빨간 꽃 보이지? 저 꽃 냄새를 싫어해서 이쪽으로는 안 오지."

낚시꾼이 수면에 떠 있는 연꽃 같은 것을 보면서 말해주었다.

꽤 친절한 사람이군.

"연못가에서 개구리를 기다릴 거면, 저 바위 너머가 좋지."

"물가에서 넋 놓고 있지 마. 안 그러면―."

또 한 사람의 낚시꾼이 말하는 도중에, 바위 너머에 있던 탐색자가 물보라를 일으키며 연못으로 끌려들어가는 게 보였다.

그의 동료들이 황급히 구명줄 같은 로프를 끌어당겼다.

구조를 할까 생각했는데 필요 없나 보군.

나는 낚시꾼에게 인사를 하고 아까 가르쳐준 바위 쪽으로 갔다.

"그러면 개구리를 사냥해 보자."

"힘내~?"

"포치도 눈을 이만큼 뜨고 찾는 거예요."

포치, 열심이구나.

"힘들겠어."

"그렇지도 않아."

레이더의 광점으로 미궁 개구리의 대략적인 위치를 확인하고서「투시」마법으로 정확한 위치를 파악했다.

나는 격납 가방에서 꺼낸 작살에 로프를 묶어서, 연못 안에 숨은 미궁 개구리를 향해 던졌다.

―GWELOROOON.

작살에 꿰뚫어진 미궁 개구리가 화가 난 형상으로 지상에 올라왔다.

물론 300킬로그램급의 미궁 개구리라고 해도, 레벨이 13정도밖에 안 되니까 동료들이 분투할 것도 없이 가볍게 처리했다.

이곳의 미궁 개구리는 다른 구역보다 좀 작은 모양이네.

리자 일행의 해체를 지켜보고 있는데, 등에 바구니를 진 탐색자로 보이는 남자들이 다가왔다.

"거기 젊은 나리, 내장은 우리가 버릴 테니까 뼈랑 연골 줄 수 없어?"

"필요 없으면 가죽도 줘. 여차하면 우리가 해체해줄 수도 있어."

그들의 칭호란에는「시체 털이」란 것이 있었다.

"해체는 필요 없어. 쓰레기 버리기의 대가로 뼈와 가죽은 되지만, 연골은 안 돼."

연골 튀김은 길드장이 좋아하거든.

"있잖아. 가죽은 뭐에 쓰는데?"

"공방에 파는 거야."

아리사가 캐물은 바에 따르면, 미궁 개구리 가죽은 방수 주머니나 물방울 구역용 비옷에 쓰인다.

내가 가진 자료에도 레시피가 있었지만, 내구성이 낮은 것 같아서 만들 생각이 안 들었다.

쓰레기 버리기나 뒤처리를 그들에게 맡겨 힘을 아낀 우리는 추가로 두 마리의 미궁 개구리를 담담하게 쓰러뜨리고 선물용 개구리 고기를 획득했다.

큰언니 스미나랑 다른 탐색자들이 연못 안에 있는 개구리를 찾아내는 요령을 물어봤다. 솔직하게 말할 수가 없어서 사기 스킬의 도움을 빌어 「수면에 나오는 거품을 발견하는 눈과 감, 일까요?」라고 적당히 대답했다.

◆

"전방에 빨간 집단이라고 고합니다."

"우웅, 방해."

개구리 사냥을 끝낸 우리는 제1구역 처음 방까지 돌아왔다.

이제 긴 계단을 올라가 미궁도시로 돌아가기만 하면 되는데,

빨간 외투를 맞춰 입은 탐색자들이 전방에 행렬을 만들고 있어서 발이 묶여 버렸다.

그들은 이제부터 중층에 가는 모양이다.

"어라라~? 펜드래건 사작이네."

"안녕하세요? 킹크리 씨."

미궁방면군의 여우 장교가 말을 걸었다.

평소에는 세트인 대장 씨는 안 보인다. 오늘은 없나?

대신 다른 사람이 있었다.

"오랜만입니다, 제릴 님. 이제부터 『계층의 주인^{플로어 마스터}』 토벌인가요?"

"그래. 자네에게 빌린 이 불꽃의 마검으로 훌륭히 쓰러뜨리겠네."

적철의 탐색자 제릴 씨가 청동제 마검을 들었다.

이것은 태수부인의 다과회 때, 어쩌다 보니 빌려주게 된 제3세대형 마검의 시험작이었다.

아리사와 미아의 협력이 있으면 몇 자루든 양산할 수 있는 물건이지만, 비밀 테크놀로지 덩어리라서 안이하게 양도할 수 없단 말이지.

"그래도, 『계층의 주인』을 소환하기 전에 『시련의 광장』에 있는 마물을 모두 제거해야 하니까 토벌 자체는 보름 정도 뒤가 될 것 같아."

"제릴 님이라면 분명히 이룩할 수 있을 겁니다."

상당히 느긋한 계획이지만, 처음부터 수라장을 전제로 무리한 스케줄이 아닌 것에 호감이 가는군.

나중에 길드장에게 들어서 알았는데, 「계층의 주인」은 「구역의 주인」을 쓰러뜨리고 얻은 마핵을 「시련의 광장」에 있는 제단에 바치면 나타난다고 한다.

"제릴!"

"동료가 부르니 이만 실례하지."

"네, 무운을 빌게요."

"힘내요~."

그는 나와 여우 장교의 응원을 등지고, 붉은 망토를 흔들면서 물러갔다.

손을 흔드는 여우 장교에게 작별 인사를 하고 지상으로 나왔다.

"복구 작업은 거의 다 끝난 모양이네."

미궁도시의 서문을 빠져 나와서 사발 형태의 문전광장을 나아가고 있는데 주위를 둘러본 아리사가 중얼거렸다.

시원한 지하에 제법 오래 있었던 탓인지 어쩐지 좀 덥군.

동료들도 살짝 땀을 흘리고 있었다.

"그렇네. 이제 서쪽 길드의 탑만 수리하면 되나 보다."

중급 마족으로 변한 미적왕 루더만이 서쪽 길드 앞에서 난리를 피운 지 아직 보름밖에 안 지났다.

초고속으로 복구 작업이 진행된 것은 중장비 대신 골렘과 흙 마법사들의 「건축 마법」이 있는 덕분이었다.

"젊은 나리! 신작 타코야키 먹고 가면 어떠심까?"

매대 하나에서 고교생쯤 되는 붉은 머리 소녀— 넬이 돌마니 어조로 불렀다. 뜨거운 철판을 다루는 일을 하는 탓인지, 탱크 탑에 노브라라서 눈 둘 곳이 없어 곤란하군.

그녀는 서민가의 화재로 타 죽을뻔한 것을 내가 구해낸 아가씨들 중 한 명이었다.

지금은 내 위장 신분 중 하나인 쿠로의 비호 아래, 미적에게서 구해낸 아가씨들과 함께 노점이나 부업을 하면서 생계를 꾸리고 있었다.

"고마워. 사람 수대로 받을게, 얼마지?"

"젊은 나리한테 돈을 받을 수야 없슴다."

넬은 사양했지만 억지로 대금을 건넸다.

후하후하 타코야키를 먹는 동료들을 흐뭇하게 보면서 나도 하나 먹었다.

"맛있네. 이건 미궁 문어야?"
^{메이즈 옥토퍼스}

내 물음에 넬이 자랑스럽게 대답했다.

"훗훗후, 아닙다. 쿠로 님이 구해온 문어형 해마의 살점임다."
^{옥토퍼스 크라켄}

동료들과 미궁 공략을 하고 있을 때, 쿠로의 모습으로 혼자 지상에 귀환하여 불량 재고인 문어형 해마나 시 서펜트의 살을 넬 일행이 있는 숙사에 제공하면서 덤으로 대상회 몇 곳에 납품했다.

"호오~ 굉장하네."

"어쩐지, 예상했던 반응이랑 다름다."

넬이 입술을 삐죽거렸다.

놀라움이 부족했나 보군.

"매상은 어때?"

"신통찮습다―. 타마 선생님! 다른 노점처럼 타코야키도 간판 그림을 그려주십쇼."

"오케이~?"

넬이 매달리자, 타마가 가벼운 어조로 받아들였다.

다른 노점의 「춤추는 크로켓」, 「승리하는 꼬치 커틀릿」, 「날갯짓하는 프라이드 포테토」에 버금가는 것이 필요한 모양이군.

하긴 셋 다 음식의 그림이라고 생각하기 어려울 정도로 약동감이 있어서 먹고 싶은 충동을 부추기는 신기한 매력이 있었다.

"젊은 나리, 크로켓 어떠세요?"

"꼬치 커틀릿도 방금 튀겨냈어요."

"간식으로 소금 간이 된 감자튀김을."

접객을 하던 세 노점의 아가씨들이 이쪽 대화에 참가했다. 그녀들도 넬에게 지지 않을 정도로 옷이 얇았다.

유사품을 내놓는 가게들이 생겼지만, 아직도 행렬이 생길 정도로 잘 팔리는 모양이다.

"아~ 어흠어흠."

괜히 티 나는 헛기침 소리가 들리기에 돌아보니 낯익은 귀족 소년이 있었다.

분명히, 미궁도시의 태수 3남 게릿츠 군의 추종자다. 토케 남작 차남인 루람 군이었지 아마?

"안녕하세요? 루람 공."

"그, 그래. 펜드래건 경도 건강해서 다행이군."

멋 부리고 싶은 나이인 건 알겠지만, 양손에 들고 있는 꼬치 커틀릿과 크로켓이 다 망치고 있었다.

노점의 아가씨들 말에 따르면 루람 군은 노점의 단골이라고 한다.

"오늘은 시장 조사를 하고 계신가요?"

아무리 그래도 「군것질하러 왔나요?」라고 물으면 소년의 자존심에 상처가 날 것 같기에 시장 조사란 말을 써봤다.

"시장? —그, 그래. 맞아. 시장 조사가 틀림없어. 시장 조사는 필요하지. 우리집— 나의 토케 남작 가문은 노점 관리를 담당하고 있으니 말이야. 오늘은 노점의 맛이 떨어지지 않았나 시장 조사를 하면서, 가격— 그러니까, 시세 변동을 살피고 있었지."

루람 군은 처음에는 갸우뚱했지만, 시장 조사란 말이 마음에 들었는지 몇 번이고 그 단어를 반복했다.

게릿츠 군과 함께 있을 때는 소심해 보였는데 오늘은 어쩐지 무리해서 어려운 말을 쓰는군.

한껏 발돋움을 해서 어른스럽게 보이고 싶은 나이니까.

"—아, 메리안이다."

루람 군이 본래 어조로 돌아와 중얼거렸다.

그의 시선 끝에는 듀케리 준남작영애 메리안이 여성 탐색자들에게 말을 걸었다가 무시당하는 모습이 보였다.

메리안 양도 루람 군과 마찬가지로 게릿츠 군의 추종자 멤버 중 한 명이다.

"아버님이 미궁탐색을 금지했다고 들었는데, 아직 포기를 못했나 보네⋯⋯."

루람 군이 누구한테 말하는 것 같지 않게 혼잣말을 했다.

전에 게릿츠 군의 추종자 멤버끼리 모여서 미궁 탐색을 갔을 때, 태수 대리였던 소켈의 음모로 목숨의 위기를 맞았던 탓인지 부모가 미궁에 들어가는 걸 금지한 모양이군.

딱히 그들과 친한 것도 아니니까, 어설프게 상담을 받아줬다가는 미궁 탐색 인솔을 부탁 받을 것 같기에 적당한 타이밍에 물러났다.

◆

"어서 오십시오, 주인 나리."

"""어서 오십시오."""

마차를 잡아 타고 저택에 돌아오자, 메이드장 미테르나 씨를 필두로 정식 메이드인 로지와 애니, 수습인 어린 메이드 소녀들이 다 모여 맞이해 주었다.

"다녀왔어. 미테르나, 부재중에 특별한 일 있었나?"

외투를 건네면서 물었다.

"주인 나리께서 미궁에 들어간 직후에 시멘 자작님의 심부름꾼이 왔습니다."

미테르나 씨에게 뭔가 꾸러미를 받았다.

부탁했던 두루마리가 완성된 모양이군.

이번에 부탁한 것은—.

불꽃놀이와 마찬가지로 자작에게 돈벌이가 될 법한 「반딧불이 조종」.

설탕 항로를 항해할 때 만든 마법인 「안개 조종」과 「마비하는 물의 속박」 둘.

미궁탐색에 도움이 될 법한 「섬광탄」, 「음압탄」, 「공간 절단」 셋.

―이런 것들이다.

이중에서 「안개 조종」, 「섬광탄」 둘은 시야 교란용, 「마비하는 물의 속박」, 「음압탄」은 비살상 제압용, 마지막 「공간 절단」은 고기가 상하지 않게 마물을 쓰러뜨리기 위해서 의뢰했다.

"주인 나리께서 맡기신 시멘 자작님께 보내는 발주서도 건넸습니다."

"고마워. 잘 해줬어."

추가 발주한 두루마리는 마법 도구와 「메뉴」 스킬을 연계하기 위한 오리지널 마법이다.

전에 만든 「녹화」, 「녹음」, 「표준 출력」, 「영상 출력」 등의 기술이나 루틴을 활용해서 입출력을 매개하는 마법인데, 가상 키보드를 통한 입력 기능도 추가해봤다.

두루마리 이름은 「가상 건반」과 「정보 입력」, 「정보 출력」이라고 한다.

모두 하급 술리 마법이니까, 열흘이면 완성되겠지.

"도착한 편지는 보낸 분에 따라 분류했습니다."

"고마워. 미테르나."

집무실 책상의 편지함에 편지가 분류되어 있었다.

조금 딱딱한 의자에 앉아서 보낸 사람의 봉납을 체크했다.

　대부분이 태수부인을 비롯한 미궁도시의 귀족들이 보낸 것이지만, 개중에는 오유고크 공작령의 아는 귀족이 보낸 것도 있었다.

　미테르나 씨의 말에 따르면 귀족 말고도 상인이나 공방, 신전 등에서 편지나 선물이 왔다고 한다.

　사립 양육원의 원장이 보낸 편지에는 새롭게 고용한 직원의 이력서가 첨부되어 있었다.

　"주인님, 일 바빠?"

　"아니, 긴급한 용건은 없었어."

　"지금부터 양육원에 고기를 선물하러 가고 싶어."

　함께 가자고 하는 아리사에게 수긍하고, 편지함을 닫고 자리에서 일어섰다.

　"애야, 봉을 휘두를 때는 새끼손가락에 힘을 넣거라."

　"이렇게?"

　"그래. 제법 소질이 좋구나."

　저택 옆의 빈터에서 사가 제국의 사무라이 카지로 씨가 아이들에게 검 휘두르는 법을 가르치고 있었다.

　여자 사무라이 아야우메 양은 저택 주위에 있는 해자를 순찰하고 있나 보다. 미궁에서 한쪽 다리를 잃은 카지로 씨에겐 힘든 일이라 혼자 돌고 있는 거겠지.

　"있잖아, 스승님. 나 이제 탐색자 될 수 있어?"

　"바보 녀석, 아직 한참 멀었다."

성급한 아이의 머리를 거칠게 쓰다듬으며 카지로 씨가 웃었다.

"체엣. 포치나 타마처럼 매일 고기를 먹을 수 있는 건 멀었구나."

아아, 생각났다.

전에 양육원에서 햄버그 축제를 했을 때 「어른이 되면 탐색자가 될 거야」라고 선언했던 애들이군.

목적을 위해서 제대로 된 노력을 하고 있구나.

"안녕하세요? 카지로 공."

"사작님, 무사히 귀환하신 것 축하드립니다."

"고맙습니다."

카지로 씨와 인사를 하고 있는데, 저택의 쪽문에서 타마와 포치가 달려오는 게 보였다.

나는 카지로 씨에게 양해를 구하고 양육원으로 갔다.

"고기~?"

"선물인 거예요!"

타마와 포치가 50킬로그램급의 고기를 들고서 양육원 문을 통과했다. 나머지 고기는 리자와 나나가 짐수레로 옮겼다.

그리고, 이웃에 나눠주는 건 미테르나 씨에게 부탁했다.

"와~아!"

"고기다!"

"오랜만에 고기다!"

"어서 와, 타마."

"포치도 안 다쳤어?"

"당근~?"

"포치는 무적으로 멋지니까 괜찮은 거예요."

"유생체들이여. 나도 찬사를 보내며 마구 안겨달라고 희망합니다."

"나나는 이상해~."

"나나! 비행기 해줘~."

쌍수를 들고 환영하는 아이들을 비롯해 모두 웃는 표정이다.

"사작님, 무사히 귀환하신 것 축하드립니다."

"고맙습니다."

나를 마중 나온 원장과 직원들에게 인사했다.

새로 고용된 직원들도 아이들이 좋아할 법한 사람들뿐이라 안심이었다.

"오늘은 고기 축제야! 다들, 배불리 먹으렴!"

"""네~에!"""

그날 저녁 식사는 양육원 아이들과 함께 고기 축제를 마음껏 즐겼다.

중간에 고기가 부족하기에 몰래 스토리지에서 추가해 보충했다.

성장기 아이들의 식욕은 굉장하네.

—라고 생각했는데—.

"맛있어냥~?"

"포치는 고기라면 더 먹을 수 있는 거예요!"

"아이들은 적게 먹는군요. 잔뜩 먹지 않으면 성장하지 못합니다."

―우리 애들의 식욕에는 못 이기겠다.

배가 볼록 튀어나온 타마랑 포치는 그렇다 치고, 리자의 날씬한 몸 어디에 저만큼 고기가 들어가는지 신기하기 짝이 없다.

세상에는 신비가 가득하다니까.

감사의 연회

"사토입니다. 회사에서 퇴근하는 길에 동료들과 들르는 비어 가든을 꽤 좋아했습니다. 그냥 시원하게 지낼 거면 에어컨을 켜놓은 선술집에 가면 되지만, 그 야시장 같은 분위기가 좋았단 말이죠."

"노점이 잔뜩 있네요."

"주인님, 저쪽에 있는 사람들 같습니다."

미궁에서 돌아온 다음날 저녁, 우리는 탐색자들의 연회에 초대를 받았다.

연회장은 서문과 미궁방면군 주둔지 사이, 서민가 구석에 있는 탐색자들용 여인숙이나 판잣집이 늘어선 근처에 있는 넓은 빈터였다.

그런 빈터 가장자리를 메우듯이 음식이나 음료수 노점이 늘어서 있었다.

노점에서 사다가 중앙에서 먹고 마시는 스타일 같았다.

화톳불을 피우진 않았지만, 과반수의 노점 간판이 빛나고 있어서 밝았다. 아무래도 생활 마법사들이 조명 마법을 건 모양이다.

"어쩐지 밤의 꽃놀이나 축제 같아."

노점을 둘러보던 아리사의 감상에 동감이라고 수긍했다.

"오늘은 초대해주셔서 감사합니다."

"사작님! 자, 상석에 앉으세요."

우리를 발견한 코신 씨가 손짓해 불렀다.

코신 씨에게 인사를 하면서 선물로 지참한 증류주와 와인 통을 건넸다.

의자나 테이블이 아니라 땅에 빙 둘러앉아 먹고 마시는 모양이다. 우리들이 앉을 곳에 루루와 리자가 미리 시트를 깔아주었다.

이 광장은 우리들 말고도 탐색자나 운반인에 더해서 일용직 노동자 같은 사람들이 많았다. 다들 즐거운 기색으로 노점에서 술과 음식을 사고 있었다.

그 중에 언뜻 선정적인 의상을 입은 아가씨들이나, 이상하게 섹시한 형아들이 섞여서 야릇함을 뿌리고 다녔다.

창부나 남창들인가 보군.

이런 외설적인 분위기도 싫어하지는 않는데, 아이들을 데리고 오기에는 조금 그랬을지도 모르겠네.

"그러면, 구원하러 와준 『펜드래건』 여러분에게 감사를! 그리고 우리들의 생환을 축하하며, 오늘은 밤새 마시자!"

"""오오!"""

우리들이 마지막이었는지 코신 씨의 인사로 연회가 시작됐다.

이번 연회의 메뉴는 바구니에 담긴 검은 빵, 무슨 덩어리 고기구이, 삶은 콩, 삶은 감자의 4종류가 메인이었다. 이것들은 모두 산더미처럼 쌓여 있었다.

술은 에일로 보이는 통이 자리 중앙에 놓였고, 알코올이 아닌

걸 마시고 싶을 때는 물병에 든 물밖에 없는 모양이다.

연회가 시작되기 전에 「엄청 힘줬는데」라면서 코신 씨를 놀리는 소리가 들렸으니 검소한 메뉴인 건 아닌가 보군.

코신 씨와 주위 탐색자들이 권하기에 동료들도 식사를 시작했다.

물론 알코올은 안 되고.

"딱딱해~."

"이 고기 아저씨는 꽤 만만찮은 거예요."

"하하, 꼬맹이들. 그렇게 먹으면 못 씹는다. 나이프로 깎아내면서 먹는 거야."

뚝 소리가 나더니 포치가 고기를 씹어 버렸다. 충고해준 젊은 탐색자가 그것을 보고 눈이 동그래졌다.

"힘줄 고기일까요?"

루루가 작게 깎아낸 고기를 접시에 담아서 건네주었다.

그 고기를 한 조각 입에 넣어 봤는데 분명히 단단하다. 압력솥 같은 걸로 찌면 조금 나아질 것 같았다. 독특한 냄새가 있어서 맛있다고 하긴 어렵지만, 뱉어낼 정도는 아닌 미묘한 맛이었다.

내 미묘한 표정을 본 여성 탐색자들이 고기를 옹호했다.

"이건 싸구려 마물 고기니까 귀족님 입에는 안 맞겠다."

"벌레 고기는 싸고, 매일 먹다 보면 버릇이 들긴 하지만요."

이 고기 구이는 재료가 곤충 마물 고기인가 보군. 굽기 전부터 새까만 고기인데, 동물의 힘줄 고기를 딱딱하게 만든 식감이었다.

무슨 벌레 고기인지는 그날 들어온 것에 따라 변하기 때문에 탐색자들도 그냥 「벌레 고기」 아니면 단순히 「고기」라고 부른다. 대단히 싸서 꼬치구이 하나에 천화 1닢밖에 안 한다.

맛이나 식감은 조금 다르지만, 이 검은색은 무노 남작령에서 먹었던 메뚜기 마물 고기랑 비슷하군.

맛없다는 점은 공통사항이지만 이쪽은 역한 맛이 덜하니 그나마 낫다.

다시 먹고 싶지 않다는 느낌도 비슷하네.

"막 탐색자가 됐을 때는 자주 강한 파티 뒤를 쫓아다니면서 재료 채취 끝난 마물 시체에서 고기를 회수했었지."

"돈은 됐지만, 자주 괴롭힘 당했어."

고기를 감싸던 여성 탐색자들이 그런 추억 이야기를 했다.

곤충 마물은 갑각이나 송곳니 등 돈이 되는 부분만 회수하는 탐색자가 많아서, 그런 다음 버려지는 마물 고기를 전문으로 회수하는 탐색자도 있었다.

그렇게 마물 고기를 회수하는 사람들을 「시체 털이」라고 부르며 한 단계 낮게 보는 모양이다.

그러고 보니 전에 미궁에서 본 고블린의 시체를 회수하던 소년 탐색자도 비슷한 말을 했었지.

이렇게 사람들의 생활을 뒷받침하는 어엿한 일인데 신기한 일이야.

"젊은 나리, 잔 채울게요."

둘러앉은 자리 중앙을 지나 내 앞에 나타난 20세쯤 되는 탐색자 아가씨들이 잔에 술을 따라주었다.

"고마워."

인사를 하고 에일을 마셨다.

─시큼하고 맛없네.

탄산이 빠진 맥주를 희석하고 식초를 섞은 듯한 맛이다. 그들에게는 나름대로 고급품인지, 다들 맛있다며 마시고 있었다.

입을 모아서「고블린주하고 달라서 에일은 맛있다」라고 한다.

고블린주란 것은 미궁의 주정뱅이 고블린─ 데미 고블린 드렁커가 가지고 다니는 발효주였다.

"젊은 나리, 드시고 있어요?"

"벌레 고기는 딱딱하지만, 이 콩이나 감자는 부드러워요."

에일 아가씨 등 뒤에서 나타난 다른 탐색자 아가씨들이 그렇게 말하며 나와 동료들에게 권했다.

이 콩이나 감자는「걷는 콩」이나「뜀뛰기 감자」라는 마물에서 얻은 식재료라서, 섣불리 먹으면 마비되거나 배탈이 나는 성가신 물건이다.

싸고 포만감이 오래 가니까 수입이 빈약한 새내기 탐색자나 운반인의 귀중한 칼로리가 되고 있었다.

"자요, 젊은 나리."

"고마워."

친절한 탐색자 아가씨가 작은 접시에 담아 내민 콩을 받았다.

천진하게 웃으면서 건네주다 보니, 맛없으니까 필요 없다고 말할 수가 없네.

씁쓸한 맛이나 역한 맛의 원인이 되는 감자나 콩의 검붉은 줄기를 피하면 조금 낫겠지.

품속을 거쳐 스토리지에서 가는 스푼을 꺼내, 붉은 줄기를 깎아내고 안을 스푼으로 떠서 먹었다.

가느다란 줄기까지 피할 수가 없어서 다소 쓴 맛이나 역한 맛이 남아 있지만, 나름대로 먹을 수 있는 맛이다.

"과연, 귀족님. 고상하다~."

"나도 스푼으로 먹어볼까?"

—아차.

고상한 척 할 생각은 없었는데, 뭔가 이상하게 감탄하고 있어.

고상하다는 키워드가 심금을 울렸는지, 미아랑 아리사도 요정 가방에서 꺼낸 스푼으로 콩이나 감자를 먹기 시작했다.

스푼을 든 손의 새끼손가락을 척 세우고서는, 어쩐지 뿌듯한 표정이었다.

"무, 무울."

아리사가 고상한 척 감자를 먹다가 목이 막혔나 보다.

루루가 물이 든 컵을 아리사에게 건넸다.

"으엑, 맛없어."

물을 입에 담은 순간에 뿜어낸 아리사를 보고 여성 탐색자들이 웃었다.

"아가씨한테는 강물은 맛이 없었나?"

"저쪽 물 가게에서 우물물 팔고 있어."

내 뇌리에 쓰레기가 가득한 수로가 떠올랐다.

그걸 마시는 건 좀 사양하고 싶은데.

"주인님! 다음 봉사활동 타겟은 수로야! 위생관념이 없는 마실 물은 용납 못해."

아리사가 분노를 긍정적으로 뿜어냈다.

식사 배급 광장의 쓰레기 줍기는 이미 광장 근처의 길거리까지 쓰레기를 쫓아낼 기세니까, 봉사활동을 수로 청소로 전환해도 문제는 없겠지.

허가가 필요할지도 모르니까, 수로 청소는 관공서에서 확인을 한 다음이라고 아리사에게 못을 박아두었다.

"아가씨, 이쪽 물병에 든 물을 마셔."

코신 씨가 아리사에게 물병을 건넸다.

"사작님, 한 잔 따를게."

코신 씨가 반대쪽 손에 들고 있던 와인 병과 컵을 흔들었다.

그의 뒤에 있던 선정적인 의상의 아가씨들이 꼬치구이나 야채 볶음, 춘권 같은 요리, 훈제한 나무 열매 같은 것이 담긴 접시를 들고 있었다.

뒤에 있는 여성들은 탐색자가 아니라, 코신 씨가 고용한 컴패니언인 모양이다. 주로 밤 방면으로.

"어이, 코신! 우리 건 없냐?"

"너희들은 감자랑 고기라도 먹고 있어! 이건 은인께 드리는 특별 메뉴다."

덩치 큰 탐색자의 목소리에 코신 씨가 호통을 치자, 주위에서 커다란 웃음이 일어났다.

먹는 속도가 변변찮은 우리들에게 좀 비싼 요리를 준비해준 모양이다.

"죄송합니다. 사작님. 저 녀석들은 질보다 양이라. 사작님은 이걸 드세요."

"신경 쓰이게 만들어서 미안해요."

"이 정도는 신경 쓰지 마시고."

황송해 하면서 내 맞은편에 앉은 코신 씨가 정색한 표정으로 깊숙하게 고개를 숙였다.

"사작님한테는 정말로 감사합니다. 그때 사작님 일행이 도와 주러 안 왔으면 여기 있는 녀석들 태반은 돌아오질 못했으니까."

그는 벌써 몇 번이고 감사 인사를 했는데 아직도 부족하다고 생각하나 보다.

코신 씨와 술을 나누면서 그의 탐색 이야기를 이것저것 들었다. 이번처럼 여러 파티를 모아서 깊숙한 곳에 간 것도 처음이 아닌가 보다.

"누군가 실수해서 난리가 나는 것도 드문 일은 아니지만—."

보통은 남성들끼리나 여성들끼리 원정대를 짜는 경우가 많은 데, 그는 구분하지 않고 모으다 보니 트러블이 많은가 보다.

"이번처럼 위험했던 건, 미적이 만든 연쇄폭주에 휘말려 들었 던 이래 처음이야."

"인위적인 연쇄폭주인가요?"

그러고 보니, 전에 미적이 만든 인위적인 연쇄폭주랑 맞닥뜨 린 미궁방면군이 괴멸 직전이었지.

"그래. 미적은 신입이나 노예를 제물 삼아서 연쇄폭주 선두에 달리도록 하거든."

그리고, 선두에서 미처 도망치지 못한 사람들은 마물의 먹잇감이 된다고 한다.

미적다운 지독한 방식이군.

"우와~인 거예요."

"오우, 판타스틱~?"

미묘하게 살벌해진 내 마음을 포치와 타마를 비롯한 탐색자들의 환성이 밝은 방향으로 되돌려 주었다.

빙 둘러앉은 중심에서 커다란 곰 수인 남자가 하늘을 향해 드러누워서 양손과 다리로 코가 커다란 남자애— 초원 요정을 공처럼 빙글빙글 굴리고 있었다. _{그린 루커}

—뭐가 재밌는 거지?

그 생각에 고개를 갸웃거린 순간, 초원 요정이 3미터 가까이 위로 펄쩍 뛰어 올랐다. 동시에 환성이 광장에 울렸다.

곰 수인의 강력 스킬뿐 아니라, 곰 수인이 차는 순간에 초원 요정이 타이밍을 맞춰 점프하기 때문에 나올 수 있는 높이였다.

"저 녀석들은 여행하는 재주꾼이었다가 탐색자가 된 별종들이야."

코신 씨가 두 사람에 대해 가르쳐 주었다.

"재미있는 경력이네요."

"렛츠, 챌린지~?"

"포치도 해보고 싶은 거예요."

타마랑 포치가 이쪽을 보며 허가를 구했다.

"다치지 않도록 조심해."

"네잉!"

"네, 인 거예요."

척 포즈를 취하고 대답한 타마와 포치가 자리 중앙으로 쫄래쫄래 달려갔다.

나는 리자와 나나에게 눈짓하여 긴급시의 커버를 부탁했다.

물론 나도 「이력의 손」을 스탠바이하고 있지만, 그건 최후의 수단이다.

"포치~."

"타마~ 인 거예요."

타마가 받침이고, 포치가 공 역할인가 보다.

돌리는 속도가 좀 빠른데.

"발사~?"

"고, 이커해요."

빙글빙글 돌던 포치가 눈을 핑글핑글 돌리면서 엉뚱한 방향으로 날아갔다.

"위험합니다."

둘러앉은 사람들 바깥으로 날아가는 포치를 리자가 일어서서 붙잡았다.

포치의 발목을 붙잡은 탓에 리자가 착지할 때 포치가 얼굴로 땅에 떨어졌다.

"아야야야, 인 거예요."

"미안해요. 포치. 실수했습니다."

"이 정도는 끄떡없는 거예요."

얼굴에 묻은 모래를 털어내면서 포치가 웃었다.

"괜찮아~?"

"코피."

미아가 포치에게 하급 치료 마법을 썼다.

"역시, 마법사가 있으면 좋겠다."

"신성 마법을 쓸 수 있는 신관님을 파티에 넣으려면, 역시 엄청난 기부가 필요해?"

"금화가 잔뜩 필요하댄다."

탐색자들이 부러운 기색으로 대화하는 게 들렸다.

"에~ 그러면 마법약이라도 되잖아."

"길드의 싼 마법약을 언제나 살 수 있으면 그렇긴 하지."

"약 가게의 마법약은 엄청 비싸고, 노점의 마법약은 효과가 없으니까."

"노점의 약은 엉터리 연금술사가 만든 저급품이나 마력이 빠져나간 불량품 둘 중 하나지."

"그래도, 하나 가진 게 없으면 불안하잖아."

"사냥터에 강한 놈이 섞여 있을 때 끝장이니까."

새내기 탐색자들에게 마법약은 비싼 데다가 오래 가질 않아서, 비싼 비적립 보험 같은 건가 보다.

"적철이던 쿠무리 씨나 『딱정벌레 가르기』 마길 씨도 다쳐서 은퇴했잖아. 그것도 마법약이 떨어져서 치료가 늦은 게 원인이라던데?"

"으에~. 적철도 그런 거야?"

"그래도, 그건 마법약을 다 썼는데 무리하게 사냥을 계속한 탓이라고 들었는데?"

"그럼 자업자득이지."

안전 마진을 잡지 않는 탐색자에게는 엄격한 평가를 내리는군.

은퇴한 탐색자는 길거리에 나앉는 사람도 적지 않은 모양이니까.

"마지막 하나는 부적이군요."

"하~ 부적이면 좋게. 나는 처음부터 마법약 같은 거 있지도 않아."

"그렇지, 너무 비싸거든."

내 말에 새내기 탐색자가 한숨을 쉬었다.

"소문에는, 나쁜 귀족이 뒤에 붙은 뒤로 약 가게 마법약이 비싸졌다며?"

"듀케리 자식 탓이라던데."

"아~ 그 자식 죽어주지 않을까?"

"바보야. 그 녀석이 죽어도 다른 녀석이 그 자리에 앉는다니까."

탐색자들이 듀케리 준남작 험담에 신이 났다.

마찬가지 소문을 주점의 탐색자들에게도 들은 적이 있었다. 듀케리 준남작은 마법약이나 마법 도구에 대한 폭넓은 이권을 가지고 있다고 하니까, 의외로 사실일지도 모르겠군.

"그러고 보니, 요즘 무기나 방어구도 가격이 오르고 있다는

데, 그것도 그건가?"

"그런가?"

"싸구려는 변함이 없는데, 『개미날개의 은검』이나 『사마귀 대검』 같은 건 죄다 가격이 오르고 있었어."

"진짜? 또 목표가 멀어졌어."

"바보야. 너는 일단 제대로 된 무기부터 산 다음에 말해."

불평을 나누던 탐색자들이 얼빠진 소리를 한 젊은이에게 태클을 걸고 폭소했다.

술이 들어가면 뭐든지 즐거워지는 거겠지.

"오옷! 굉장한데!"

"어이, 진짜로?"

자리 중앙에서 타마와 포치가 아까 그 퍼포먼스를 성공시켰다.

게다가 레벨이 오른 두 사람의 근력은 어마어마해서, 신체강화를 쓰지 않아도 아까 그 두 사람보다 높이 날았다.

"윙 주장에 나오는 쌍둥이의 필살기 같아."

"러브러브 토네이도였던가?"

"삐비. 틀렸어요. 스카이스카이 타이푼이야."

아리사가 말하는 축구 만화 소재를 들어본 적은 있는데, 너무 옛날 기억이라 기술 이름을 착각해버렸다.

"―필살기인가요?"

"연계 기술은 생각해볼 가치가 있다고 제안합니다."

리자와 나나가 다른 방향으로 사고하기 시작했다.

하지만 레벨 제도가 있는 이 세계라면 만화나 애니메이션에나 있었던 기술이라도 평범하게 쓸 수 있을지 모르겠군.

"코신 나리, 노래는 어떤가요?"

"아, 음유시인이구만. 신나는 걸로 부탁해."

류트를 한 손에 들고 나타난 음유시인이 코신 씨에게 대동화를 받아 자리 안으로 들어왔다.

"그러면, 보잘것없지만—."

챙이 넓은 모자를 벗어 인사한 음유시인이 포로롱 류트의 현을 퉁겼다.

"—저녁의 어둠에 떠오르는 백아의 궁전."

그가 노래하는 곡은 지난번 마족 루더만과 우리들이 싸운 것을 묘사한 것이었다.

주로 에르탈 장군, 길드장, 세베르케아 양 세 사람이 중심이었지만, 나도 「귀족 젊은이」나 「아름다운 미스릴 검의 젊은이」라는 프레이즈로 등장하고 있었다.

물론 마지막에는 「용사의 종자 쿠로」가 나타나 하늘에서 번개의 비를 내려 분홍색 슬라임과 융합한 마족 루더만 개량판을 쓰러뜨리는 장면으로 끝났다.

내 싸움이 각색되어 노래가 되니까 이거 꽤 쑥스러운 기분이군.

사토나 펜드래건이란 이름이 안 나온 게 그나마 다행이야.

◆

"이토록 시원하다니. 펜드래건 경 덕분에 쾌적하게 지낼 수 있겠어."

미테르나 씨 말에 따르면 미궁도시의 기온이 상승하고 있다고 하기에, 이끼 게 벌의 날개를 사용한 선풍기를 선물했더니 예상 이상으로 높은 평가를 받아 버렸다.

오늘은 나를 싫어하는 귀족— 몹포 남작 저택을 방문했는데, 마치 10년지기 절친한 친구처럼 친근하게 대해줄 정도였다.

냉풍 선풍기형 마법 도구, 두려운 녀석—.

급조품이라 마력 저장기가 달려있지 않아서, 지금 이 저택의 메이드가 하는 것처럼 마력을 계속 흘려야 하는 결함품이지만 그런 건 상관없는 모양이다.

그러고 보니 어느샌가 칭호에 「뇌물꾼」이란 게 늘어났다.

"이건 자네가 만든 건가?"

남작이 추가로 갖고 싶은 표정을 지으며 물었다.

"마도왕국 라라기에서 돌아온 제 가문의 출입 상인이 가져온 물건이라, 유감이지만 재입하 예정은 없습니다."

"그렇군, 그거 유감이야."

라라기에서 들여온 거라고 하지도 않았고 산 것도 아니니까, 재입하 예정이 없다는 것도 거짓말은 아니다.

이 방에 있는 시종 아저씨가 우리온 신의 기프트 「단죄의 눈동자」를 가지고 있기에 조금 둘러서 대답했다.

이 기프트에 거짓말을 꿰뚫어보는 힘은 없겠지만, 전모를 모르는 기프트라서 조금 경계한 것이다.

"그러나, 이런 물건을 독점해도 될 것인지……."

"안심하세요. 태수 각하께 헌상할 것도 따로 있습니다."

태수뿐 아니라 길드장과 에르탈 장군에게 헌상할 것도 이미 만들었고, 이끼 게 벌 한 마리에서 20대까지 만들 수 있으니 재료도 잔뜩 남아 있다.

그리고 양육원에도 냉풍선풍기를 3대 설치했다.

선풍기를 움직이기 위해서 교대로 마력을 주입하고 있으니, 아이들에게 마력 조작 스킬이 생기지 않을까 남몰래 기대하고 있었다.

"그렇군—."

남작이 턱에 손을 대고 생각에 잠겼다.

선풍기에서 냉풍을 맞는 상태라 기분이 좋아서인지, 딱히 진지한 표정이 못 되고 있지만 지적하는 못난 짓은 안 했다.

"이 정도 물건의 답례로 자네에게 두 가지 정보를 주지."

그가 거창하게 가르쳐준 정보는—.

"—전쟁인가요?"

"그래. 대륙 서방에서 막 돌아온 상인에게 들은 정보야. 식료품이나 철광석 가격이 오르는 것에 더해, 마검이나 마검의 재료가 되는 미스릴, 마물 소재의 수출이 그 나라에서 규제되고 있다는군."

실제로 개전하는 건 한참 나중이라고 하는데, 나로서는 먼 대륙의 끝 이야기를 가르쳐줘도 세상 돌아가는 이야기 소재밖에 안 되는 것 같은데.

"이해를 못한 모양이군. 우리 나라에서 수출 규제가 시작되기 전에, 상인들이 마물 소재를 사재기하려고 할 거야."

남작이 이해력 낮은 학생을 보는 눈으로 나를 보았다.

다시 말해서, 무기 소재가 되는 마물을 사냥해서 팔아 치우면 돈벌이가 된다는 거구나.

"또 하나는 마법약 관련이야."

"그것도 가격이 오르는 건가요?"

"아니, 미궁도시는 듀케리 경이 가격 조정을 하고 있으니 변함이 없지."

내 예상이 빗나갔다.

"왕국 직할령이나 연안령 부근에서 마법약의 재료가 비싸질 테니까, 길드의 마법약 가격이 오르거나 입하 수가 줄어들지도 몰라."

그건 난처해지는 탐색자가 많을 것 같은데.

입하 수가 너무 줄어들면, 쿠로의 모습으로 길드에 희석 마법약을 납품하는 편이 좋을지도 모르겠다.

"이야기가 조금 샛길로 빠졌군—."

남작이 빙과를 맛있게 입에 넣고 한숨을 쉬었다.

빙과는 냉풍 선풍기와 함께 선물로 가져온 것이었다.

"내가 말하려는 것은, 태수의 애인이 밀조하고 있던 마인약일이야."

내 뇌리에 태수의 애인이자 태수 대리였던 소켈의 모습이 떠올랐다.

그는 지금 태수성의 귀인용 감옥에 감금돼 있었다.

"타르투미나 항구에서 대규모 마인약 밀수가 적발됐다네."

왕도 직할령에 있는 교역도시 타르투미나는 나도 가본 적이 있었다.

그러고 보니 그때도 금지 약품 거래를 목격했었지.

다행히 밀수 자체는 막아냈다고 하는데, 밀수선은 도망쳤다고 한다.

처음에는 배의 형태를 보고 족제비 수인족의 상선이 아닌가 했었는데, 입항했어야 하는 파리온 신국의 군선도 사라진 것 때문에 일이 성가셔지고 있다고 한다.

나는 탐정의 소양이 없으니 먼 도시의 사건에는 흥미가 없었다.

그리고 일부러 뜸을 들여가며 전해줄 정도의 정보도 아닌 것 같은데―.

"흥, 당황하지 말게. 본론은 이제부터야."

빙과를 다 먹은 남작이 메이드에게 하나 더 달라고 명령하며 스푼을 흔들었다.

"적발된 범죄조직 녀석들이, 마인약을 제공한 것이 케르텐 후작이라고 증언을 했다 하더군."

케르텐 후작― 분명히 왕도의 문벌귀족이고 군벌에 영향력이 있는 사람이라고 들은 적이 있다.

"범죄자가 하는 말을 그냥 믿는 바보는 없지만, 웃어넘길 정도로 마인약은 가볍지 않아."

말없이 듣기만 하는 것도 미안해서 「과연」 하며 적당히 맞장구를 쳤다.

"왕국의 첩보 부대가 은밀하게 움직여서—."

케르텐 후작이 관리하는 군의 창고 중 하나에서 대량의 마인약이 발견됐다.

게다가 같은 창고 안에 군의 목록에 실리지 않은 불 지팡이나 마물 소재의 무기가 숨겨져 있었다. 더욱이 성채용 대형 마력포까지 있었다.

때문에 케르텐을 떠받들던 귀족이 「케르텐 후작에게 모반의 뜻이 있다」라고 소란을 피워서, 왕도에 대소동이 일어났다고 한다.

"아직도 모르겠나? 태수부인이 아끼고는 있어도, 권모술수는 아직 부족한 모양이군."

남작이 탄식하며 말하기를, 케르텐 후작이 실각할 경우에 대비해서 태수부인의 지원을 받아 왕도의 군부에 파고들어 직위를 얻을 찬스라고 한다.

기왕 권유해준 거지만 나로서는 지금 이상 지위가 올라가는 데 흥미가 없었다.

나는 그의 정보에 인사를 하면서도 영달에는 흥미가 없다고 에둘러 고했다.

"흥. 그런 말을 하다간 아무리 시간이 지나도 영세(永世)귀족이 못 될 걸세."

"저에겐 명예사작의 지위도 과분한지라……."

쓴 소리를 하는 남작에게 말하고, 선물로 가져온 빙과를 다 먹은 타이밍에 물러가기로 했다.

그 다음, 마찬가지로 귀족 가문을 순서대로 방문했다.

이후의 집들은 첫 번째 방문한 몹포 남작보다 가문의 격이 떨어지기 때문에, 냉풍 선풍기가 아니라 시원함을 즐기는데 편리한 얼음 기둥 5개 정도와 빙과를 선물로 가져갔다.

전에 태수부인의 다과회에서 얼음 기둥이나 빙과가 귀하다고 배웠다. 역시 모든 집들이 높은 평가를 해주었다.

갑자기 10년지기 절친 같은 관계가 될 정도의 위력은 없었지만, 적어도 적대상황에서 벗어난 느낌은 들었다.

역시 이웃하고는 잘 지내야지.

◆

"어머? 펜드래건 경은 소식이 빠르네요."

귀족 가문 순회를 마친 나는 태수부인을 방문했다.

몹포 남작에게 들은 전쟁의 소문을 확인하기 위해서였다.

"대륙 서부는 본래 국지전이 많은 지방이에요."

태수부인이 냉풍 선풍기의 시원한 바람을 즐기면서 말했다.

"다수의 나라 사이에서 전쟁이 일어날 것 같다는 소문은 반년쯤 전부터 있었어요. 요즘은 미궁도시의 무구나 소재를 사러 오는 외국의 상인이 늘었다고 듀케리에게 들었어요."

어젯밤 탐색자들의 연회에서 들은 마법의 무기 가격이 오르고 있다는 건 사실이었다. 그것은 마검류의 유출을 줄이기 위해서 듀케리 준남작이 의도적으로 하고 있다고 했다.

"유출되면 무슨 문제가 있는 건가요?"

"그래요. 마검이나 미스릴 검의 유출은 국방력을 낮추고, 타국의 전력을 올리는 행위인걸요."

태수부인이 가르쳐준 다음에 몇 개 정도는 문제가 없다고 덧붙였다.

전쟁을 할 거라면 마력포나 대형 골렘을 잔뜩 갖추는 편이 좋을 것 같기도 한데, 레벨 제도의 이 세계에서는 강력한 무구를 갖춘 레벨 높은 무인은 무시할 수 없는 존재인 거겠지.

그다지 좋은 소문은 못 들었지만 듀케리 준남작은 단순한 수전노가 아닌 모양이군.

"마물 소재의 무구는 파손되면 수복할 수 없는 것이 많으니까 시가 왕국의 기사나 병사는 잘 안 쓰려고 하지만— 대륙 서방에는 마물 소재의 무구를 복원하는 비밀의 기술이 있다고 해요."

태수부인이 후반 부분의 소문을 작은 소리로 가르쳐 주었다.

그러고 보니— 리자의 마창은 어떻지?

지금까지 작은 금이나 생채기 정도라면 생긴 적이 있을 텐데, 돌이켜봐도 그런 금이나 생채기는 떠오르지 않았다.

어쩌면 어느샌가 자가복원된 걸지도 모르겠네.

돌아가면 리자한테 물어봐야겠군.

"전쟁의 영향은 몹포 남작이 말한 게 맞아요. 이 기회에 돈벌이를 하는 건 좋지만, 너무 강력한 무구를 만들 수 있는 소재는 파는 상대를 고르도록 하세요."

"네, 충고 감사합니다."

구역의 주인이나 권속의 소재는 본래 팔 생각이 없었지만, 다른 소재도 주의해야겠군.

　전쟁에 대해선 이걸로 좋다 치고—.

　"교역도시 타르투미나에서 마인약 밀수가 적발됐다고 들었습니다만, 역시 미궁도시에서 밀조된 물건이었던 건가요?"

　"원료는 아마 그럴 거예요. 그만한 양의 마인약을 만들 재료를 준비할 수 있는 건 미궁밖에 없으니까요."

　태수부인이 동그란 얼굴에 우려를 드러냈다.

　"미궁도시 바깥으로 밀수한 방법도 알아냈어요."

　환락가 변두리, 외벽 가까운 소켈의 애인 저택 지하에 도시 밖으로 통하는 지하도가 있었다고 한다.

　"그 정도 지하도를 비밀리에 만들려면 우수한 흙 마법사 여럿이 필수인데, 소켈은 그런 연줄이 없어요. 마족에게 세뇌됐던 포프테마도 연관이 없다고 했으니, 왕국 안에 그런 흙 마법사를 많이 확보하고 있는 건 궁정 마법사인 시가 33지팡이나 왕국군 뿐이죠."

　그러니까, 소켈의 배후에 있는 건 궁정 마법사나 왕국군에 영향력이 있는 인물일 가능성이 높다는 거구나.

　"왕도에서도 마인약이 발견된 건 알고 있나요?"

　"네. 군의 창고에서 발견됐다고 하더군요."

　"맞아요. 관리하고 있던 분이 모반을 일으키기 위해 준비하고 있었던 게 아닌가 해서, 왕도가 아주 소란스러워요."

　태수부인은 케르텐 후작의 이름을 꺼내지 않고 알려주었다.

　"덕분에 소켈을 왕도에 보내는 것이 연기되고 말았어요."

마침 호송 예정이었던 비공정 편으로 이번 정보가 왔다고 한다. 지금 소켈을 왕도에 보내면 케르텐 후작 주변의 정쟁에서 도구로 사용되기 때문에 태수성의 첨탑에 감금하고 있었다.

—그렇지.

"그러고 보니 소켈은 마족에게 세뇌되지 않았었나요? 포박할 때 상당히 착란하고 있었던 것 같았는데요?"

나는 신경 쓰이던 것을 물어봤다.

미궁도시에서 일어난 일련의 사건에는 마족이나 마왕신봉자 집단이 얽혀 있었던 것 같으니까, 소켈 일도 그렇지 않을까 생각한 거다.

"어머? 펜드래건 경은 소켈에게 흥미가 없다고 생각했어요."

태수부인이 눈을 깜빡이고서 가르쳐 주었다.

"포프테마를 가사 상태로 만든 다음에, 그의 세뇌를 간파한 헤랄르온 신전의 노신관장이 살펴봤지만, 소켈에게는 세뇌의 흔적이 없었다고 해요."

소켈이 착란한 원인은 이른바 현대의 위법 마약에 상당하는 마법약의 부작용 때문이었다고 한다.

마인약 생성의 과정에서 생기는 부산물이었다.

정말이지. 이세계에서 위법 마약이라니, 좀 관두라고.

그런 식으로 조금 살벌한 방향으로 이야기가 틀어졌지만, 그것도 메이드가 맛있어 보이는 빙과를 가져올 때까지였다.

"이렇게 더우면 차가운 빙과가 한층 더 맛있군요."

감귤계 과일을 얼려서 만든 빙과는 상큼한 향과 산뜻한 뒷맛이 근사했다.

"세리빌라 시는 대사막이 가까우니까 기후 조정을 하지 못하면 더워지고 말아요."

"—기후 조정, 인가요?"

"네. 평소에는 남편이 태수의 힘으로 조정하고 있지만, 그 힘을 광역 마족 탐지에 사용해버려서 마력이 모일 때까지는 계속 더울 거예요."

도시 핵의 힘을 탐색에 사용하면 기후 조종마저 못할 정도로 마력을 쓰는구나……. 그러면 자주 쓰지 못해서 마족의 침입을 허용해버리는 것도 이해가 되는군.

마력을 거의 소비 안 하는 내 모든 맵 탐사하고는 전혀 다르네.

"직할령뿐 아니라, 시가 왕국 전체에 폐하의 칙명이 내렸어요. 왕도나 공작령 같은 곳의 영도(領都)는 마력에 여유가 있지만, 백작령이나 변경 도시는 마력 부족으로 기후가 악화되고 말아요."

그녀가 백작령의 예로 북쪽 끝의 세류 백작령을 들더니, 기온 저하가 현저하다고 가르쳐 주었다.

나는 흉작이나 기근을 염려했지만, 마력 부족에 따른 기후 조정 불능 기간은 한 달 정도라고 하니 그럴 걱정은 없다고 한다.

"하지만, 그런 보람이 있어서 직할령이나 주변 영지에서 마족이 셋이나 발견됐어요."

국왕 직할령에 인접한 젯츠 백작령과 키리크 백작령, 그리고 시가 왕국 북서쪽에 있는 비스탈 공작령에서 하급 마족이, 더욱이 렛세우 백작령에서는 중급 마족이 발견됐다고 한다.

도시에 커다란 피해를 내면서도 이미 모두 토벌됐다고 했다.

그건 그렇고, 가장 노리기 쉬울 것 같은 왕도에 마족이 전혀 없었던 건 신경 쓰이네.

왕국 최강의 검사 집단이라고 하는 시가 8검이 있어서 그런가?

―맞다.

나는 맵을 열어 지난번 미궁도시에서 마족 소동을 일으킨 녹색 상급 마족의 「의사체」에 달아둔 마커를 확인했다.

비스탈 공작령과 렛세우 백작령 경계를 어슬렁거리던 마커가 사라졌다.

아마도 마족 탐색에 발견되어 토벌하러 원정을 간 군대에게 쓰러진 모양이군.

마족이 다음에 나쁜 짓을 하려는 장소를 알고 싶어서 방치했는데, 쓰러져 버렸으면 어쩔 수 없지.

다음에 꼬리가 보였을 때 다시 한 번 마커를 달아두자.

"도시에 피해가 큰가요?"

"렛세우 백작령은 영도가 커다란 피해를 입었고, 렛세우 백작이 전사했다고 해요."

렛세우 백작이라고 하면, 티파리자와 넬에게 성희롱을 한 데다가 범죄 노예로 만든 변태 영주였지.

꼴좋다고까지는 안 하겠지만 딱히 마음이 아프지도 않군.

"렛세우 백작의 적자가 부도시의 군세를 지휘해서 토벌하고, 지금은 부흥에 힘을 쏟고 있어요. 다음 왕국회의 때 약혼자인

시스티나 전하를 제1부인으로 맞이하기 위해서도, 필사적으로 영지를 재건하고 있을 거예요."

아들은 좀 나은가?

마족은 퇴치한 모양이니까 내가 신경 쓸 것 없겠지.

"다른 도시의 피해 상황은 전해지지 않았지만, 발견 장소에 토벌대가 급행할 때까지 적지 않은 피해가 나는 법이에요. 지난번 세리빌라 사건처럼 마족 출현 장소에 에르탈 장군 같은 무인이나 『홍련귀』 조나 공 같은 마법사가 있는 기적은 드문 일이죠."

태수부인이 그렇게 말한 다음 「당신 같은 용기 있는 젊은이도」라고 덧붙였다.

그리고, 그녀가 말한 「홍련귀」는 길드장의 별명인가 보다.

"—그러면 수로 청소는 딱히 허가를 얻지 않아도 괜찮은 거군요."

"그래요. 허가는 필요 없지만 관공서에 청소하는 걸 보고는 하도록 해요. 공무원은 자기가 모르는 곳에서 일어나는 일을 싫어하는 법이죠."

"네, 알겠습니다."

아리사가 수로 청소를 하겠다고 기염을 토하고 있어서, 태수부인에게 봉사활동 뒤의 청소 작업으로 수로의 쓰레기 청소를 해도 되냐고 확인했더니 문제없다며 흔쾌히 허가해 주었다.

관공서에서도 연 2회 수로 청소를 하고 있지만, 쓰레기를 버리는 자가 많아서 금세 더러워진다고 한다.

콩콩. 노크하는 소리가 들리고 시녀가 들어왔다.

"레이텔 님, 도착했습니다."

"들여보내 주세요."

태수부인의 허가를 받아서 냉혹해 보이는 얼굴의 관리가 방에 들어왔다.

그는 지난번 마족 습격 사건에 대한 조서를 받으러 왕도에서 온 관리였다.

본래는 나랑 관리 둘이서만 청취하는 것이지만, 나를 걱정한 태수부인이 청취 장소를 태수의 성으로 지정하고 동석까지 해 주었다.

그 덕분에 상황 설명을 한 번 주욱 하고서 끝났다.

다만 마지막에—.

"—중급 마족은 그밖에 뭐라고 말한 것이 없었나요?"

"어떤 말이죠?"

"질문은 제가 하고 있습니다."

"그렇지만 딱히 의미가 있는 말은 없었습니다만."

기억의 실을 더듬어봤지만 역시 대단한 말은 안 한 것 같은데.

오히려 녹색 마족의 의사체가 뭐라고 했었지.

"『재림의 잔』이나 『거짓된 왕』 같은 말은?"

"아뇨. 딱히."

그러니까, 의미심장한 단어로 이상한 루트에 돌입하는 분기점 표시하지 말아주세요.

"청취는 끝났나요? 펜드래건 경하고는 아직 할 말이 남았어요. 끝났다면 퇴실해줄 수 있을까요?"

부탁이란 형태를 취한 태수부인의 명령을 들은 관리가 방을 나섰다.

언뜻 들기에도 마왕부활을 시사하는 단어였지만, 그가 걱정할 것도 없이 미궁도시에서 녹색 마족이 꾸미고 있던 마왕 부활 계획은 이미 뭉개 버렸다.

다른 마왕을 부활시키는 꿍꿍이라도 있다면야 큰일이지만.

◆

"페, 펜, 펜드래건 경!"

태수부인과 면회한 다음, 관공서에서 수로 청소 허가를 받고 돌아가는 길. 길드장에게 전쟁 관련 정보를 전해주려고 서쪽 길드에 들렀는데, 거기서 통통한 소년 귀족이 나를 불렀다.

"안녕하세요? 루람 공."

넘어지기라도 할 것처럼 황급히 달려온 그는 태수 3남 게릿츠 군의 추종자 중 한 명이었다.

"크, 큰일 났어!"

무슨 일이 있었는지, 상당히 절박한 표정을 짓고 있었다.

무슨 긴급 사태가 일어났나 보군.

"무슨 일이죠?"

"메, 메리안이!"

내 팔에 매달린 루람 군이 외쳤다.

"메, 메리안이 미궁에!"

아무래도, 또 새로운 사건이 일어난 모양이군.

듀케리 준남작

"사토입니다. 이해의 충돌이란 것은 사람이 사회 활동을 하는 한 크든 작든 발생하는 겁니다. 만인을 납득시킬 수 있는 건 몽상뿐이지만, 이상을 향해서 서로 다가가는 건 중요하다고 생각해요."

"루람 공. 진정하세요."

가볍게 패닉을 일으킨 모양이다. 「메리안이 미궁에」와 「큰일 났어」를 반복하기만 해서 알아들을 수가 없네.

심호흡을 시켜서 차분함을 되찾은 다음에 들은 이야기에 따르면, 듀케리 준남작영애 메리안이 탐색자 파티에게 권유 받아서 미궁에 들어가는 걸, 군것질을 하던 루람 군이 발견한 모양이다.

"준남작 가문에는 연락을 하셨나요?"

"으, 응. 할아범을 보냈지."

루람 군 이야기에 따르면 메리안 양이 미궁에 들어가고 반 시간도 안 지났다고 한다.

"그러면, 제가 메리안 공을 찾으러 다녀오죠."

"나, 나도—."

함께 가고 싶다고 말하려는 루람 군의 말을 가로막으면서 그가 이 자리에 남을 이유를 주었다.

"루람 공은 듀케리 준남작이 왔을 때 현재 상황을 전하는 역할이 있습니다."

"아, 알았어."

그렇게 대답한 루람 군을 남기고 나는 미궁으로 갔다.

미궁문을 넘어 구불구불한 계단을 달려 내려가면서 맵 검색으로 메리안 양의 현재 위치를 조사했다.

제1구역의 주회랑을 조금 벗어난 가는 통로 끝에서 여성 탐색자 3명과 함께 데미 고블린 사냥을 하고 있는 모양이군.

나는 발소리를 죽이고 그녀들이 싸우는 장소로 향했다.

"아가씨, 그럼 안 되지! 한 마리만 상대하다 보면 반대쪽에서 공격해온다!"

"갸하하. 빌어먹을 귀족의 딸이라도 피는 빨갛네!"

"어이쿠. 위에서 미궁 나방 참전이다! 마비 조심해!"

전방에서 여성들의 불쾌한 목소리가 들렸다.

"구, 구원을 부탁한다. 나 혼자서는 무리다."

레이더에 비치는 광점 위치를 보니, 주변의 여성 탐색자들은 애원하는 메리안 양을 도와주지 않고 부추기기만 하고 있었다.

통로 끝에 도착하자 그녀들의 모습이 보였다.

이 통로는 그녀들이 싸우는 통로 위쪽으로 이어져 있었다.

"어라라, 고블린 정도는 여유라고 하지 않았어?"

"전투 사마귀하고도 싸워본 적 있다며?"

"전투 사마귀가 괜찮으면 고블린 정도는 갑옷이 없어도 여유잖아.”

　마지막 아가씨가 금속 가슴보호대가 달린 갑옷을 한 손에 들고 웃었다.

　아무래도, 메리안 양은 갑옷을 빼앗긴 상태로 데미 고블린과 싸우고 있는 모양이다.

　고약한 집단 괴롭힌 현장을 본 것처럼 기분이 상했다.

　“뭘 하고 있나!”

　나는 3미터 정도 높이를 뛰어내려서 데미 고블린들을 요정검으로 벤 다음, 여성 탐색자들에게서 메리안 양을 감싸는 위치에 섰다.

＞칭호 「소녀의 구세주」를 얻었다.

　“아니, 우리는 이 애를 단련시켜주려고…….”

　“일부러 그녀의 갑옷까지 벗긴 다음에?”

　데미 고블린의 손톱에 베인 메리안 양의 셔츠가 상처투성이였다.

　그녀의 체력 게이지도 반 정도 줄어 있었다.

　“이, 이게 우리들 훈련이야!”

　“켁. 애들아, 가자.”

　“아가씨는 자기 남자하고 야한 짓거리라도 하고 있어!”

　꼴사나운 말을 남기고 도망가려는 아가씨들 발을 「이력의 손」으로 붙잡아 넘어뜨리고, 뒤따르는 두 사람이 거기에 걸려 넘어진 것을 위에서 짓눌렀다.

　나는 몸부림치는 세 사람을 격납 가방에서 꺼낸 로프로 재빨리 묶었다.

　"뭐, 뭐 하는 거야!"

　"이거 풀어!"

　"이 변태!"

　"조금 지나쳤어. 너희들은 길드에 넘겨야겠다."

　내가 중간에 끼어들지 않았으면 메리안 양이 버림받고 죽었을 가능성이 높았다.

　잔소리 한마디로 넘어가주기에는 너무 지나친 행동을 했다.

　"빌어먹을 귀족의 딸 같은 걸 왜 도와주는 건데."

　"다들 듀케리 자식을 싫어한단 말야. 우리들은 사람들의 울분을 풀어주려고 한 것뿐이야."

　"듀케리의 돈벌이를 위해서 탐색자들이 몇 명이나 죽었다고 생각하는데!"

　"그 녀석이 곤란해져서 반성하면 마법약도 싸진다구!"

　묶인 여성 탐색자들이 원망스런 발언을 하자 메리안 양이 슬픈 기색으로 고개를 숙였다.

　아무래도, 이 여자들은 듀케리 준남작에게 앙갚음을 하려고 메리안 양을 미궁에 데리고 온 모양이다.

　"자신들의 울분을 풀려는 것뿐이잖아? 멋대로 탐색자를 대표하지 마."

　"멋대로 아냐! 다들 말한다니까!"

"다들이 누군데?"

대드는 여성 탐색자를 차가운 눈으로 내려다보았다.

시선에 위압을 실어 버렸는지 여성들이 몸을 움츠리면서 입을 다물었다.

마법약을 사지 못해서 죽은 탐색자가 있는 건 사실이겠지만, 그렇다고 그 책임을 모두 듀케리 준남작에게 떠넘기는 건 아닌 것 같다.

마법약이 없다면, 없는 대로 안전 마진을 두면 된다.

하물며 그의 딸을 괴롭히는 건 이치에 안 맞는 짓이다.

"메리안 양, 그대로는 상처가 남습니다. 이 마법약을 마셔요."

나는 메리안 양에게 하급 마법약을 건넸다.

각각의 상처는 얕지만, 위생에 문제가 있는 데미 고블린의 손톱에 다친 상태로 방치하면 화농될 것 같았다.

메리안 양은 마법약을 보기만 하고 마시려 하지 않았다.

이 녀석들이 한 말 때문에 마법약을 마시는 걸 망설이는 모양이군.

"피투성이로 있으면, 준남작 각하가 걱정하실 것 같군요."

나는 데미 두루마리를 꺼내 사용하는 척하면서 회복 마법으로 상처를 치유하고, 생활 마법으로 그녀의 옷에 묻은 피를 지웠다.

피를 지웠더니 고블린의 손톱에 찢어진 그녀의 셔츠 틈으로 이것저것 보이면 안 되는 부분이 보이게 되기에, 시선을 피하면서 루루용 갈아입을 셔츠를 건넸다.

"메리안 공, 갈아입을 옷입니다."

소재는 보통 면이지만, 집요정 브라우니들이 만든 옷이니까 입는 감촉은 대단히 좋은 옷이다.

"고마워요, 사작님."

가녀리게 인사를 하는 메리안 양에게 갑옷을 다시 장비시키고 출구로 갔다.

로프로 묶은 여자들을 데리고 가는 탓에 중간에 만난 탐색자들이 흠칫거렸지만, 내가 입은 귀족의 옷을 보더니 연관되지 않는 게 좋다고 생각하여 얼른 가버렸다.

미궁문에서 사정을 설명하고 길드 직원에게 여자들을 넘긴 뒤 우리는 미궁을 나섰다.

서쪽 문에서 서쪽 길드 앞을 향해 걷고 있는데 세련된 검은 마차가 굉장한 속도로 길드 앞 광장에 들어오는 게 보였다.

마차보다 조금 늦게, 무장한 남자들을 태운 짐수레가 정차했다.

급정차한 마차의 문이 거칠게 열리고 노신사 한 명— 듀케리 준남작이 뛰쳐나왔다.

멀리 보이는 듀케리 준남작은 루람 군과 뭐라고 대화를 나눈 뒤 남자들을 재촉하여 서둘러 이쪽으로 왔다. 대단히 여유가 없는 초조한 느낌이었다.

"마중 나왔네요, 메리안 공."

"—아버님."

메리안 양이 안도와 어색함이 뒤섞인 복잡한 표정을 지었다.

"메리안!"

이쪽을 발견한 듀케리 준남작이 한순간 표정을 풀었지만, 다음으로 분노한 형상이 되어 달려왔다.

그대로 딸을 끌어안을 줄 알았는데, 가차 없는 기세로 딸의 뺨을 때렸다.

"이 어리석은 녀석!"

"아버님, 저는—."

"변명은 저택에서 들으마."

듀케리 준남작이 딸의 말을 가로막더니 가는 팔을 붙잡았다.

그의 날카로운 시선이 내 얼굴에 멈추었다.

"자네의 조력에 감사하네. 다음에 반드시 인사를 하지."

듀케리 준남작은 그렇게 말하고 메리안 양의 손을 끌며 물러갔다.

한순간 딸을 미궁에 데리고 들어갔다고 오해 받지 않을까 하여 경계했지만, 내가 수색하러 간 것을 루람 군에게 확실히 들은 모양이다.

거친 발소리를 내며 마차로 돌아가는 듀케리 준남작과 교대하듯이, 루람 군이 이쪽으로 다가왔다.

"메리안이 무사해서 다행이야."

루람 군의 배에서 꼬르르륵 소리가 났다.

"안심했더니 배가 고파져 버렸어."

"이건 사소한 거지만, 이번 일의 공로자에 대한 포상입니다."

나는 격납 가방을 거쳐서 스토리지에 있던 수제 고래 꼬치 커틀릿를 꺼내 그에게 건넸다.

오늘의 수훈자는 메리안 양의 위기를 전달해준 루람 군이니까.

"우와아, 평소보다 맛있어!"

행복한 표정으로 꼬치 커틀릿를 먹는 루람 군을 격려해주고, 나는 지나가는 매대에서 베리아 물을 사서 목을 축였다.

이걸로 한 건 해결, 인가?

◆

메리안 양을 구조한 다음날, 나는 듀케리 준남작 가문의 만찬에 초청을 받았다.

"어서 오시게, 펜드래건 경. 내 집의 연회에 잘 왔네."

"오늘은 초대해 주셔서 감사합니다."

긴 테이블이 놓인 식당에 준남작 부처와 메리안 양, 그리고 그녀의 오빠인 장남이 있었다.

미리 입수한 정보에 따르면, 준남작은 시가 왕국의 귀족치고는 보기 드물게 측실이나 애인이 없다고 한다.

아버지에게 뺨을 맞은 메리안 양의 볼은 마법약으로 치료했는지 깔끔하게 돌아와 있었지만, 울다가 부운 눈꺼풀은 화장으로도 미처 감추지 못하고 있었다.

그녀의 드레스 차림을 보는 건 태수부인의 다과회 이래로 두 번째인데, 레이피어를 허리에 찬 남장 차림보다 잘 어울리는군.

"자, 자네가 펜드래건 사작이군. 여동생을 구해줘서 고맙네."

창백한 안색의 장남이 어색한 웃음을 지으며 말했다.

어쩐지 나쁜 의미로 덧없는 느낌이다. AR표시를 보니 그의 상태는 「고블린 병: 만성」이었다.

여동생인 메리안 양보다 두 살 위인 16세지만 그녀보다 어리게 보였다.

이렇게 보니 듀케리 준남작과 아이들의 연령이 상당히 떨어져 있는 걸 잘 알 수 있었다.

"오늘은 식도락가인 자네에게 맞춰서 사치를 부려봤다네."

"그건 기대되는군요."

사치를 부렸다, 라고 자기가 말해버리네.

그의 말에서 뭔가 걸리는 걸 느꼈지만, 요리 자체는 그가 말한 것처럼 미궁도시에서 보기 드문 재료를 사용하여 대단히 맛있는 것들이었다.

아마도 「보물 창고」 스킬을 가진 사람이 냉장의 마법 도구에 넣은 상태로 멀리서 운반해 온 거겠지.

"죠스, 야채도 먹으렴."

"야채는 싫어합니다."

고기와 빵밖에 안 먹는 아들을 보고, 사모님이 작은 소리로 주의를 주는 게 엿듣기 스킬로 들렸다.

그 모습을 본 듀케리 준남작이 불쾌한 기색으로 눈썹을 찌푸리며 명했다.

"호셰스, 손님 앞이야. 삼가도록."

사모님은 몸이 굳어지더니 남편과 나에게 사과한 다음 뭔가 말하고 싶은 기색으로 아들을 보았지만, 그는 야채를 완전히 무시하고 새콤달콤한 소스를 뿌린 오우미 소 안심 스테이크를 맛있는 기색으로 먹었다.

　어쩐지 자리가 불편해지는 만찬의 분위기 탓에 기껏 맛있는 요리가 꽝이군.

　그래도 의무적으로 가벼운 대화를 하도록 마음을 먹고, 코스 마지막에 나온 배 콤포트를 입에 넣어 만찬을 끝냈다.

　"펜드래건 사작은 탐색자라지? 이야기를 좀 들려줘."

　"죠스, 그는 나와 일 이야기가 있다. 탐색 이야기는 다음 기회에 들려달라고 하거라."

　"체엣."

　어린애처럼 입을 삐죽거리는 아들의 머리를 듀케리 준남작이 쥐어박았다.

　"정말이지, 아무리 지나도 성장하질 않는군―."

　작게 중얼거리는 소리가 엿듣기 스킬로 들렸다.

　"저 정도 나이라면 그런 법이죠."

　"아들보다 어린 자네가 그리 말하나?"

　듀케리 준남작이 쓴웃음을 지으며, 나를 선도하여 응접실로 갔다.

　그러고 보니 내 외모 연령은 15세였지.

　"아들도, 자네 정도― 아니, 손님 앞에서 불평을 하면 안 되겠지."

　차분한 느낌의 응접실 소파는 조금 쿠션이 부족했지만 앤티크한 느낌이라 좋았다.

"두 번이나 메리안을 구해준 것에 감사하네."

듀케리 준남작이 말하더니 테이블 위에 낡은 두루마리 2개를 놓았다.

"이것은 감사의 표시라네."

"마법의 두루마리인가요?"

"자네가 두루마리 수집가라고 들었지."

"두루마리를 봐도 괜찮을까요?"

그가 수긍하는 것을 보고 두루마리가 찢어지지 않도록 주의해서 펼쳤다.

두루마리는 「석제 구조물_{스톤 오브젝트}」과 「땅의 종자 제작_{크리에이트 어스 서번트}」의 두 가지였다.

둘 다 제법 마음이 들뜨는 물건이군.

지금 당장이라도 미궁으로 전이하여 사용해 보고 싶을 정도였다.

너무 흥분해서 낡은 두루마리가 찢어지지 않도록 테이블 위로 돌려놓았다.

"참으로 희귀한 두루마리로군요."

"본래는 후다이 백작이나 고하트 자작에게 부탁 받아 구한 두루마리였지만, 달리 자네가 기뻐할 만한 물건이 없어 이쪽에 돌려봤지."

"그러면 후다이 백작과 고하트 자작에게 감사를 해야겠군요."

"실용성이 낮은 물건이라 너무 기대하면 곤란해."

내 기쁨이 전해졌는지 듀케리 준남작이 가볍게 못을 박았다.

"저는 수집이 취미라 보기 드문 두루마리는 그것만으로 기쁨니다."

"그러면, 다행이군."

"그런데, 이것은 시멘 자작 가문의 공방에서 만든 것이 아닌 듯합니다만. 세리빌라 미궁의 보물 상자에서 나온 물건인가요?"

AR표시가 있으니 사진(砂塵) 미궁이란 던전에서 나온 두루마리인 것을 이미 알지만, 일단 이야기를 해봤다.

"아니, 그것은 먼 옛날에 죽은 미궁에서 나온 물건이라고 하더군."

요전에 마법의 무기를 찾으러 온 외국의 상인이 가지고 온 물건이라고 한다.

내가 두루마리를 수납하자, 메이드들이 테이블 위에 깔끔한 커팅 글라스 잔을 두더니 보리 향이 근사한 위스키를 따라주었다.

"―그런데 펜드래건 경."

듀케리 준남작이 위스키로 입술을 적시면서 이야기를 꺼냈다.

"자네에게 상담하고 싶은 일이 있네. 내 아들 일이야."

"어떤 상담인가요?"

"아들의 병에 대해서는 알고 있나?"

"병명까지는 모릅니다만, 난병을 앓고 있다는 소문은 들은 바가 있습니다."

듀케리 준남작은 다른 곳에서 말하지 말라고 하고는, 아들이 심한 고블린 병이며 소켈이 공급하던 「귀식약」으로 증상을 완화시키고 있었단 것을 가르쳐 주었다.

물론 맵 정보로 이미 알고 있었지만, 그것을 밝힐 수는 없으

베리아의 마법약

"사토입니다. 미들웨어의 등장으로 게임의 다기종화가 당연하게 되었습니다만, 그 이전에 게임 전용 콘솔에서 휴대용 게임기로 다운 사이징하는 건 꽤 힘든 작업이었습니다."

"쿠로 님!"

"레리릴, 밤 늦게 미안하군."

나는 일단 저택으로 돌아간 다음, 가짜 모습 중 하나인 쿠로로 변신하여 공간 마법 「귀환전이」를 써서 「담쟁이 저택」에 찾아왔다.

아까 듀케리 준남작과 대화하다 알게 된 베리아의 마법약 레시피를 인간족용 연성판으로도 만들 수 있도록 개조할 수 없을까 연구하기 위해서였다.

마중 나온 어린 용모의 집요정 레리릴에게 지하의 연구 시설을 쓴다고 말했다.

"그럼 준비하겠습니다!"

레리릴이 싹싹한 목소리로 대답하며 달려갔다.

참 활기차군.

레리릴과 교대하며 아가씨 한 명이 나타났다.

"쿠로 님! 돌아오셨군요!"

화려한 미모에 알기 쉽게 기쁜 표정을 지은 금발 귀족 아가씨 에르테리나였다.

미적에게서 구조한 뒤, 이 「담쟁이 저택」에서 보호하고 있었다.

귀족이기 때문에 미적에게 순결이 더럽혀졌다고 소문이 돌기만 해도 불명예가 되기에, 그녀와 귀족 출신 동료들은 여기서 해방할 타이밍을 재는 중이었다.

—그렇지.

"너에게 질문이 있다."

서서 이야기하기도 뭣하기에 집무실의 응접 세트에 앉아서 차분하게, 케르텐 후작의 손녀에 해당하는 그녀에게 어제 귀족 가문에서 들은 소문을 확인해봤다.

"쿠로 님! 할아버님이 모반을 꾸미는 일 따위 있을 수 없어요!"

"근거가 있나?"

"할아버님은 왕조 야마토 님에서 이어지는 왕가의 핏줄을 숭배하고 있습니다."

충성을 넘어서 숭배를 하는 거냐…….

사이좋게 지내고 싶은 타입은 아니네.

"너를 인질로 잡혀서, 악인들이 하는 말을 들었을 가능성은?"

"……있을 수 없어요."

금발 귀족 아가씨가 힘없는 목소리로 말했다.

"할아버님이라면, 직계의 손자나 적자보다도 왕가를 택합니다."

"그것은 강렬하군."

"그것이 케르텐 일족입니다."

방계인 그녀라도 그것을 긍지로 생각하는 모양이군.

"그렇지만, 그렇기에 제 일족은 왕가에게 절대적인 신뢰를 얻었고, 대대로 왕국군의 요직을 맡고 있어요."

금발 귀족 아가씨가 딱 잘라 말했다.

사람을 보는 눈이 분명한 그녀가 이렇게까지 말한다면, 단순히 제 식구를 감싸는 건 아닌가 보군.

"걱정된다면, 왕도에 돌아가겠나?"

"아, 아뇨. 무력한 저 하나가 돌아가도 도움이 안 될 테니까요."

금발 귀족 아가씨가 고개를 옆으로 저었다.

하지만 걱정스러워 보이네.

"왕도에—."

다녀오라고 말하려는 도중에, 방 문을 노크하는 소리가 들렸다.

"—쿠로 님, 티파리자입니다."

"들어와라."

예리한 미모의 티파리자가 안으로 들어왔다.

그녀의 걸음에 맞춰서 어깨 높이로 자른 은발이 흔들렸다.

실내등의 불빛이 그녀의 소바쥬 헤어를 쓰다듬는 것처럼 흘렀다.

루루한테는 못 당하지만, 그래도 눈길을 끄는 미소녀였다.

"노점의 수지와 부업의 장부입니다."

티파리자가 미적에게서 구출된 사람들이 살고 있는 서민가 숙소의 장부를 건네줬다.

서민가 숙소와 「담쟁이 저택」 근처를 잇는 비밀 지하도를 통과한 탓인지 머리칼에 흙먼지가 묻어 있었다.

지하도는 「함정 파기」 마법으로 만든 걸 「흙벽」과 「점토 경화」로 보강한 것뿐이라 흙이 묻어 버린 거구나.

이제 막 얻은 「석제 구조물」이 쓸만한 마법이라면 돌로 재보강을 해둘까.

나는 티파리자의 머리칼에 묻은 흙먼지를 떨쳐내 주면서 그렇게 생각했다.

"쿠, 쿠로 님—."

버릇없이 머리칼을 만진 것이 싫었는지 티파리자가 얼굴을 붉히며 몸을 꼬았다.

"용서해라."

나는 한 마디 하고서 가볍게 장부를 훑었다.

"흠, 적자로군."

노점의 벌이는 제법 되지만 사람이 많아서 합계는 적자였다.

탐색자 부대를 이끄는 큰언니 일행의 벌이도 개구리를 노린 부대 말고는 신통찮았다.

"네, 그래서, 큰언니 일행이 사마귀 광장에 원정하러 가자는 안이 나왔습니다."

"말려라. 희생자가 나온다."

그녀들의 장비는 그렇다 치고, 레벨이 별로 안 높으니까 병사 사마귀나 전투 사마귀를 상대하기에는 벅찰 거다.

"그렇지만, 여성을 고용해주는 일용직도 적고 부업은 모두 임

금이 싸서……."

뭔가 잘 팔리는 상품이 없으면 어려우려나.

"쿠로 님, 미궁도시에서 만들어진 마법 도구를 왕도에 팔고, 왕도에서 만들어진 탐색자 취향의 장식품을 미궁도시에서 팔면 어떨까요?"

금발 귀족 아가씨가 제안했다.

"교역이군. 상인 경험자는 있나?"

"네. 넬과 함께 노점을 지휘하는 세 사람이 경험자입니다."

부모가 행상인이었던 아가씨가 둘에 실제로 행상인을 했던 여성이 한 명이었다.

미경험자들뿐이 아니라면 괜찮겠지.

"알았다. 행상인을 했던 여성과 너에게 조사를 명하지."

"알겠습니다!"

덤으로 금발 귀족 아가씨는 조부가 어떤지도 살필 수 있으니까 일석이조로군.

"저택에 있는 다른 귀족 아가씨들도 데리고 가라. 시장 조사는 사람이 많을수록 좋을 테니."

다른 애들도 고향에 돌려보내주고자 한 말을 듣고, 금발 귀족 아가씨의 표정이 얼어붙었다.

쫓아내는 구실이라고 생각한 건가?

"조사 기간은 1개월이다. **왕복**에 걸리는 시간도 계산에 넣는 것을 잊지 마라."

내가 말하자 금발 귀족 아가씨가 안도의 웃음을 지었다.

왕복의 의미를 제대로 이해했구나.

"덤으로 취급해도 상관없지만, 왕도에서 거점이 될 저택도 찾아둬라."

내가 「귀환전이」의 각인판을 설치할 용도다.

"쿠로 님, 왕도에서 마법 도구를 다룰 거라면 상업권이 필요하다고 들은 적이 있습니다."

"잊고 있었네요. 분명히 필요해요."

티파리자의 말에 금발 귀족 아가씨도 동의했다.

"그러면 교역을 시작하기 전에 상업권을 얻어야겠군."

용사 나나시 모습으로 국왕에게 부탁하면 상업권 정도는 줄 것 같지만, 국왕이랑 직접 담판을 지으려면 스트레스가 쌓일 것 같아.

"죄송합니다."

"상관없다. 상업권의 교섭을 하는 것은 내 주군이다."

국왕을 만나는 김에 양산이 간단한 제1세대형 주조 마검을 팔아 치우자.

전에 공도 어둠의 옥션에서 매각하고, 시멘 자작이 에르탈 장군에게 자랑했던 마검 아카츠키와 같은 종류다.

요전 마족 루더만 소동 뒤에 에르탈 장군에게 들었다. 왕국군에서도 비싼 미스릴 검이나 미스릴 합금제 검을 가진 자는 적으며, 마검을 가진 자는 더욱 희귀하다고 했다.

죽음의 상인이 될 생각은 없지만, 마족에게서 나라를 지키기 위해 마검을 팔고자 생각했다.

그러니까 주조 마검만 팔도록 하고 대형 마력포나 마포 같은 전쟁에 쓸 법한 인양 병기는 계속 사장시켜두자.

비공정의 공력 기관에 사용하는 괴어나 대괴어의 지느러미가 잔뜩 남아 있으니까 비공정이나 공력기관도 같이 팔아야겠다.

비공정이 좀 늘어나면, 사토 신분으로도 마음 편하게 하늘 여행을 할 수 있으니까.

그것이 무리라도, 보기 드문 식재료의 유통이 활발해지는 것만해도 감사하다.

이런 이야기는 금발 귀족 아가씨의 조사가 끝난 다음에 해도 되겠지.

"미궁도시에서 상품 조사는 폴리나와 스미나에게 맡긴다. 아까도 말했지만 조사 기간은 1개월이다. 이틀 뒤에 내 전이로 분기 도시까지 바래다주마. 준비를 단단히 갖춰라."

나는 두 사람에게 말하고 지하 연구소로 갔다.

◆

"일단 기본부터 가자."

나는 사토의 모습으로 하얀 가운을 입고 개발의 분위기를 즐기면서, 토라자유야 씨의 레시피에 따라 베리아에서 마법약을 만들어봤다.

"뭐, 당연히 성공하는 건데—."

최고품질이라도 보통 하급 체력 회복약의 고품질과 비슷한 정도, 같은 품질과 비교할 경우 10에서 20퍼센트 정도 효과가 다운되는 느낌이었다.

물론 이 정도 차이라면 문제없다.

문제는 소재의 공급량과 가격이니까.

미궁도시의 서쪽에 펼쳐진 거대 베리아 같은 형태의 악마 패왕나무를 쓸 수 있으면 마법약을 무한하게 생산할 수 있을 것 같지만 토라자유야 씨의 레시피에는 없었다.

한가해지면 조사해볼까.

"사토 님, 인간족의 연성판은 뭐에 쓰는 거랍니까?"

내가 꺼낸 연성판을 본 레리릴이 그리운 어조로 물었다.

"인간족이라도 만들 수 있도록, 이 연성판으로 만들 수 있는 레시피로 개조하는 거야."

"레시피 개변 말이랍니까?!"

레리릴이 눈알이 튀어나올 것 같은 표정으로 놀랐다.

그런 그녀를 웃으면서 방치하고, 머릿속으로 변경 순서를 짜봤다.

ㅡ관둘걸 그랬어.

무심코 후회할 정도로 귀찮다.

고성능 기재로도 어려운 연성 공정을 기능이 깎여나간 기재로 재현하려는 것이다 보니까 당연하다면 당연한 거지만, 이렇게까지 힘든 건 예상 밖이었다.

일단 시뮬레이션 한 번을 끝내고 실제로 연성판 작업을 개시했다.

"젊은 나리, 에일은 그렇게 고상하게 마시면 안 돼요!"

내가 시큼털털한 에일로 입술을 적시듯 대충 마시고 있는데 「아리따운 날개」의 미인 쪽이 끼어들었다.

"이렇게 쭉 단숨에 들이켜면서 넘어가는 걸 즐기는 거예요!"

그녀는 에일에 일가견이 있는지 마시는 법을 뜨겁게 논했다.

"지에나 말은 그냥 흘려들으세요, 젊은 나리."

"뭐야~. 이르나도 고기 굽는 법에는 까다롭잖아."

두 사람이 사이좋게 말다툼을 하면서 여러 가지 요리에 혀를 내둘렀다.

다만, 에일을 다 마시고 슬퍼 보이는 두 사람에게 「얼마든지 더 시켜도 괜찮아요」라고 권한 것이 잘못이었을지도 모르겠다.

"젊은 나리, 들어주세요! 『은광』 사람들 너무 한다니까요!"

술에 취한 미인 지에나가 오른쪽에서, 눈이 축 늘어진 애교상의 이르나가 왼쪽에서 내게 기대며 「은광」에 대해 불평하기 시작했다.

"기껏 원정을 갔는데 미궁 메뚜기 한 마리도 사냥하지 못하게 하고, 계속 해체랑 쓰레기 버리기 같은 잡일만 시켰다니까요!"

"정말로 운반인 그 자체 취급이었잖아."

"분명히 운반인으로 간다고는 했지만! 평소에는 헤매고 있는 잔챙이를 사냥하도록 해주는 건데!"

"어쩔 수 없어. 신입 육성이 우선이라고 하면 아~무 말도 못 하는걸."

내 머릿속에 미궁에서 본 「은광」과 「아리따운 날개」의 광경이 되살아났다.

원정을 하는 동안 계속 불만이었던 거겠지. 두 사람의 말이 멈출 줄을 몰랐다.

일본에서 프로그래머로 일하던 무렵에는 메타보 씨나 선배들의 불평을 듣는 담당이었으니까. 그때에 비하면 그녀들은 귀여운 편이다.

"정말이지. 이게 다 그 바보 같은 벳소가 욕심을 부려서, 여왕 개미꿀 공 같은 거에 손을 대려고 해서 그래."
^(로열 젤리 볼)

"그렇다니까. 그 바보가 없었으면 우리가 연쇄폭주로 빚을 지는 꼴은 안 당했을 텐데."

아차, 불평의 대상이 「은광」에서 벳소 뭐라는 사람으로 변했군.

분명히 벳소라는 남자는 지난번에 코신 씨 원정대에서도 비슷한 짓을 해서 연쇄폭주를 일으켰지.

정말이지, 진보가 없는 녀석이군.

"조만간에 천벌이 내릴 거예요."

"맞아맞아!"

"벳소 자식, 실수해서 마물한테 먹혀 버려라—!"

그런 식으로, 그녀들의 불평과 술에 어울려주다가 깨닫고 보니 둘 다 취해서 쓰러져 잠들어 버렸다.

주위의 탐색자들이 보내는 「어느 쪽을 덮치려나」 하는 시선이 따갑기에, 공간 마법 「원거리 통화」로 아리사에게 연락하여 마중을 나와달라고 했다.

"길티."

"정말이지 바람 피는 현장에 본처를 부르는 심장이 굉장한걸."

누가 본처인데.

미아랑 아리사가 취해서 쓰러진 「아리따운 날개」 두 사람을 보고 눈을 삼각형으로 떴다.

"리자, 나나, 도와줘."

"알겠습니다."

"예스, 마스터."

어디 묵고 있는지 주소도 모르는 탓에, 주정뱅이 두 사람을 마차에 태워 저택으로 데리고 가게 됐다.

객실이 비었으니까 거기서 재우면 되겠지.

나는 「둘 다냐」라거나 「젊은 나리, 절륜한걸」이라는 주정뱅이 탐색자들에게 손을 흔들고서 마차에 탔다.

펄펄 화내는 아리사와 미아를 달래면서, 살짝 취기가 오른 기분을 밤바람으로 식혔다.

길에서 자는 아이들이 없는 길을 바라보고 조금 달성감을 느끼며 저택으로 돌아왔다.

오늘은 푹 잘 수 있겠어.

줄다리는 마차가 지나갈 수 있을 법한 굵은 것부터, 사람 한 명이 간신히 지날 수 있는 가는 것까지 다양했다.

"위쪽에서 불빛이 있습니다."

"저 근처는 박쥐 수인들의 주거지가 있나 보다."

갈라진 벌집 같은 마을 상부를 가리키는 루루에게 맵으로 얻은 정보를 가르쳐 주었다.

밤눈이 밝은 박쥐 수인족 병사가 줄다리 상공을 순회하고 있었다.

"저 사람들이 만든 마을일까?"

"아닌가 봐. 내가 들은 이야기로는—."

나는 서민가 숙소의 폴리나랑 큰언니 스미나에게 들은 이야기를 동료들에게 말해줬다.

듣자니, 가르타프트 왕이 일으킨 아인 전쟁 무렵에 지상에서 박해를 피해 도망친 바위 요정이나 진흙 요정이라는 요정족과 벌 사역자라고 불리는 마물 사역자 인간족이 건설한 마을이라고 했다.

"새까매."

"바닥이 안 보인다고 보고합니다."

미아와 나나가 미궁 마을을 둘러싼 공동 같은 나락을 가리켰다.

맵 정보에 따르면 깊이 30미터, 폭 50미터쯤 되는 도넛 형태의 공간이다.

여기서는 안 보이지만, 어두운 바닥에서는 진흙 요정들이 무슨 작업을 하고 있나 보다.

"마물이 없군요."

리자가 말한 것처럼 이 광장에는 마물이 없었다.

우리들의 미궁 별장처럼 땅굴이 안 생기는 장소라서, 마물이 지나다니는 길을 발견할 때마다 봉쇄하여 안전지대를 만든 거겠지.

"하지만 미궁 입구에서 꽤 가깝네."

"그거야 지름길로 왔으니까 그렇지."

깎아지른 절벽을 넘어서, 특수 기능을 가진 마물이나 무리 짓는 마물의 소굴을 통과하고, 마지막에는 마물용 땅굴을 지나서 왔으니까.

그걸로 약 3시간. 다른 탐색자들의 경우 적철급의 탐색자가 위험한 경로를 써서 한나절, 안전한 경로를 써서 물자를 옮기는 사람이라면 사흘은 걸린다.

"무기를 넣고 탐색자증을 보여라!"

줄다리 끝에 선 남자들이 창을 겨누고 외쳤다.

지상에서는 못 봤던 술 장식이 특징적인 옷을, 비늘 갑옷 안에 입고 있었다.

피부가 묘하게 하얀 건 계속 지하에서 살기 때문인가?

"이거면 될까?"

"못 보던 얼굴이군⋯⋯. 적철? 귀족 애송이가?"

"돈으로 산 거겠지."

적철의 탐색자증을 확인한 남자들이 나에게 던져서 돌려줬다.

우리들을 위아래로 훑어본 한 명은 「단죄의 눈동자」라는 우리온 신의 기프트를 가진 사람이었다.

"가도 된다. 다만 안에서 괜한 트러블은 일으키지 마라."

"여기서는 촌장이 법률이야. 귀족님이라도 쓱싹 처형되니까 조심해라."

꽤 어수선한 마을이네.

어째선지 「충고 감사하지」라고 인사를 했더니 이상한 표정을 지었다.

"이상한 냄새~?"

다리를 건너는 도중에 타마가 코를 집으며 중얼거렸다.

"정말이네. 무슨 냄새지?"

"마물 퇴치 가루 냄새랑 비슷한 거예요."

내 질문에 포치가 자랑스런 표정으로 가르쳐 주었다.

"용케 알았구나. 잘했어~."

"니헤헤~."

"인 거예요."

냄새의 정체를 가르쳐준 포치와 처음에 깨달은 타마의 머리를 쓰다듬었다.

이윽고 다리를 다 건너자 미궁 마을 문에 도착했다.

통용문의 작은 창이 열리더니 남자 하나가 얼굴을 보였다.

이 남자도 줄다리 건너편에 있던 남자들과 마찬가지로 술 장식이 특징적인 옷을 입었다. 이 마을의 민속의상 비슷한 거겠지.

"미궁 마을에 들어갈 거면 통행료를 내라."

건달 같은 말에 리자의 눈빛이 날카로워졌다.

AR표시에 따르면 미궁마을의 세금 징수 관리였다.

나는 리자를 뒤로 물리고 상대했다.

"얼마지?"

"귀족님은 은화 1닢, 탐색자는 동화 1닢. 바깥의 음식을 가져왔다면 현물이라도 좋아."

보기 드물게 귀족이 역차별 받는군.

"술이라도 괜찮을까?"

"오오, 대환영이지. 에일이라면 한 통, 레드 와인이라면 한 병이면 돼."

나는 격납 가방에서 꺼낸 싸구려 와인 병을 건넸다.

언제 샀는지 기억이 안 나지만 미개봉이니까 문제없을 거야.

"오옷, 『렛세우의 혈조』잖아!"

세금 징수 관리가 기쁨의 소리를 질렀다.

"아직 더 가진 게 있으면 기둥 앞 물 가게에 팔아줘. 종류가 부족하니까 비싸게 사줄 거야."

친절한 세금 징수 관리에게 인사를 하고 우리는 미궁 마을 문을 지났다.

"마물~?"

"고기인 거예요."

문 너머에 있던 마구간을 보고 타마와 포치의 눈빛이 빛났다.

미궁 바깥에서는 영업할 수 없는 종속마 가게였다.

"저건 종속마니까 안 돼."

전투용 종속마가 많았지만, 짐 나르기용 고카트 사이즈의 벌레 마물이나, 발바닥에 도롱뇽처럼 흡반이 달린 네발짐승 등도 있었다.

　전자는 마물 조련사가 맡긴 종속마, 후자는 판매용 종속마인 모양이다.

　시세 스킬에 따르면 전투용 마물이 금화 10닢, 짐 나르기용이라도 금화 3닢 이상의 가격이 붙어 있었다.

"거기 젊은 나리! 미궁 마을 명물인 마물 고기 꼬치구이 어때?"

"이쪽에 수수께끼 조림도 맛있어!"

"고블린주는 한 잔에 천화 2닢이야!"

　마구간 근처에 있던 노점에서 수염투성이 남자들이 기세 좋게 소리쳤다.

　가게 주인이 자기 입으로 수수께끼라고 말한 조림이나 고블린주에는 손을 안 댔지만, 꼬치구이는 평범하게 맛있어 보이기에 동료들에게 사줬다.

　꼬치구이를 먹으며 미궁 마을의 가는 길을 한 줄로 걸었다.

　스테이터스의 상벌란에 범죄 이력이 실린 전과자들도 많으니 대열의 순서를 신경 쓰고 있었다.

　물론 이 미궁 마을에는 지금 동료들을 정면에서 해칠 수 있는 자는 없는 모양이지만 트러블 방지 측면이 강하다.

　실제로 10미터도 안 걸었는데 싸움과 칼부림을 두 건이나 봤거든.

"길 막아~?"

"길 한가운데 앉아 있는 거예요."

타마와 포치가 샛길인 가는 통로를 막으며 앉아 있는 남자를 보고 고개를 갸웃거렸다.

우리들의 시선을 눈치챈 남자가 「여기서부터는 마을사람들만 지날 수 있다」라고 무뚝뚝하게 말하더니, 개나 고양이를 쫓아내는 것처럼 손을 흔들었다.

맵 정보에 따르면 이 길 너머가 마을의 주민이 사는 지하로 이어지는 모양이다.

남자가 경계하는 것도 무리가 아니군. 나는 남자에게 붙임성 있게 손을 흔들면서 물러났다.

"여러 가지 가게가 있네."

"아아, 그러게."

뒷골목에서 손을 흔드는 요염한 창관 누나들에게 손을 마주 흔들었다.

외설적인 거랑 거친 모양새가 미궁도시 이상이네.

"우음."

"한눈팔기 금지!"

창관은 정보 수집하는데 편리하다고 생각하는데, 입 밖에 내는 건 관둘까.

"아하하, 미안미안."

나는 사과하면서 길가의 가게를 구경했다.

대부분 노점이고 점포를 가진 사람은 적었다. 먹는 것 말고 다른 노점은 무기와 방어구를 파는 가게나 무기 손질 가게가 많았다.

잡화점에서는 섬광탄이나 연기 구슬. 그리고 마물 퇴치 가루 같은 소모품이 주력이었다. 약 가게도 있었지만 마법약은 적었고, 붕대나 베리아 연고 같은 응급 처치 용품이 많았다. 의외로 옷이나 속옷 같은 일용 잡화의 노점도 많았다.

당연하지만 다들 물가가 비싸다. 미궁도시의 2배부터 5배의 가격으로 팔고 있었다.

"골렘~?"

"종속마의 일종인가 봐."

엘프들이 만드는 마법 장치 같은 골렘과 달리, 흙 마법사가 마법으로 그 자리에서 만드는 골렘이었다.

AR표시되는 작성자 이름과 골렘을 데리고 있는 사람의 이름이 다르니까 종속마의 일종으로 판단했다.

"지저분한 사람이 많네."

"미궁에는 욕탕이나 샤워가 없을 테니까."

미궁 마을을 검색해봤지만 물가는 마을의 위아래를 지탱하는 기둥 근처밖에 없었다.

마을 바깥을 둘러싼 나락의 바닥에는 늪이 몇 개 있었고, 생활용수는 거기서 퍼 올리는 모양이다.

"너네들, 이 몸한테 무슨 원한이라도 있냐!"

기둥 쪽에서 귀에 익은 목소리가 들렸다.

사람들이 몰려 있는 너머의 주점에서 도존 씨와 요염한 노출 미인이 말다툼을 하고 있었다.

둘 다 술을 좀 마신 모양이군.

"도존 님이랑『올빼미 수염』의 마히르나군."

"또 그 녀석들이냐."

분노하는 도존 씨와 대조적으로, 노출 미인 마히르나 씨는 대단히 즐거운 표정을 짓고 있었다.

마히르나 씨가 이끄는「올빼미 수염」은 모두 여성인 탐색자 파티인가 보다.

"원한은 없다니까. 그냥 어쩌다가, 우리가 노리는 먹잇감이 너희들이랑 겹친 것뿐이야."

마히르나 씨는 언뜻 들기에도 거짓말 같은 어조로 도존 씨를 도발했다.

"어쩌다가, 가 두 번에 한 번이나 일치하겠냐!"

50퍼센트 정도라면 우연의 일치도 있을 수 있겠는데.

"도존, 좀 보라고. 너는 우리가 의뢰를 가로챘다고 생각하는 모양인데, 우리도 너희들한테 꽤나 의뢰를 빼앗기고 있거든?"

뭐랄까. 마히르나 씨는 도존 씨랑 대화하는 게 너무나 즐거운 모양이다.

"마히르나! 보급 끝났어. 종속마 가게에서 붉은 도롱뇽도 확보했어."

"좋아! 잘 했어. 또 봐, 도존. 황금 풍뎅이는 우리가 받아 가겠어!"

"칫, 역시 황금 풍뎅이를 노리냐⋯⋯."

마히르나 씨는 부르러 온 여성 탐색자와 함께 물러갔다.

"실수해서 길 잃은 참 뿔 딱정벌레한테 먹히지 마라."

도존 씨의 말에 고개만 돌린 마히르나 씨가 씨익 웃으며 말했다.

"그런 실수 할까 봐! 하지만, 고마워, 도존! 가끔은 침대 위에서 싸워보자구."

"도존 님도 전처한테는 못 이기는구나."

"시끄러워!"

도존 씨가 태클을 건 동료를 주먹으로 쥐어박았다.

과연, 두 사람은 본래 부부였구나.

"─응? 펜드래건 젊은 나리 아냐!"

나를 발견한 도존 씨가 손을 크게 흔들어 우리를 불렀다.

마족화된 미적왕 루더만을 쓰러뜨릴 때 서쪽 길드 앞에서 같이 싸운 뒤로 처음 만났다.

"여기 있다는 건, 딱정벌레를 노려?"

"아뇨. 미궁 마을에 흥미가 있어서 잠깐 들러본 것뿐이에요."

도존 씨가 「참 별난 친구야」라며 웃었다.

한 잔에 동화 1닢 하는 맑은 물을 마시면서 도존 씨에게 미궁 마을 이야기를 물어봤다.

이 미궁 마을을 거점으로 잡고는 월 단위로 딱정벌레 사냥을 계속하는 강자도 있다고 한다.

또한 미궁 마을에는 사령술사도 숨어 살고 있으며, 저주 해제나 종속마용 스켈레톤을 판매하고 있다고 했다.

촌장 집에는 자이크온 신전이나 카리온 신전의 출장소도 있었다.

"도존! 딱정벌레 구역 깊숙한 곳 아는 안내인 겨우 찾았어."

"알았다. 금방 간다!"

스프리건 젊은이를 데리고 온 도존 씨의 동료가 도존 씨를 부르러 왔다.

"그렇지, 젊은 나리. 미적이 전멸했다는 이야기 뻥일지도 몰라. 조심해."

헤어질 때, 도존 씨가 그런 충고를 해줬다.

또 새로운 녀석들이 솟아나왔나 싶어 근처 구역을 맵으로 검색해봤지만 현재 미궁 안에 미적은 없었다.

"길드장이랑 용사의 종자님이 일소한 것 아닌가요?"

"또 솟아나온 거 아냐?"

도존 씨 말에 따르면, 며칠 전에 제1구역 경계쯤에서 이상할 정도로 많은 마물 무리에게 습격을 받은 게 근거였다.

보통의 연쇄폭주하고는 모이는 방식이 달랐다고 한다.

"어쩌면—."

"뭐 아는 거 있어?"

나는 확증이 없다고 운을 떼고서, 야매 연금술사에게 마물 유인향을 조합시킨 누군가가 있다는 소문을 전달했다.

"칫, 몹쓸 짓을 생각하는 바보는 사라지질 않는구만."

도존 씨가 길드장과 같은 감상을 내뱉었다.

만약을 위해서 인접한 구역을 맵으로 검색해봤지만 마물 유인향은 찾지 못했다.

"마을의 문지기랑 수다 떨기 좋아하는 녀석들한테 마물 유인

향 소문을 퍼뜨리라고 전해둘게. 젊은 나리도 조심하고. 연쇄
폭주 기미가 느껴지면, 기분 탓이라고 생각하지 말고 도망쳐."

도존 씨가 말하더니 주점을 떠났다.

"그럼 우리도 구경을 계속하자."

우리는 미궁 마을의 중앙에 있는 거대한 기둥과, 그 기둥을
둘러싸며 서 있는 촌장 집을 구경했다.

"뼈다귀다귀~?"

"커다란 거예요."

거대한 마물의 뼈를 지붕 장식 대신 쓰는 악취미적인 촌장 집
을 올려다보고, 타마와 포치가 감탄의 소리를 냈다.

아무래도 둘에게는 저게 멋있어 보이나 보군.

"있잖아, 저건 배급일까?"

"식량과 물을 나눠주는 모양이네."

촌장 집 뜰에 있는 샘에서 마을 사람으로 보이는 사람들이 나
무 판을 보여주고 커다란 항아리에 물을 길어가고 있었다.

"마스터, 물 가게를 발견했다고 고합니다."

나나가 촌장 집 옆에 있는 범종 모양 점포를 가리켰다.

점포 안에는 커다란 술통이나 병이 비좁게 들어차 있었다.

딱히 찾고 있었던 건 아니지만 기왕이니 보고 갈까.

"귀족님, 물 보급이야?"

"아니, 물은 충분해. 세금 징수 관리가 와인이 남으면 물 가
게에 팔아달라고 부탁을 하기에 왔는데?"

"팔아주는 거야? 말해두지만 그냥 와인은 필요 없거든? 렛세

우 백작령의 레드 와인, 그것도 『렛세우의 혈조』가 필요해."

내가 가진 렛세우 백작령의 레드 와인은 그것밖에 없기에 수긍하고, 격납 가방에서 술병 5개를 꺼내 주인에게 건넸다.

"아아, 진짜 『렛세우의 혈조』다! 이걸로 『파란 사람』이 언제 와도 안심이야."

"—『파란 사람』?"

가게 주인이 말하는 「파란 사람」은 들어본 적이 있었다.

미적에게서 구출한 사람들을 해방할 때 커버 스토리에 이용했던 존재다. 마물의 영역 깊숙한 곳에서 길을 잃으면 만난다는 소문이 있는 신기한 사람이다.

"자주 오나?"

"설마. 한 해에 몇 번 정도야."

빈도가 상당히 낮네…….

한 번 만나보고 싶었지만 어지간히 운이 좋지 않으면 무리겠군.

맵 검색으로도 발견되질 않으니까.

"있잖아, 그 사람들은 뭘 팔러 와?"

"응? 보기 드문 작물이나 희귀한 마물 소재 같은 거야."

아리사의 질문에 가게 주인이 스스럼없이 대답해줬다.

유감이지만 어떤 작물인지는 가르쳐주지 않았다.

마물 소재는 매번 다른 모양이다.

우리는 가게 주인에게 인사를 하고 물러난 뒤, 미궁 마을을 한 바퀴 돌고서 들어왔던 때와 다른 출구로 나갔다.

미궁 마을을 나온 우리는 사람들 눈이 없는 장소에서 이번 사냥터로 「귀환전이」했다.

오늘의 사냥터는 설치류 구역이다.

커다란 방을 둘러보자 동글동글한 마물이 보였다.

"푹신푹신~?"

"고기가 잔뜩 있는 거예요."

"이건 사냥할 보람이 있겠군요."

미궁 토끼에 머리 사냥 토끼, 독침 쥐나 화염 쥐, 유감이지만 전기 쥐는 없나 보다.

마물뿐 아니라 식물도 불에 연관된 것이 많은 모양이다. 불풀이나 화염화(火炎花), 유황 열매 같은 연금술 소재로 쓸 수 있는 귀중한 것도 흩어져 있었다.

구역 구석에 빙설 토끼가 있는 작은 방이 있는데, 화상에 잘 듣는 빙결화나 눈물 등이 있었다.

이 구역의 청소가 끝나면 다 함께 채집하러 갈까.

"마스터, 『구역의 주인』의 권속에게 도전해보고 싶다고 고합니다."

다른 애들도 나나의 제안에 이견이 없는 모양이다.

이곳 「구역의 주인」은 대왕 열불 토끼(킹 버닝 버니)인데, 권속은 왕자 불꽃 토끼(프린스 플레임 버니)다.

둘 다 불을 두르고 화염 브레스를 뿜으며, 게다가 불 내성이 있어서 아리사의 불 마법이나 루루의 휘염총 효과가 적을 것 같았다. 불 마법을 쓰는 건 대왕 열불 토끼뿐인가 보네.

상성이 좀 나쁘지만 지금 동료들이라면 레벨 차이도 적으니까 어떻게 되겠지.

"그러면, 이 커다란 방을 청소해서 싸울 장소를 만든 다음에 해보자."

내 말에 다 함께 고개를 끄덕인 것을 확인하고, 내 흙 마법으로 참호와 간이 진지를 구축한 다음에 전투를 개시했다.

뒤에서 동료들을 지켜보며 지난번에 받은 두루마리를 시험해봤다.

일단 「석제 구조물」부터.

두루마리로 만든 건 시원찮았지만, 마법란으로 만든 석상이나 신전은 전투중이던 동료들이 돌아볼 정도로 어엿했다.

구조물의 크기나 복잡함에 따라 제조할 때 소비되는 마력이나 피로도가 바뀌는 모양이군.

조금 귀찮지만 섬세한 양각을 넣으면 상당히 보기 좋아지네.

이 마법은 사격 연습용 표적이나 미끼용 더미 제작을 비롯해서 「귀환전이」용 각인판을 실외에 설치할 장소를 구축하는데도 쓸 수 있겠다.

사전에 돌을 준비하면 그 돌을 쓸 수 있는 모양이다. 유리나 수정을 사용하면 커팅 글라스 잔도 만들 수 있었다.

소비 마력이 훨씬 늘어나지만, 소재는 보석도 되는 모양인지 다이아몬드도 소재로 쓸 수 있었다. 탄소인데ㅡ.

무기도 만들 수 있는지 유리 검이나 사파이어 단검 같은 것도 만들며 놀아봤다.

이것저것 응용이 되니까 참 즐겁군.

이 두루마리를 준 듀케리 준남작에게 감사해야겠어.

다음에 「혈주 가루」나 엘릭서가 들어오면 그에게 선물해도 좋다고 생각할 정도의 감사였다.

두 번째 두루마리는 「땅의 종자 제작」이었다.

내가 가진 마법서에 따르면 중급 흙 마법인데, 골렘 제작 마법 중에서 최하급이었다.

게다가 자기 판단력이 없고 사령 마법의 스켈레톤처럼 단순한 명령밖에 실행하지 못한다.

또한 대단히 물러서, 전투는커녕 방어벽으로 쓰기도 어렵다.

별로 기대는 안 되지만 두루마리를 사용해서 마법란에 주문을 등록했다.

두루마리로 만든 소형 골렘은 포치나 타마와 비슷한 키에다 4등신의 동글동글하고 심플한 형상의 골렘이었다.

얼굴은 심플하게 눈과 입을 원과 선으로 그린 것처럼 대충이었다.

이게 기본 형태겠지.

AR표시에 따르면 레벨 1이다.

이렇게 약한 골렘 작성이라도 소비 마력이 많다. 평범한 마법사라면 레벨 20쯤 되어야 마력이 괜찮지 않을까 싶었다.

다음으로 마법란에서 「땅의 종자 제작」을 사용해봤다.

마법이 발동하자 땅이 급속하게 솟아올라 사람 형태를 형성했다.

—크다.

형상은 똑같지만 몸 길이가 6미터쯤 된다.

이 골렘은 레벨 30이라고 AR표시가 나왔다.

—MVA.

골렘의 한줄기 선 같은 입이 움직이더니 「마」인지 「바」인지 헷갈리게 들리는 신기한 소리를 냈다.

"그거 뭐야?"

"마법으로 만든 골렘이야."

이번에는 하나밖에 안 만들었지만, 마법의 화살과 마찬가지로 여러 골렘을 동시에 만들 수도 있다.

"골렘~?"

"아주 커다란 거예요."

"굉장히 강해 보이는군요."

마침 전투가 끝난 타이밍이었는지 동료들이 흥미로운 표정으로 다가왔다.

"마스터, 이쪽 작은 건 귀엽다고 고합니다."

"응, 심플."

나나와 미아는 두루마리로 만든 작은 골렘이 마음에 들었나 보다.

"전투를 좀 시켜보고 싶으니까 사냥감 한 마리 받을게."

나는 양해를 구하고 레벨 30의 화염 쥐를 골랐다.

"골렘! 저 화염 쥐를 공격해라!"

—MVA.

—A.

크고 작은 골렘이 화염 쥐를 향해 나아갔다.

개별적으로 이름을 붙이지 않으면 만든 골렘 모두가 명령의 대상이 되나 보군.

아장아장 걸어가는 작은 골렘을 나나가 뒤에서 끌어안았다.

"골렘의 유생체는 보호한다고 고합니다."

작은 골렘이 버둥버둥 몸부림쳤지만 나나의 구속에서 풀려날 수는 없었다.

흐뭇한 광경을 바라보는 동안에도 커다란 골렘과 화염 쥐의 전투가 시작되고 있었다.

"불은 별로 효과가 없나 봐."

"흙 골렘이니까."

"공격이 너무 커다랗지 않나요?"

"예스~."

"좀 더 샤**피**하고 **커팍틈**하게 싸워야 되는 거예요."

포치의 말은 「샤프하고 컴팩트하게」겠지.

아인 소녀들 말처럼, 커다란 골렘의 전투 방식은 상당히 초보적이었다.

물론 비전투용 종자를 만드는 주문이니까 당연한 거긴 한데 말이지.

"주인님, 만화처럼 골렘의 시야랑 운동 기능에 동기화할 수

없어?"

"글쎄?"

엘프의 마을에서 만든 골렘에는 그런 기능 없었는데―.

"―됐다."

"진짜로?!"

"진짜로."

이것저것 시험해 봤더니 마력이나 마소를 매개로 시야를 동기화하는 윈도우 표시가 나타났다.

〉칭호 「골렘 사역자」를 얻었다.

운동 기능도―.

"오우, 그레이트~?"

"갑자기 움직임이 좋아진 거예요!"

지령에 반응할 때까지 조금 지연 시간이 있고 움직임이 무겁긴 한데, 어떻게 컨트롤할 수 있다는 걸 알았다.

〉칭호 「골렘 조종자」를 얻었다.

다만 골렘에게는 시각과 청각밖에 없기 때문에 다른 감각은 동기화할 수 없었다.

소스는 나나가 안고 있는 작은 골렘이다.

그건 제쳐두고. 디폴트로는 격이 낮은 상대를 처리하는 게 고작이지만, 동기 상태라면 동격을 아슬아슬하게 쓰러뜨릴 수 있는 느낌이다. 몸이 무르니까 격이 높은 상대는 아마 무리겠지.

사용이 끝난 골렘은 주문을 해제하면 본래의 흙 덩어리로 돌아간다.

마법서에 따르면「제작할 때 담은 마력이 떨어지면 저절로 붕괴한다」라고 되어 있고, 미궁 안이나 원천 부근이라면 내부 마력을 소비하지 않고 외부 마력만으로 동작한다.

술자가 가까이 있고, 더욱이 마력 조작 스킬을 가진 경우는 술자에게서 계속 마력 공급을 받는 것도 가능하다.

제작할 때 한정이지만, 마력을 담은 마핵 등을 동력원으로 설정하는 것도 가능하다고 쓰여 있었다.

"있잖아, 주인님. 그 둥그스름한 형태밖에 못 만들어?"

"형상에 대해서는 패러미터가 있으니까 변경할 수 있을 거야."

형상의 변경 말고도 기존의 조각상 같은 것을 대상으로 하는 것도 가능하다.

나는 아까「석제 구조물」로 만든 석상에「땅의 종자 제작」을 써봤다.

"오옷, 굉장해."

"관절이 없는데 어떻게 걸어 다니는 거지?"

내 의문에 아리사가 기가 막힌 기색으로 말했다.

"무슨 말이야? 아까 그 둥그스름한 골렘도 관절 같은 거 없었잖아."

그러고 보니 그렇네.

"기존의 석상을 사용하면 소비 마력이 낮은 모양이야."

"덤으로 강한 모양이네."

석상 골렘을 새로운 화염 쥐에게 보내봤더니 아까 그 커다란 골렘보다 명백히 강하다는 걸 알 수 있었다.

내가 조작하지 않는데도 제대로 싸우고 있다.

그 다음 몇 종류의 석상을 만들어서 「땅의 종자 제작」을 시험해 봤더니, 골렘을 만들 때 어느 정도 기본 동작을 지정할 수 있다는 것도 알았다.

인간 형태가 아닌 것도 가능한 모양이라, 돌 늑대나 말 같은 것도 만들 수 있었다.

"새는 안 되네."

"돌이니까."

돌이나 흙은 너무 무거워서 비행 타입의 골렘은 무리였다.

◆

"마물 다 잡았어~."

"이제야 청소 끝이구나."

타마의 보고를 들은 아리사가 기지개를 한 번 켰다.

내 골렘 검증으로 방해를 해버렸기 때문에 커다란 방의 마물 청소가 저녁까지 걸려 버렸다. 솔직히 반성하고 있다.

"권속이랑 싸우는 건 내일 할래?"

"아니! 저녁 전에 해버리자! 다들, 괜찮지?"

아리사의 물음에 동료들이 동의했다.

나는 이 커다란 방의 중앙에 「각인판」을 설치하고 「구역의 주인」이 있는 대광장으로 향했다.

구멍투성이 초원의 방 중앙에 있는 커다란 바위에, 「구역의 주인」인 대왕 열불 토끼가 위풍당당한 모습으로 자리 잡고 있었다.

그 권속인 왕자 불꽃 토끼는 다섯 마리, 다들 대왕 열불 토끼의 발치에 같은 간격으로 빙 둘러 앉아 있었다.

왕자라기보다 왕을 지키는 기사 같군.

맵으로 조사했을 때부터 신경 쓰였지만, 왕녀나 여왕은 없나 보다.

내 모습을 발견한 대왕 열불 토끼와 왕자 불꽃 토끼들이 일제히 경계하며 포효했다.

"저거면 되겠지―."

나는 왕자 불꽃 토끼 한 마리를 노려서 섬구로 타겟의 품까지 순식간에 접근했다.

왕자 불꽃 토끼를 붙잡자마자 「귀환전이」를 써서 동료들이 기다리는 커다란 방으로 왕자 불꽃 토끼를 연행했다.

나는 「이력의 손」을 이용해 왕자 불꽃 토끼를 커다란 방 안쪽으로 날려버리고 동료들과 선수 교대했다.

"루루! 이 녀석은 불에 강해! 휘염총은 효과가 약할지도 모르지만 견제 삼아서 얼굴을 노려! 생물이니까 싫어할 거야! 리자 씨! 머리의 혹은 돌격용일 거야. 특히 단단해 보이니까 주의해!"

"알았어, 아리사!"

"알겠습니다!"

왕자 불꽃 토끼의 능력을 조사한 아리사가 동료들에게 주의를 날렸다.

—GWUSAAAAA.

분노로 털을 곤두세운 왕자 불꽃 토끼가 포효를 지르더니 온몸에 불꽃의 아우라를 둘렀다.

AR표시에 따르면 불 대미지 차단율이 올라가고, 그것 말고 물리 대미지도 깎아내는 배리어 같은 건가 보다.

저런 거랑 접근전을 하면 불에 그을려 커다란 화상을 입을 것 같군.

"다들, 모여봐! 불 내성 부여를 걸게! 미아도 부탁해."

"응, ■■■■■ ■■ 흐르는 물의 가호."

<small>아쿠아 프로텍션</small>

동료들은 몇 가지 대항 마법과 방어 마법을 거듭해서 걸고 마물들과 전투를 시작했다.

신중한 건 좋은 일이야.

"불꽃의 토끼여! 토끼고기 그릴 구이가 된 다음에 다시 오라고 고합니다!"

<small>플렉시블 실드</small>
자유 방패를 전개한 나나가 대형 방패 뒤에서 도발 스킬이 실린 목소리로 외쳤다.

어쩐지 어디서 들어본 요리 이름인데 정확하게 떠오르질 않아서 신경 쓰이네.

"브레스가 옵니다!"

"산개~?"

"라져(Roger)인 거예요!"

왕자 불꽃 토끼의 화염 숨결 예비 동작을 감지한 리자의 지시
를 받고서, 나나를 뺀 전위가 좌우로 흩어졌다.

나나가 순동을 사용해 전력으로 돌진했다.

거리가 좁아지니 집채만 한 커다란 왕자 불꽃 토끼의 거대함
이 돋보이는군.

"충격의 실드 배쉬, 라고 고합니다!"

어디서 들어본 프레이즈를 외치면서 나나가 방패로 밀쳐냈다.

가슴 정면을 대형 방패로 얻어맞은 왕자 불꽃 토끼는 약간 물
러났지만, 브레스 예비 동작은 멈추지 않았다.

"후하하! 브레스를 고집한 것이 너의 패인이다아아아!"

이상하게 신난 아리사가 무슨 마법을 썼나 보다.

그런 아리사를 무시하고 왕자 불꽃 토끼가 브레스를 뿜었다―.

―아니, 입이 열리지 않는지 불꽃이 입 가장자리와 코에서 뿜
어져 나와 왕자 불꽃 토끼의 몸을 태웠다.

그래도 대미지는 적은 모양인지, AR표시되는 왕자 불꽃 토끼
의 체력 게이지는 거의 줄지 않았다.

아까 아리사가 쓴 마법은 왕자 불꽃 토끼의 입을 막기 위한
공간 마법이었나 보다.

"……■ ■ ■ 마비하는 물의 속박."

미아의 물 마법이 왕자 불꽃 토끼의 뒷다리를 묶었다.

왕자 불꽃 토끼의 몸이 너무 거대해서 온몸을 구속할 수는 없

는 모양이군.

움직임이 둔해진 왕자 불꽃 토끼에게 전위 팀이 맹공을 가했다.

상대가 커다란 데다가 불꽃의 아우라에 둘러싸인 털가죽이 단단한지, 참격으로는 털가죽 위를 미끄러지기만 하고 제대로 대미지를 줄 수 없는 모양이다.

"두 사람! 공격을 찌르기로 바꾸세요!"

"네잉~?"

"라져인 거예요."

리자의 지시에 두 사람이 순동으로 도움닫기를 하면서 찌르기를 뿜었다.

타마의 쌍검은 얕게 박히고 튕겨나갔지만 포치의 마검은 절반쯤 박아 넣는데 성공했다.

다만, 움직임이 멈춘 포치를 왕자 불꽃 토끼의 앞발이 툭 쳐서 날려 버렸다.

"우왓, 인 거예요~."

손톱을 이용한 참격이나 충격은 포치의 갑옷이 제대로 막아준 모양이다. 방의 구석까지 굴러가긴 했지만 비명이 여유로운 느낌이었다.

"에잇!"

포치에게 추가로 공격을 하려던 왕자 불꽃 토끼를 루루의 휘염총 연사가 막았다.

붉게 빛나는 탄환이 차례차례 왕자 불꽃 토끼의 표면에 불꽃을 튀기면서 명중했지만, 몸 표면을 빨갛게 물들이기만 하고 털

가죽에 그을린 자국 하나 남기지 못한 채 흩어졌다.

왕자 불꽃 토끼는 불쾌한 기색으로 루루 쪽을 한 번 보았다.

본래 불 지팡이 같은 속성 광석 지팡이나 총은 사용자와 대상의 레벨 차이에 의한 영향을 받기 어려운데, 불 지팡이의 상위 장비인 휘염총이 이렇게까지 효과가 없을 줄은 몰랐다.

그래도 시간은 벌었는지 예비 마검을 뽑은 포치가 전선에 복귀했다.

"미아, 냉수를 뒤집어 씌워!"

"응, ■ ■ ■ …… ■ 극한의 물줄기."

인텐스 콜드 스트림

주문 완성과 동시에 전위들이 뛰어서 사선을 열었다.

미아의 긴 지팡이 끝에서 창백한 흐르는 물이 좌라라라 소리를 내면서 뿜어져 나오더니, 왕자 불꽃 토끼에게 명중하여 빨간 빛을 띠고 있는 털가죽을 청회색으로 바꾸어 물들였다.

―GWUSAAABB.

왕자 불꽃 토끼의 억눌린 비명이 커다란 방에 울리고 온몸에서 증기가 뿜어져 나왔다.

AR표시되는 체력 게이지가 10퍼센트 정도 줄어들었다. 지금 그 공격은 꽤 효과가 좋았군.

리자를 제외한 전위 팀이나 루루의 공격이 별로 안 통하느니만큼, 특히 돋보인다.

"또 한 번."

콧김을 확 뿜은 미아가 선언하고, 두 번째 극한의 물줄기를 영창하기 시작했다.

"미아. 마비가 풀릴 것 같아."

"우음."

아리사의 보고를 들은 미아가 물 마법 영창을 중단하고 마비하는 물의 속박의 영창으로 전환했다.

미아가 영창하는 동안 마비가 풀려서 재빠른 움직임을 되찾은 왕자 불꽃 토끼가 나나를 비롯한 전위 팀을 농락했다.

신체강화를 한 아인 소녀들은 대단히 재빠르지만, 왕자 불꽃 토끼의 도약 속도는 따라잡지 못하는 모양이군.

—GWUSAAAAA.

동료들과 거리를 벌린 왕자 불꽃 토끼가 포효를 지르더니 불꽃의 아우라를 부활시켰다.

"보조의 격리벽!"

"······■ ■ ■ 마비하는 물의 속박."

마법의 조준을 지원하기 위해서 아리사의 공간 마법이 왕자 불꽃 토끼의 움직임을 저해시켰다.

미아의 마법이 완성되어 왕자 불꽃 토끼의 하반신을 파란 물방울이 뒤덮었지만 금세 튕겨나가 사라져 버렸다.

아무래도 미아의 마법을 저항한 모양이군.

"우응, 재영창. ■ ■······."

"나나! 한순간이라도 좋으니까 토끼를 멈춰줘! 차원 말뚝을^{디멘전 파일} 박아 넣겠어."

"수락."

동료들은 실패에도 기죽지 않고 다음 행동으로 옮겼다.

아인 소녀들이나 루루도 그것을 지원하기 위해 견제를 맡았고, 몇 번인가 실패한 뒤에 저해 마법을 성공시켰다.

권속급의 적쯤 되면 저해 마법의 저항 확률이 높은 모양이군.

그 다음에는 일진일퇴의 상황이 이어지고 동료들도 몇 번 정도 커다란 대미지를 받는 장면이 있었지만, 머지않아 회복 수단이 없는 왕자 불꽃 토끼가 조금씩 불리해졌다.

"■ ■ ■ ……■ 극한의 물줄기."

두 번째 극한의 물줄기가 직격하여 왕자 불꽃 토끼가 두르고 있던 불꽃의 아우라를 벗겨냈다.

"차원 말뚝!"

더욱이 아리사의 공간 마법이 왕자 불꽃 토끼의 앞다리를 땅에 꿰어 버렸다.

왕자 불꽃 토끼의 남은 체력 게이지가 20퍼센트 이하로 내려갔다.

이제 조금 남았다.

"나도 공격하겠어. 리자 씨 러쉬 부탁해."

아리사가 공격용 상급 공간 마법을 사용하기 위해 집중했다.

"알겠어요!"

리자의 마창이 왕자 불꽃 토끼의 털가죽을 꿰뚫고 본체에 상처를 입혔다.

아무래도 불꽃의 아우라가 없으면 공격이 잘 통하는 모양이다.

"─나나!"

"불 꺼진 숯덩이여! 얌전히 식탁에 오르라고 고합니다."

─GWUSAAAAA.

나나의 도발을 받은 왕자 불꽃 토끼가 눈동자에 증오를 담고서 외쳤지만, 예상했던 불꽃의 아우라는 나타나지 않았다.

이미 불꽃의 아우라를 두를 수 있는 마력이 안 남은 모양이군.

"타마, 포치! 단숨에 공격합니다!"

"아이아이 서(Aye Aye Sir)~."

"라져인 거예요."

아인 소녀들이 왕자 불꽃 토끼의 양쪽 측면에서 덤벼들었다.

"공간 절단 십자 베기!"

아리사가 외치는 것과 동시에 왕자 불꽃 토끼가 십자로 깊게 베여서 AR표시에 나타나는 체력 게이지가 약 10퍼센트 줄어들었다.

"브레인, 크래셔~?"

"체스토[1], 인 거예요!"

십자 상처에, 타마와 포치의 마검이 박혔다.

그러나 쓰러뜨리지는 못했다.

왕자 불꽃 토끼가 자신에게 상처를 낸 타마와 포치를 태우려고 입 안쪽에서 불꽃을 뿜으려 했다.

"그렇겐 못한다, 라고 고합니다."

왕자 불꽃 토끼가 화염 입김을 뿜으려는 그때, 정면에 선 나나가 순동에서 이어지는 실드 배쉬로 왕자 불꽃 토끼의 콧잔등

#1 체스토 일본의 검술 유파인 지겐류에서 쓰는 특유의 기합. 정확하게는 사츠마 지방 전반에서 쓰지만 지겐류의 기합이 가장 유명하다.

을 강타했다.

망가져가던 대형 방패가 분해되어 땅에 떨어졌다.

왕자 불꽃 토끼가 입가에서 불꽃을 흘리며 머리를 뒤로 젖혔다.

그리고, 그때―.

"순동, 나선창격!"

붉은 빛을 띤 리자가 어마어마한 속도로 접근하여 무방비한 목을 마창으로 꿰뚫었다.

고오오오 소용돌이치는 나선 모양 마인이 마창을 따라서 왕자 불꽃 토끼에게 빨려 들어가 뇌를 파괴했다.

―GWUS, BB.

왕자 불꽃 토끼의 눈에서 빛이 사라지고 굉음을 울리며 땅에 쓰러졌다.

쓰러뜨릴 때까지 시간이 꽤 걸렸지만, 큰 상처 없이 넘어갔으니 불만은 없었다.

"이긴 모양이구나."

"승리~?"

"다 함께 승리 포즈인 거예요!"

동료들이 왕자 불꽃 토끼 앞에서 승리 포즈를 취했다.

생각보다 어렵게 이겼네.

전위 팀의 장비를 새로이 할 때가 온 걸지도 모르겠다.

하지만 장비를 바꿔서 강화할 경우, 다른 전위 팀과 리자의 전투력 격차가 지금 이상으로 벌어져 버릴 것 같군.

적당한 타이밍에 보르에난 숲으로 돌아가서 엘프 스승들에게 상담하는 편이 좋을지도 모르겠다.

　"주인님, 이걸로 불 토끼 공략 패턴을 알았어! 이번에는 『구역의 주인』이랑 싸워보고 싶어!"

　아리사가 흥분한 기색으로 애원했다.

　그러나, 아까 좀 어렵게 이기는 걸 본 다음에 즉시 레벨이 10이나 높은 「구역의 주인」과 싸우는 걸 허가할 수는 없었다.

　"좀 더 레벨을 올린 다음에. 권속을 가볍게 쓰러뜨릴 수 있게 되지 않으면 안 돼."

　"네~에. 정말이지 주인님도 참 과보호라니까."

　게임이 아니니까 목숨을 소중히 여겨야지.

◆

　"이제, 완벽하지! 권속 상대로 밀리지 않아!"

　처음 권속전을 하고서 사흘째 아침. 근처 네 구역에서 사냥을 병행하면서 전투를 계속해 레벨 42가 된 기념으로 권속과 연전을 시켜봤다.

　제법 깔끔한 솜씨였지만 리자와 다른 전위 팀의 전투력 격차가 보다 선명해지고 있었다.

　후위는 저항해버리기 쉬운 저해 마법보다도 공격 마법이 주체가 되었다.

　특히 타마와 포치의 공격력이 부족한 기색이라, 저해 마법 중심이 되면 전투 시간이 길어져서 마력 소비가 격렬해지기 때문이겠지.

"자, 다음은 드디어 『구역의 주인』이네!"

"응, 속공."

"마스터한테 멋진 모습을 보인다고 선언합니다."

"타마도 활약할래~?"

"포치도 주인님한테 칭찬 받는 거예요."

"다들, 방심하면 안 됩니다. 견실하게 싸우는 겁니다."

"우후후, 그렇게 말을 하면서 대개 리자 씨가 쓰러뜨리고 있잖아요."

기염을 토하는 동료들에게 일말의 위태로움이 느껴진다.

요즘 들어 목표였으니 「구역의 주인」과의 전투를 기대하는 건 이해가 되는데, 조금 못을 박아두는 편이 좋을지도 모르겠군.

"애들아. 다음 상대는 격이 높으니까 정신 똑바로 차려야해. 그리고, 요즘 들어 공격 편중 기색이니까 주의할 것. 자신들의 안전을 최우선으로 하는 거야."

만약을 위해 평소에 쓰는 「물리 방어 부여」뿐 아니라 「마법 방어 부여」에다, 잘 안 쓰는 「술리 방패 부여」도 동료들에게 걸었다.

"알고 있다니까―. 정말이지 참. 주인님은 너무 과보호야."

아리사가 들뜬 기색으로 대답했다.

더더욱 걱정되는데.

누군가가 크게 다칠 것 같으면 재빨리 개입해야겠군.

"그러면, 준비 다 되면 해볼까? 하지만 위험해지면 내가 쓰러뜨려 버릴 거다."

선언하고서 동료들의 준비가 끝난 뒤에, 작은 산만한 거대한 대왕 열불 토끼를 「귀환전이」로 데리고 왔다.

집채만 한 왕자 불꽃 토끼보다 훨씬 커다랗다. 특징적인 머리의 혹이 머리 부분부터 어깨까지 퍼져 있었는데, 여기저기에 붉은색이 섞인 어두운 색의 가시가 돋아 있었다.

AR표시를 보니 레벨이 50이나 된다.

동료들보다 레벨이 8이나 높다.

역시, 앞으로 레벨 5정도 올린 다음에 도전하는 편이 좋을지도 모르겠는데.

—MYWUSSAAAAA.

대왕 열불 토끼가 포효를 지르더니 왕자 불꽃 토끼처럼 불꽃의 아우라를 몸에 둘렀다.

왕자 불꽃 토끼보다 아우라의 색이 짙고 격렬한 느낌이다.

"속공."

미아가 영창을 시작했다.

다른 애들도 토끼의 돌진을 경계하여 이미 흩어져 있었다.

당연하지만 지원 마법 같은 건 이미 부여를 끝내고, 마력 회복약으로 MP도 완전 회복을 시켜뒀다.

—MYWUSSAAAAA.

두 번째 포효가 울렸다.

"……■ 극한의 물줄기."

미아의 마법이 발동하여, 촤르르 소리와 함께 긴 지팡이 끝에서 창백한 물줄기가 뿜어져 나왔다.

동료들의 머릿속에 틀림없이 대왕 열불 토끼의 털가죽이 청회색으로 변하는 모습이 떠올랐을 거다.

"—효과가 없어?"

루루가 중얼거린 것처럼, 대왕 열불 토끼의 털가죽이 불꽃의 아우라를 유지하고 있었다.

주의해서 잘 살펴보면 불꽃의 아우라의 기세가 감소한 것을 알 수 있지만, 조바심이 난 동료들은 그것을 보지 못한 모양이다.

대왕 열불 토끼가 뒷다리에 힘을 주었다.

"공간 절단 마구 베기!"

아리사의 공간 마법 공격은 대왕 열불 토끼의 잔상을 허망하게 베어냈다.

대왕 열불 토끼의 등 뒤에 부서진 흙더미가 날아가고, 흙먼지가 피어올랐다.

대왕 열불 토끼가 두 번째로 지른 포효는 돌진을 강화하기 위해 사용한, 불 마법을 이용한 신체강화인가 보다.

"탈리 호~?"

"타아아, 인 거예요."

흙먼지가 피어오르는 전장에 순동으로 뛰어든 타마와 포치의 공격은 첫 번째 도약을 끝낸 대왕 열불 토끼를 포착했지만, 타오르는 방어 장벽과 털가죽에 막혀서 효과가 없었다.

대왕 열불 토끼는 두 사람의 공격을 개의치 않고 다음 도약을 했다.

아니, 마창을 겨누고 순동으로 돌격해온 리자를 회피하기 위해서였을지도 모른다.

"아우치~?"

"아야야야, 인 거예요."

치어서 날아간 타마와 포치가 땅을 굴렀다.

리자의 마창은 대왕 열불 토끼의 뒷다리 발톱을 스쳤지만 한 걸음 미치지 못했다.

그리고 그 대왕 열불 토끼가 세 번째 도약으로 미아에게 접근 했다.

미아도 옆에 있는 아리사도 너무나 큰 박력과 돌진 속도에 몸 이 움츠러들어서 사고가 공회전하고 있는 모양이다.

후위가 있는 장소에는 참호가 딸린 진지가 있지만, 나는 만에 하나를 대비하여 미아와 아리사 옆에 축지로 이동했다.

"미아를 지킨다고 고합—."

미아를 커버하려고 끼어들면서 도발 스킬을 쓰려던 나나에게 대왕 열불 토끼의 박치기가 명중했다.

나나를 지키고 있던 자유 방패가 한순간에 부서지고, 나나는 들고 있던 방패와 함께 치여 날아가 버렸다.

권속인 왕자 불꽃 토끼보다 한 단계 위의 위력이군.

"못 합니다!"

순동을 발동한 리자가 후방 측면에서 대왕 열불 토끼에게 몸 통박치기를 해서, 어떻게든 미아에게 명중하는 궤도를 틀었다.

그리고 리자가 자세를 바로잡는 것보다 빠르게 분노에 타오 르는 대왕 열불 토끼의 앞다리가 리자를 덮쳤다.

리자는 발톱 공격을 마창으로 막으며 후퇴하여 버텨냈지만, 입 안에 불꽃을 모으고 있는 대왕 열불 토끼를 보고 결사의 표정으로 마창에 마력을 담았다.

이판사판의 반격을 할 셈이겠지만 아무래도 너무 무모하다.

"주인님, 도와줘!"

"알았어—."

아리사의 요청에 응답하여 전투에 개입했다.

나는 축지로 대왕 열불 토끼의 눈앞으로 뛰어들어, 불꽃을 뿜어내려는 머리를 차올려 무방비하게 드러난 목을 「공간 절단」으로 일도양단했다.

절단면에서 불꽃이 솟아올랐지만 그 불꽃에 옷이 타오르기 전에 시체와 함께 스토리지로 수납했다.

그리고 「공간 절단」은 요즘 두루마리로 습득한 공간 마법이었다.

"다들, 괜찮니?"

내가 말을 걸자, 날아가 버린 나나에게 달려간 루루가 보고했다.

"나나 씨도 무사해요!"

대왕 열불 토끼에게 치여 날아가 버린 타마와 포치도 체력 회복의 마법약을 마시며 자기 발로 돌아왔다.

"아직 『구역의 주인』이랑 싸우는 건 일렀던 모양이네."

동료들을 물 마법으로 치료해주고 새콤달콤한 탄산수를 나눠줬다.

레벨이 5 정도 더 오르면 조금 더 싸울 수 있게 될 것 같긴 하네.

"저런 괴물이라고 생각 못했어."

"동의."

"네이네이~."

"날아가 버린 거예요."

아리사가 탄산수를 들이켜고 중얼거리자, 아이들 셋이 고개를 끄덕끄덕했다.

"리자 씨는 어때?"

"순동을 웃도는 속도로 이동하여, 나선창격을 쓸 틈도 없었습니다."

"자유 방패와 대형 방패를 순식간에 돌파 당했다고 보고합니다."

"나도 휘염총의 탄환이 따라가지 못하는 느낌이었어."

연장자 팀도 같은 의견이었다.

이 타이밍이라면 마침 좋으려나?

"다들 어떠니? 보르에난 숲에 한 번 돌아가서 스승님들한테 재훈련을 받지 않을래?"

"—훈련?!"

내 제안에 아리사가 놀란 표정으로 돌아보았다.

"수행이구나! 수행 파트구나!"

아리사의 눈동자 속에서 불꽃이 활활 타올랐— 아니, 내 등 뒤에 불꽃을 만들었구나.

일부러 불 마법으로 그런 효과 안 넣어도 된다니까. 참 재주가 폭넓은 녀석이야.

아리사만 의욕을 보인 게 아니었다.

"네! 다시 한 번 단련을 받겠습니다."

"재훈련에 동의한다고 고합니다."

"응. 정령 마법. 강화."

"저도 사격 수행을 하고 싶어요."

리자, 나나, 미아, 루루도 이견이 없는 모양이다.

"폭포 맞으면서~ 비밀 특훈~?"

"떨어지는 통나무를 박치기로 부수는 거예요!"

조금 방향이 다르지만 타마와 포치도 의욕이 있군.

"엘프 마을도 좋지만, 이번에는 선인이 사는 산이나 학원도시의 대도서관에서 수행하는 것도 좋겠어~."

아리사의 흰소리를 흘려들으면서, 우리는 재훈련을 위해 미궁을 떠나기로 했다.

미궁 체재 예정 기간은 아직 한참 남았으니까, 지상으로 한 번 돌아가지 않고 미궁에서 직접 「귀환전이」해서 보르에난 숲으로 갔다.

한 번으로는 닿지 않으니까 몇 번 정도 릴레이를 해야 하지만, 배로 여행하는 것과 비교하면 순식간이다.

재훈련

"사토입니다. 애니메이션이나 만화의 특훈 장면은 기세를 중시하는 난센스한 것을 좋아합니다. 신기할 정도로 어린 마음에 직접 와 닿는 무언가가 있었단 말이죠."

"마스터 사토!"

보르에난 숲으로 돌아가는 도중에 들른 낙원 섬에서, 검은 머리칼 끝이 붉게 물든 미소녀 유네이아가 먼저 맞이해 주었다.

"언니! 얼른 와!"

유네이아가 내 목에 매달려서 환영을 뜻을 표한 다음, 뒤를 돌아보며 그녀의 언니 레이를 불렀다.

시선 끝에는 하얀 머리칼 끝이 파랗게 물든 **어린 소녀** 레이가 타박타박 달려오고 있었다.

언뜻 보기에 레이가 유네이아보다 연하로 보이지만, 사실 레이는 나는커녕 엘프인 미아보다도 연상이었다.

그녀는 반유령이라는 보기 드문 종족인데, 신화시대에 번영했던 라라키에 왕조 최후의 생존자이며 2만년 전을 아는 살아 있는 증인이었다.

"어서 오세요, 사토 씨. 그리고 여러분."

"다녀왔어, 레이."

레이는 차분한 어조였지만 이 섬에 단 둘이라 쓸쓸했던 모양이다.

그 증거로 내 손의 손가락을 작은 손으로 꼭 쥐고 놓지 않았다.

나한테 매달렸던 유네이아는 철벽 페어가 이미 떼어냈다.

"오늘은 느긋하게 있을 수 있어요?"

"아니, 보르에난 숲에 가는 도중이야."

내가 대답하자 레이의 미소가 흐려졌다.

"우리랑 같이 놀러 가지 않을래? 여기 들른 건 보르에난 숲 투어에 초청하려고 온 거야."

"초대받지 않은 우리가 엘프들의 영역에 들어가도 되는 걸까요?"

"괜찮아."

라라키에 사건 뒤처리를 할 때, 보르에난 숲을 통괄하는 하이 엘프 아이아리제— 아제 씨나 엘프의 장로들에게 이미 두 사람의 방문 허가를 받았다.

"하지만……."

"괜찮아. 엘프 마을에는 아제 씨도 있고, 세계수에서 뿜어져 나오는 정령광으로 독기가 정화돼 있을 테니까."

레이는 체질적으로 독기의 악영향을 받기 쉬워서, 사람들 사는 마을에는 독기가 모이니까 걱정되는 거겠지.

"유네이아도 괜찮지?"

"언니가 간다면 어디든지 갈 거야!"

시스터 콤플렉스인 유네이아의 행동 방침은 참 심플했다.

나는 두 사람을 더하여 보르에난 숲으로 연속「귀환전이」를 실행하는 여행을 재개했다.

◆

"자, 도착."

보르에난 숲에는 낙원 섬에 들르는 것도 포함해서 합계 8번 정도「귀환전이」의 연속행사로 돌아왔다.

상급 공간 마법인 전이랑 달리, 내「귀환전이」는 한 번에 300 킬로미터 정도가 한계라서 한 번에 올 수가 없단 말이지.

사람 수가 늘어날수록 소비 마력이 훨씬 늘어나기에 유성우 한 번 분량에 가까운 마력이 필요했다.

그리고, 전이해 온 보르에난 숲의 나무 집에는 선객이 있었다.

"다녀왔어요, 루아 씨."

루아 씨가 깜짝 놀란 표정으로 움직임이 멈춰 있었다.

그녀는 엘프의 무녀이며, 하이 엘프인 아제 씨를 보살피는 역할이었다.

"어서 오세요, 사토 씨. **오늘은** 잔뜩 왔네요."

물론 내가 전이해 오는 것에는 익숙하기 때문에 내가 인사하자 금세 평범하게 인사를 해줬다.

아무래도 오늘은 집의 환기를 하러 와준 모양이다.

"다들 수행을 시키려고 해서요. 한동안 머무를 거예요."

"네, 언제든지 대환영이에요."

뒤에서 아리사가 「오늘은?」이라고 날카롭게 루아 씨의 말꼬리를 포착했지만 무시했다.

더욱이 뒤에서—.

"그러고 보니 낙원 섬에 도착했을 때도 레이가 『오늘은 느긋하게 있을 수 있어?』라고 하지 않았어?"

"응."

—이렇게 대화를 하고 있지만 반응하지 않는다. 흐르는 강물처럼 화려하게 무시했다.

"히야한테 말을 해둘게요. 맞다, 네아가 바닐라 추출에 성공했다고 했어요."

"네, 그거라면 어제 아제 씨에게 『원거리 통화』로 들었어요."

내 등 뒤에서 아리사와 루루가 어제 스케줄을 확인하기 시작했다.

응, 두 사람의 기억은 틀림없다. 분명히 하루 종일, 미궁에서 마물이랑 연전을 했었지. 나도 그 뒤에서 한가할 때마다 골렘 제작 마법을 연구했다.

"스토~옵! 저스트 어 모멘트."

왜 영어인가요?

"모~멘~트?"

"저스코, 인 거예요."

타마와 포치가 아리사 흉내를 냈다.

"뭔데?"

"질문 하나, 어째서 『오늘은』이야?"

"어머, 사토 씨라면 열흘에 한 번은 오는데?"

뭐라고 말할까 망설이는 내가 변명할 틈도 주지 않고, 루아 씨가 폭로를 해버렸다.

미궁도시에 도착한 뒤로 아직 일곱, 여덟 번밖에 안 돌아왔는데.

"어느 틈에……."

"우음."

아리사와 미아가 눈을 치뜨고 탓하는 시선을 보냈다.

"맛있는 식재료나 보기 드문 요리를 발견했을 때 나눠주러 돌아왔어."

이것은 사실이다. 이끼 게 벌, 미궁 버섯, 괴물 호박, 고륙수에 혈홍 거북, 미궁은 식재료의 보고란 말이지.

그 밖에도 「기어오는 향난^{바닐라 스토커}」에서 바닐라를 추출하는 방법을 상담하러 네아 씨를 방문하기도 했다.

결코, 오직 아제 씨를 만나기 위해서 돌아온 게 아니다.

레이와 유네이아가 「횟수가 안 맞아」라고 속삭이고 있었다.

자유 시간이 모자라서 낙원 섬에 들르지 않은 때도 있었거든.

하지만, 어째서일까? 이 바람기를 탓하는 남편 같은 분위기는.

"허어어어? 질문 둘, 『원거리 통화』는 또 뭐야?"

"어라? 말 안 했었나?"

나는 고개를 갸웃거리고, 기억을 파헤쳤다.

……분명하게 말한 적은 없었던가.

"내 『원거리 통화』나 아제 씨의 『무한 통화^{월드 폰}』는 미궁도시와 보르에난의 거리 정도라면 대화를 할 수 있거든."

"우웅."

"못 들었어!"

미아와 아리사가 달려들었다.

진작에 눈치채고서 눈감아주는 건 줄 알았었는데.

"그렇지, 냉장창고에 네아가 만든 그걸 식혀뒀으니까 확인해주세요."

어색한 분위기를 느꼈는지, 루아 씨가 이야기를 돌려주었다.

"벌써 완성된 건가요? 고맙습니다. 확인해둘게요."

"그거라면, 설마?!"

훗, 훗, 훗. 설탕 항로에서 발견한 그거다.

요리가 특기인 네아 씨에게 맛있어지도록 가공 방법 연구를 부탁했다.

"나중에 기대해. 오늘 저녁 먹은 다음에라도 내놓을 테니까 너무 먹지 마."

"드디어, 그게 오는 거구나! 아아, 얼른 밤이 되지 않을까? 있지, 시간 속임수 향 같은 거 없어?"

"없어."

기다리지 못하는 심정은 알겠지만 그건 딱히 시간이 빨리 지나가는 아이템이 아니잖아.

"—사토 씨, 아제 님이나 미아의 부모님에게 연락을 해뒀으니까 금방 모일 거예요."

창에서 정령 마법으로 만든 전서구를 날려 보낸 루아 씨가 말했다.

"사토 씨. 아제 님이라면 전에 말한 하이 엘프 님?"

레이가 내 소매를 쿡쿡 당기며 작게 물었다.

"맞아."

"그래."

내가 대답하자 조금 복잡한 표정으로 중얼거렸다.

어쩌면, 대답할 때 아제 씨에 대한 애정이 실려버렸을지도 모르겠군.

레이가 나를 올려다보며 부탁했다.

"사토 씨, 마력을 주세요—."

어째선지, 어색하게 만든 웃음이었다.

"하이 엘프 님에게 격식을 갖춰 인사를 하고 싶으니까."

나는 레이의 부탁을 받아들여 마력을 흘려주었다.

초등학교 저학년쯤 되는 외모의 레이가 마력 공급과 함께 성장하여 순식간에 몸매가 뛰어난 미녀의 모습으로 변했다.

이것은 마법이 아니라 레이의 반유령이라는 종족 특성에 따른 것이다. 평소에는 마력 효율이 좋은 어린 소녀 버전으로 있는 일이 많지만 이쪽 모습이 본래의 그녀였다.

더욱이 레이의 의상이 그녀의 고향인 라라키에의 무녀복으로 변했다.

그녀의 장식품이나 의상도, 그녀의 몸과 똑같이 유체로 만들어졌다.

"고마워요, 사토 씨."

레이가 수줍게 웃으며 인사를 했다.

그녀의 무녀복은 노출이 많으니 조금 눈 둘 곳이 곤란하다.

그때 아제 씨가 나무 집의 방으로 뛰어 들어왔다.

"루아! 급한 용건이란 건 뭐— 사토!"

이쪽을 돌아본 순간, 커다란 꽃처럼 웃으며 내 이름을 불렀다.

역시, 아제 씨는 언제 봐도 귀엽다.

"다녀왔어요, 아제 씨."

"어서 와—."

아제 씨가 말하는 도중에 움직임이 멈췄다.

미소가 급속도로 색이 바랬다.

—어라?

"어서, 와, 사토."

띄엄띄엄 말하며 아제 씨가 말했다.

"저기, 그 애는— 사토의 연인이야? 오늘은 아내를 소개하러, 온 거, 야?"

아제 씨가 조심조심 물었다.

—왜 그렇게 되는데요.

"아니에요."

나는 딱 잘라 부정했다.

"그, 그래도!"

아제 씨가 내 오른손을 응시했다.

그러고 보니 레이에게 마력을 공급할 때부터 계속 쥐고 있었군.

손을 놓았는데 레이가 꼭 잡은 채 놓지 않았다.

"—레이?"

"아, 미안해요. 사토 씨."

내가 묻자, 레이가 황급히 손을 떼었다.

그 손을 애절하게 가슴 쪽으로 가져갔다.

그런 애절한 표정을 지으면 나한테 반한 거 아닌지 오해할 것 같잖아.

"아제 씨. 이 애는 레이. 뒤에 있는 애가 유네이아에요."

"레이랑 유네이아면, 라라키에 애들이구나! 기억나!"

내가 설명하자 아제 씨가 두 사람을 떠올렸다.

내가 중간에서 중개하다 보니 아제 씨는 두 사람과 직접 면식이 없단 말이지.

"하, 하지만, 훨씬 작은 애라고 들었는데……."

레이의 전투력이 높은 가슴을 보고 아제 씨가 당황했다.

나는 당황하는 아제 씨에게 레이의 체질을 설명했다.

"처음 뵙겠습니다. 보르에난 숲의 성수님. 저는 라라키에 왕조의 마지막 왕녀 레이아네 토우와 라라키에— 아뇨, 낙원 섬의 주민인 레이라고 합니다."

레이가 아제 씨 앞에 한쪽 무릎을 짚고서 인사했다.

유네이아도 레이를 따라 무릎을 짚었다.

타마와 포치가 두 사람 흉내를 내서 무릎을 짚었지만, 포치가 밸런스가 무너져서 앞 구르기를 하자 둘이 나란히 방 구석까지 굴러가면서 놀았다.

"고개를 들어. 그렇게 격식 차리지 않아도 돼. 이쪽이야말로 처음 뵙겠습니다. 보르에난 숲의 하이 엘프 아이아리제야. 사토의 친구라면 내 친구이기도 한걸. 아제라고 불러."

아제 씨는 스스럼없는 어조로, 긴장하는 레이와 유네이아를 일으켜 세웠다.

"처음 뵙겠습니다! 호문클루스인 유네이아입니다. 언니, 이 사람이 마스터 사토의 좋은 사람이야?"

"……그래, 맞아."

유네이아가 인사한 다음에, 레이를 돌아보며 확인했다.

레이가 긍정하자 아제 씨는 빨간 얼굴을 양손으로 감싸며 어버버버 당황했다.

아마 「좋은 사람」이란 단어가 부끄러운 거겠지. 한없이 끌어안고 싶은 기분이 드는군.

"우음, 친구."

"그래! 주인님이 프러포즈 했다가 차였어!"

─크헉.

"그러니까 「좋은 사람」이라는 건 오해야!"

미아와 아리사가 유네이아와 레이의 말을 온몸으로 부정했다.

사실이란 때때로 어떤 칼날보다 마음을 깊게 파헤치는군.

로그에 「사토는 마음에 3,000의 대미지를 입었다」라고 표시될 것 같은 느낌이었다.

"아제 님은 마스터 사토가 싫어?"

"싫지 않아!!"

유네이아의 소박한 물음에, 아제 씨가 전력으로 즉답해 주었다.

아아, 그 말만으로 10년은 싸울 수 있어.

이런 필사적인 표정의 아제 씨는 상당히 희귀하다.

몰래 빛 마법으로 「녹화」한 표정은, 스토리지의 「사진」 폴더에 영구 보존해두자.

"다들 꽤 성장했구나."

레이 일행을 소개하느라 조금 허둥거렸지만, 간신히 편히 쉬면서 근황 보고를 할 수 있는 상황이 되었다.

"아뇨아뇨아뇨, 아제 님."

루아 씨가 얼굴 앞에서 손을 흔들며 아제 씨의 감상에 이견을 외쳤다.

"이 급성장은 그런 어중간한 게 아닌데요?"

루아 씨의 주장에, 아제 씨가 당연하다는 느낌으로 대답했다.

"그래? 사토랑 같이 있으면 조금 정도 보통이 아닌 건 당연한 거야."

아제 씨, 신뢰해주는 건 기쁘지만 미묘하게 나를 이상한 사람 취급하네요.

우리 옆에서는 아까 도착한 미아의 부모님이 미아를 칭찬하고 있었다.

"어서 오렴, 미아. 굉장히 성장했구나! 너무너무 굉장해! 엄청 힘냈구나. 노력가구나. 다친 데는 없어? 무사하지? 오늘은 느긋하게 지낼 수 있지, 지낼 수 있지?"

"잘했다."

"응, 열심히 했어."

부모님이 머리를 쓰다듬어주자 미아가 기뻐 보였다.

미아의 소꿉친구인 고야 군도 얼굴을 비췄지만, 아까 미아의 급성장 소식을 듣고 생각하는 바가 있었는지 어딘가로 달려갔다.

─힘내라, 소년.

나는 나보다 훨씬 연상인 고야 군에게 마음속으로 응원을 보냈다.

"여어! 사토랑 애들이 돌아왔다며?"

"스승님인 거예요!"

"오냐, 포치! 얼마 안 본 동안에 늠름해졌구나!"

"니헤헤, 인 거예요."

포치의 스승인 포르토메아 양을 선두로 엘프 스승들이 찾아왔다.

그녀는 난폭한 말투만 들어서는 상상하기 힘들 정도의 미소녀였다.

어깨 높이에서 맞춰 잘라 찰랑거리는 머리칼에, 서양 인형 같은 귀여운 얼굴을 가졌다.

"타마도 건강했느냐?"

"네잉!"

사무라이 엘프인 시시토우야 씨가 타마의 머리를 쓰다듬었다.

틀림없이 남성이지만 겉보기에는 머리 긴 미소녀다.

"마인."

"네, 구야 스승님."

나선창술사 구르가포야 씨가 리자의 마인을 확인했다.

"좋아."

"감사합니다."

짧지만 마음이 담긴 평가에 리자가 자랑스럽게 인사를 했다.

"좋은 마인이다. 이제는 발동 시간 단축과 낭비되는 마력 누출을 막으면 완벽하겠군."

"동의."

리자의 또 한 사람의 스승인 스프리건 단창술사 유세크 씨가 구야 씨와 개선점 의논을 하고 있었다.

"칭찬."

"스승의 칭찬을 영광으로 생각한다고 고합니다."

마법검사인 기마살루아 양이 미아처럼 단문으로 나나를 칭찬했다.

나나의 또 한 사람의 스승인 드워프 방패술사 케리울 씨는 안 온 모양이다.

"야아, 사토 군. 다들 굉장히 성장했구나."

마지막으로 장문 엘프, 엘프 스승들의 대표자격이며 교우가 넓은 히시로토야— 통칭 히야 씨가 칭찬해 주었다.

"혹시, 사토 군도 영창이 가능해졌니?"

"죄송해요, 그건 아직이라……."

"아하하, 딱히 사과 안 해도 돼."

내 한심한 대답에 히야 씨가 웃으며 대답했다.

"연습은 빠뜨리지 않고 하고 있지?"

"네. 기상한 뒤랑 취침 전에."

"그러면 괜찮아. 인간족은 성장이 빠르니까 10년쯤 노력하면 영창이 가능해질 거야."

영창에 대해서는 아무리 연습해도 진전이 안 되는 기분이 들지만, 아리사와 미아의 이야기를 들어 보면 어느 날 갑자기 가능해진다고 하니까 그것을 믿고 우직하게 연습하고 있었다.

"네아 씨, 여행지에서 배운 새로운 요리가 잔뜩 있어요!"

"그건 기대되네. 나중에 함께 만들자."

"네!"

루루를 비롯한 후위 팀에게 호신술을 가르쳐준 네아 씨는 본래 요리가 취미인 엘프라서, 요리 이야기로 루루와 신을 내고 있었다.

"나도 스승님 필요해."

"응, 아제."

투덜대는 아리사에게 미아가 아제 씨를 추천했다.

아제 씨는 미아의 정령 마법 스승이지만, 그녀는 영창 마법 말고도 공간 마법을 비롯한 온갖 마법을 쓸 수 있으니까.

"에~ 아제는 이론 같은 거 무시하고서 필링으로 마법 쓸 것 같지 않아?"

"너무해……."

아리사의 폭언에 슬퍼하는 아제 씨를 끌어안고 위로했다. 뜻밖의 이득이네.

"너무 가깝습니다."

철벽 페어보다 빠르게 무녀 루아 씨가 나와 아제 씨를 떼어냈다.

"공간 마법이라면 장로에게 부탁하면 돼요. 이론 이야기를 좋아한다면 몇 년이고 말을 해줄 테니까요."

과연 엘프.

이야기가 길어지면 연 단위로 가는구나.

"루아 씨, 불 마법의 선생님도 소개해줄 수 없을까?"

"장로들이라면 누구든지 남을 가르칠 수 있을 정도로 4대 속성 마법을 쓸 수 있으니까 공간 마법이랑 같이 봐달라고 하면 돼요."

"야호!"

루아 씨에게 장로들 소개를 부탁하고 아리사가 기분 좋게 주먹을 치켜 올렸다.

『사토, 사탕!』

『사탕, 줘.』

작은 날개 요정들이 레이와 유네이아의 머리와 어깨에 내려섰다.

사탕이 든 주머니를 레이와 유네이아에게 건네고 날개 요정들에게 나눠주도록 했다.

"자, 잠깐 기다려."

『얼른, 줘—.』

『사탕, 좋아.』

레이가 나눠주는 걸 못 기다리는지 주머니에 고개를 집어넣는 버릇없는 녀석도 있었다.

"사, 사토 씨."

매달리는 레이의 구원 요청을 받고 날개 요정 정리에 협력했다.

레이의 가슴 위에 앉아 있던 부러운── 괘씸한 녀석은 내 어깨 위로 회수했다.

"순서를 지키지 않으면 사탕 안 준다."

『나 줄 설래!』

『나도, 줄 설게─!』

『사탕, 줘─.』

교육 스킬과 조련 스킬이 있는 탓인지 날개 요정들이 금세 얌전해졌다.

단순히 식욕이 왕성한 것뿐일지도 모르지만.

『그만해─!』

"마스터 사토. 이 애들은 사람이야?"

"그래. 그러니까 난폭하게 다루면 안 돼."

유네이아가 날개 요정을 다리 찢기 형벌에 처하려고 하기에 말렸다.

어린 아이가 인형의 다리를 뽑아내는 천진함이 무섭다니까.

그 모습을 보다 못한 나나가 뛰어들었다.

"유네이아! 유생체는 델리케이트하게 다뤄야 한다고 권장합니다."

"바리케이드~?"

"델리버리로 다루는 거예요."

타마와 포치도 나나를 흉내 내며 규탄했다.

단어가 이상한 건 늘 있는 일이니까 딱히 지적하지 않았다.

"네~에."

유네이아가 고개를 갸우뚱거리며 날개 요정을 놔줬다.

위험에서 탈출한 날개 요정이 비틀비틀 날아서 내 어깨에 착지했다.

『정말이지, 난처하다니까.』

투덜거리는 날개 요정에게 사탕을 주어 달랬다.

"여러분, 식사 준비가 다 됐어요!"

집요정 브라우니들이 네아 씨를 제외한 요리 좋아하는 엘프들과 함께 요리를 날랐다.

기다란 테이블 위에 일곱 종류의 카레와, 야채나 고기 토핑 메뉴에 갖가지 사이드 메뉴가 놓였다.

엘프 마을에 카레를 퍼뜨린 게 나지만, 아직도 카레의 인기가 식지 않은 모양이군.

"웃하! 초코 파르페!"

식후 디저트로 나온 초콜릿 디저트를 보고 아리사가 신바람이 났다.

"초코 케이크도 있어요."

그런 아리사를 흐뭇하게 바라보면서, 요리사 엘프 네아 씨가 테이블 위에 초코 케이크를 놓았다.

테이블 위에는 커팅되어 한 입 사이즈인 초콜릿도 있었다.

유감이지만, 내가 요청한 퐁당 쇼콜라는 아직 성공하지 못한 모양이다.

　앞으로 한 걸음 남았다고 하니 동료들이 수행을 하는 동안 완성될 수도 있겠네.

　"아~앙, 살찌겠어."

　초코 케이크를 본 아리사가 짐짓 몸을 꼬아대자, 양 옆에 진을 친 타마와 포치가 같은 포즈를 흉내 냈다.

　"포동포동~?"

　"동글동글인 거예요."

　"잠깐! 아리사는 그렇게까지 살찌지 않았어!"

　"냐하하~."

　"도망쳐인 거예요!"

　『도망쳐.』

　『잡아 먹힌다―.』

　아리사가 화난 시늉을 하자 타마와 포치가 웃으면서 도망치고, 날개 요정들도 함께 아리사에게서 도망쳤다.

　"자, 드세요."

　네아 씨의 말에 다들 여러 가지 초콜릿에 손을 뻗었다.

　"쌉싸달아~?"

　"조금 쓰지만 달아서 맛있는 거예요!"

　타마와 포치가 어른용 비터 초콜릿을 먹은 모양이군.

　"맛나맛나~."

　"델리셔스인 거예요."

달콤한 밀크 초콜릿을 가르쳐 줬더니 크게 기뻐했다.

　"맛있습니다."

　리자가 커팅 안 한 두꺼운 비터 초콜릿을 깨물더니 만족스럽게 고개를 끄덕였다.

　꽤 단단할 것 같은데 리자는 혀 위에서 녹이지 않고 우득우득 평범하게 먹고 있었다.

　"마스터. 초코 케이크가 맛있다고 고합니다."

　나나는 날개 요정들에게 나눠주면서 초코 케이크를 와구와구 먹고 있었다.

　평소보다 포크 속도가 빠르다. 초코 케이크가 상당히 마음에 들었나 보군.

　"언니! 엄청 맛있어! 딸기 케이크랑 같을 정도로."

　"정말이네. 네아 님, 굉장히 맛있어요."

　"우후후, 고마워요."

　유네이아가 눈빛을 반짝거리며 초코 케이크를 칭찬하고, 언니인 레이도 눈을 동그랗게 뜨고 케이크를 만든 네아 씨에게 찬사를 보냈다.

　"정말로 맛있어요. 네아 씨, 나중에 만드는 법 가르쳐 주세요."

　"그럼, 물론이죠."

　루루가 케이크를 먹으면서 그런 약속을 하고 있었다.

　"초코 케이크."

　"초코 파르페도 맛있어. 안쪽의 바삭바삭한 것도 식감이 즐거워."

"한 입."

미아는 아제 씨가 손수 떠올린 초코 파르페를 한 입 받아먹었다. 조금 부럽군.

아제 씨가 말하는 「안쪽의 바삭바삭」은 콘 플레이크다.

나도 한 입 먹어봤다.

입 안에서 녹으며 고상한 달콤함과 독특한 쌉쓸함이 입 안에 퍼졌다.

촉촉하고 맛있다. 지난번 시식했을 때보다 훨씬 맛있다. 발렌타인 시기에만 먹을 수 있는 고급 초콜릿에도 지지 않고 있었다.

―어라?

초코 파르페를 열심히 먹는 아제 씨의 볼에 초코가 묻어 있었다.

"아제 씨, 잠깐 실례."

나는 초코를 손가락으로 닦아내고, 볼에 남은 얼룩은 물에 적신 손수건으로 닦았다.

동료들 보살펴줄 때랑 같은 기분으로 초코를 입에 옮기려 했지만, 지난번 치킨라이스 사건을 떠올리고 손수건으로 닦았다.

"길트―."

"길―."

아리사와 미아의 눈초리가 날카로워졌지만 내 대처를 보고 목소리를 삼켰다.

훗훗후. 같은 실수는 저지르지 않는다.

"으그그―."

이렇게 끙끙대는 건 아리사랑 미아가 아니었다.

"불찰이었소."

"마지막 카레를 참았었다면……."

엘프 스승들이 초콜릿 요리를 즐기는 건 좀 나중이 될 것 같다. 다들 카레를 너무 많이 먹었어요.

"그래서, 이번에는 좀 쉬러 돌아온 건가?"

"아뇨, 사실은—."

엘프 스승인 히야 씨가 물어보기에 본래의 용건을 꺼냈다.

"흠. 재수행이라."

"부탁할 수 있을까요?"

"물론이지."

내 부탁을 엘프 스승들이 흔쾌히 들어주었다.

◆

엘프 스승들 앞에 동료들이 늘어서자 히야 씨가 말을 꺼냈다.

"우선 미궁에서 수행한 성과를 보도록 할까?"

우리는 숲의 요정 드라이어드의 「요정의 고리」를 이용한 전이로 보르에난 숲 변두리에 있는 광대한 황무지에 와있었다. 아제 씨와 무녀 루아 씨도 함께였다.

동료들이 수긍하는 것을 확인하고 히야 씨가 아제 씨에게 말했다.

"아제 님, 시련용 정령을 부탁합니다."

"베히모스면 돼?"

"기각."

아제 씨의 선택을 단문 엘프 스승이 부정했다.

베히모스는 코끼리와 하마를 합쳐놓은 모습을 한 의사정령인데, 구축함 급으로 커다란 데다가 레벨이 50이나 된다. 너무 강해서 동료들의 전투 훈련 상대로는 좀 부적절하지.

"실체가 있는 편이 좋다면, 황무지의 정령이나 모래 정령은 어떤가요?"

"그거라면, 딱 좋을까?"

무녀 루아 씨의 제안에 히야 씨가 고개를 끄덕였다.

"아제 님, 부탁 드려요."

"네～에. ■ ■ ■ ■ ■……."

아제 씨가 긴 영창을 마치고 정령 마법을 발동하자, 황무지의 돌이나 흙이 모여들어서 골렘 같은 거인이 되었다.

내가 「땅의 종자 제작」으로 만든 골렘보다 생물적인 느낌이었다.

이 정령은 레벨이 40이니까 「구역의 주인」의 권속과 비슷하게 강하구나.

"사역권을 양도했어."

"고맙습니다."

아제 씨에게 「황무지의 정령」을 양도 받은 히야 씨가 정령의 조작을 확인한 다음 동료들을 돌아보았다.

"준비는 됐니?"

"당근이지!"

히야 씨의 물음에 아리사가 동료들을 대표해 대답했다.

나는 아제 씨, 레이 자매와 함께 뒤로 물러나서 엘프 스승들과 함께 관전했다.

"괴, 굉장해."

"다들, 저렇게 강했구나."

레이와 유네이아가 놀랐다.

"미궁에서 열심히 수행했으니까."

나는 두 사람에게 말하면서 엘프 스승들을 살폈다.

—어라?

어쩐지, 엘프 스승들의 낌새가 심상치 않았다.

처음에는 아제 씨나 레이 자매처럼 감탄한 기색이었는데 전투가 종반에 이른 지금은 조금 씁쓸한 표정을 짓고 있었다.

내가 말을 걸기 전에 동료들의 전투가 끝났다.

황무지의 정령이 본래의 흙더미로 돌아갔다.

"승리~?"

"인 거예요!"

동료들이 칭찬해달라는 표정으로 스승들 앞에 정렬했다.

포치의 스승인 포아 양이 스승들 앞으로 나서서 말했다.

"너희들은 강해졌다—."

칭찬의 말에 동료들의 입가가 느슨해졌다.

"—그러나, 그건 위험한 강함이야."

포아 양이 강한 부정의 어조로 말하자 동료들의 표정이 굳어졌다.

"왜 그런지 알고 있느냐?"

타마의 스승 시야 씨가 묻자, 리자가 대표해서 대답했다.

"공격 중시라서, 일까요?"

"아니야. 너희들이 사토를 너무 의지하기 때문이다."

"그, 그렇지는—."

아리사가 부정하려다가 중간에 말문이 막혔다.

"최악의 사태가 일어나도, 사토가 어떻게든 해준다. 자신이 처리하지 않아도, 사토가 있다. 그렇게 생각하고 있지는 않느냐?"

시야 씨의 지적에 동료들이 고개를 숙였다.

"고개를 들어라."

포아 양이 동료들을 질타했다.

더욱 쓴 소리를 하려는 포아 양을 말리고, 히야 씨가 대신 말을 이었다.

"물론 사토 군이 뒤에 대기하고 있으니까 차분하게 싸울 수 있다는 이점은 있지만, 그걸 전제로 싸워선 안 되겠지?"

과연, 요즘 공격 편중이 된 건 내 과보호가 원인이었구나…….

분명히, 최악의 사태가 되지 않아도 좀 크게 다칠 것 같으면 내가 반드시 손을 댔으니까.

"사토 군이 있을 때는 그래도 괜찮을지도 몰라. 하지만, 그가 없을 때 싸우게 되면?"

"그 때는—."

"싸울 수 있을까? 사토 군이 없는 불안한 상황에서, 그가 없는 것을 전제로 움직일 수 있을까?"

반론하려던 아리사에게 히야 씨가 상냥하게 물었다.

"그건……."

"아마, 무리일 거다."

말을 망설이는 아리사에게 히야 씨가 잘라 말했다.

뭐, 나도 그렇게 생각해요.

"조금, 사토에게서 자립하는 편이 좋겠네."

"반대로도."

포아 양의 말에, 기아 양이 나도 과보호를 자중하는 편이 좋다고 보충했다.

"그러면, 문제점을 알았으니 본격적으로 훈련을 시작해볼까?"

"너희들! 엄격한 훈련을 견딜 각오는 있나!"

히야 씨가 말을 꺼내고, 포아 양이 동료들에게 기합을 넣었다.

"물론입니다."

"네잉!"

"포치는 힘내는 거예요!"

"불타오른다고 고합니다."

"응, 재수행."

"좋았어~! 다들, 기합 넣고 가자―!"

"다들, 열심히 해요."

동료들이 기합이 넘치는 표정으로 수긍했다.

"음, 좋은 표정일세."

"아제 님, 다음은 정령 거미로 부탁합니다."

"오케이!"

엘프 스승들이 본격적인 훈련을 시작했다.

뒷일은 스승들이나 아제 씨에게 맡겨도 괜찮을 것 같으니 신용하고, 나는 레이와 유네이아를 데리고 수행장인 황무지에서 벗어나기로 했다.

◆

"사토 님, 어서 오십시오."

"다녀왔어, 기릴."

수해에 묻힌 하얀 저택 입구에서 집요정 브라우니인 기릴 씨가 맞이해 주었다.

나는 동료들에게 줄 새로운 장비를 개발하려고 엘프의 현자 토라자유야 씨의 저택을 찾아왔다.

레이와 유네이아는 동료들에게 영향을 받아서 그런지 나무 집 앞 광장에서 네아 씨한테 호신술을 배우고 있었다.

"레리릴은 폐를 끼치지 않는지요?"

"아니, 잘 챙겨주고 있어."

손녀를 걱정하는 기릴 씨에게 레리릴의 근황을 이야기했다.

수명이 긴 집요정이라도 손녀가 귀여운 건 인간족이랑 마찬가지인가 보다.

"수정상? 골렘인가요?"

"단순히 마네킹 대신이야."

나는 동료들을 모방한 상을 「땅의 종자 제작」으로 골렘화시켰다.

이 골렘에 새로운 장비를 장착시키고, 가동 부분의 확인이나 내구 테스트를 하는 것이다.

"갑옷을 만드시는 거군요."

"으~음. 일단은 갑옷을 만들기 위한 도구 제작부터일까?"

마법 장치 준비를 시작하려는 기릴 씨를 말리고, 이제부터 만들 장치의 이미지를 전달했다.

언제까지고 마법 도구 제작에 미아의 물 마법과 아리사의 공간 마법을 의지하면 두 사람에게 부담이 커지고, 가벼운 마음으로 시험작을 만들 수가 없다.

최종적으로 조합할 때는 두 사람에게 의지하는 상황이 이어질 것 같긴 하지만, 간단한 시험작이나 실험 정도는 혼자서 할 수 있는 환경이 필요하단 말이지.

역시 머릿속으로만 생각하면 시행착오에도 한계가 있으니까.

나는 저택의 풍부한 기재를 활용하여 조금씩 개발 툴을 제작했다.

"사토 님, 이제 곧 일몰입니다. 묵고 가실 거라면 식사를 준비할까요?"

"벌써 시간이 그렇게 됐구나. 묵고 간다고 말해두지 않았으니까 식사하러 한 번 돌아갈게."

나는 저녁 식사 뒤에 돌아온다고 기릴 씨에게 말하고 나무 집으로 돌아왔다.

동료들은 장비가 너덜너덜한 데다 녹초가 됐지만, 의욕이 가득한 표정으로 저녁식사를 해치웠다.

열심히 노력하는 동료들을 격려하고, 이제 씨나 교우가 넓은 히야 씨에게 마법 장치 개발에 필요한 마법을 쓸 수 있는 장로 엘프나 기술자 엘프들을 소개 받았다.

다음날부터 장로 엘프나 기술자 엘프들의 협력을 받아 마법 회로 생성 기능과 마법회로 전이 기능을 탑재한 시험작 제작에 돌입했고, 며칠 만에 완성시켰다.

초기 설계는 끝났다지만 예상 이상으로 빨랐다. 역시 마법은 위대해.

"기릴이나 에아한테 들었지만, 사토의 개발 속도는 이상하군."

시험 장치 완성 연회에서 기술자 엘프들 중 한 사람이 말했다.

"그런가요?"

"이번 시험작 장치 개발에서 마법을 몇 개 만들었지?"

"세 개 정도였나요?"

"아니, 여덟 개다."

그렇게 만들었나?

"신기한 표정 짓지 마라. 신규가 셋이고, 개량판이 다섯이다."

아~ 분명히 다섯 번 정도 파생형 마법을 만든 기억이 있군.

그것도 세 버리는 거구나.

"우리들 엘프나 성수님들이라도 그렇게 빨리는 못 만든다."

"감탄."

"찬사."

장로 엘프나 다른 기술자 엘프들이 칭찬해 주었다.

근데 왜 이렇게 미묘한 분위기가 떠도는 걸까?

"그건 그렇고, 마법회로를 제작한 다음 모든 좌표를 설정해서 전이시키다니……."

시험작 마법 장치를 본 기술자 엘프들 중 한 사람이 감탄하며 중얼거렸다.

"생각해내는 자는 있었지만, 완성까지 도달한 자는 별로 없다. 대부분 중간에 질리거나, 시험작 하나를 만들고 나면 만족해서 그만 두는 게 보통이다."

"애당초 설정치 수가 말도 안 돼."

기술자 엘프 중 한 사람이 기겁이 담긴 한숨을 쉬었다.

죄송합니다. 설정 패러미터 수가 많은 건 어쩔 수 없는 사양이라서요.

"제대로 된 엘프라면, 생각을 해도 절대로 만들려고 안 한다."

─실례잖아요.

술이 들어간 탓인지 다들 사양하질 않네.

그리고 말도 안 되는 양이라고 했지만, 최대 1기가바이트도 안 되는 데이터다.

DVD의 4분의 1 정도니까 기합을 넣어서 노력하면 수작업으로도 입력할 수 있다니까.

이번에는 테스트니까 간단한 데이터를 수동으로 입력했지만, 실제로 시험작을 만들 경우에는 「메뉴」 스킬이랑 연계되는 마법을 쓸 예정이니까 그들이 걱정하는 정도로 정신 나간 짓은 아니란 말이야.

연계 마법으로 스토리지 안의 데이터 파일을 불러올 수 있도록 했으니까 수동입력이 필요한 건 처음뿐이고, 기능별 모듈을 라이브러리로 만들어두면 마법의 주문 개발과 마찬가지로 작성해둔 자산을 활용할 수 있으니까 작업은 점점 줄어든단 말이지.

그리고 시멘 자작에게 발주해둔 연계용 마법 두루마리 3종은 오늘 낮에 공도의 두루마리 공방에 실례해서 획득했다. 예상보다 완성이 빨라서 깜짝 놀랐다.

상인 아킨도우로 변장해서 방문했지만, 펜드래건 가문의 인장으로 봉인한 편지를 가지고 있어서 간단히 신용을 받았다.

◆

시험작 장치가 완성되고 다음날 오후―.

"오늘의 적은 거미인가요?"

나는 동료들이 어떤지 보는 김에 시험작 장치를 시험해 보려고 왔다.

다만 시험작 장치에는 직방체의 마법 회로를 전사하는 기능밖에 없어서 무기나 방어구의 경우 강도가 떨어진다.

또한 안정이 어려운 청액의 경우 너무 커다랗고 복잡한 기능을 부여하는 게 어렵다. 신이 내린 성검 수준의 기능을 구현하려면 아직 갈 길이 멀겠어.

"야아, 사토 군. 어서 와."

스스럼없이 맞이해준 히야 씨 옆에 갔다.

동료들은 이제 씨가 만든 크고 작은 갖가지 거미 의사정령들과 싸우고 있었다.

정령을 상대하면 경험치가 적은지 동료들의 레벨은 아직 42였고, 퍼센트 표시되는 경험치 게이지도 수행을 시작하고 나서 거의 변화가 없었다.

엘프 스승들의 시선 끝에는 거미들의 실로 만들어진 하얀 투기장에서 동료들이 분전하고 있었다.

적의 수가 많은 데다가, 투기장에 둘러진 실을 사용해 종횡무진으로 공격하기 때문에 전위들뿐 아니라 후위들도 힘들어 보였다.

"저 실은 종류가 다양하거든. 탄력이 있는 실은 마인이나 공격 마법이 아니면 벨 수 없고, 섣불리 마인이나 마법을 사용하면 그 실에 섞여 있는 마력을 빼앗는 실에 마력을 빼앗겨 버려."

히야 씨가 거미의 성가신 점을 가르쳐 주었다.

분명히 전위 팀의 마력이 다 떨어져가고 있어서 마인을 유지하는 것도 힘들어 보였다.

"소형 거미는 움직임이 빨라서 후위를 지키기 어렵고, 대형 거미는 자루가 긴 무기나 마법이 아니면 두꺼운 가죽을 꿰뚫을 수 없어."

의사정령이니까 내장도 없고 말이야. 히야 씨가 말을 이었다.

지원 마법(버프)이나 저해 마법(디버프)을 적절히 사용해서 전략적으로 싸워야 하는 적이었다.

"초전자 배리어!"

접근한 새끼 거미를 아리사가 반구 형태로 전개한 공간 마법 장벽으로 날려버렸다.

전자(電磁)하고는 요만큼도 연관이 없지만 지적해도 의미가 없겠지.

"에잇!"

휘염총을 겨눈 루루가 무방비하게 날아간 새끼 거미를 저격했다.

"······ ■ 빙설 정령 창조."
_{크리에이트 스노우 울프}

미아가 정령 마법을 완성시키자 눈을 두른 얼음 늑대 넷이 나타났다.

빙설 늑대의 하반신은 투명해서 보이지 않았고, 하얀 띠 같은 안개를 남기며 공중을 달려 다녔다.

"실 분단."

미아의 명령을 받은 빙설 늑대들이 공중을 잇고 있는 거미줄을 얼려서 분쇄했다.

"재강화, 간다!"

"고마워요."

새끼 거미를 퇴치한 아리사가 공격이 아니라 신체강화를 전위 팀에 부여했다.

전위와 거리가 멀어서 소비 마력이 많군. 재훈련 전의 아리사라면 효율을 생각해서 망설임 없이 공격 마법을 골랐을 상황이었다.

마법의 사정거리를 확장하는 지팡이도 개발 라인업에 넣어둘까?

"하아아아아앗!"

바람을 타고 기습하는 새끼 거미를 루루가 휘염총의 스톡에 걸어서 던져 버렸다.

"수리검~?"

날아온 새끼 거미를 타마가 투척 나이프로 마무리했다.

타마는 공도에서도 여자 사무라이 아야우메 양에게 나이프 투척을 배웠고, 미궁도시에서 재회한 다음에도 심야에 가르침을 받고 있었다.

타마용으로 손에 돌아오는 쿠나이[#2]라도 만들어 줄까.

성검 클라우 솔라스처럼 멋대로 공중을 춤추며 적과 싸우는 무기는 아직 못 만들지만, 손으로 돌아오는 기능 정도는 어떻게 될 것 같단 말이지.

"위험히이~?"

타마는 새끼 거미를 쓰러뜨린 것을 자랑하지 않고, 사각에서 나나에게 기습을 하려던 새끼 거미를 다른 투척 나이프로 견제했다.

나나가 맞상대하는 커다란 거미가 근거리에서 독액의 포탄을 쏘아냈다.

"방패! 발동이라고 고합니다."

나나는 소비 마력이 많은 「자유 방패」가 아니라 「방패」의 이술

#2 쿠나이 닌자가 흔하게 쓰는 무기. 짧은 양날단검인데 손잡이 끝에 고리가 달린 모양. 본래는 목수들이 쓰는 공구.

로 포탄을 막았다.

독 포탄을 막았을 때 「방패」도 소멸해버렸지만, 「자유 방패」보다 마력 소비가 적고 발동 시간이 빠른 「방패」의 이술을 유용하게 쓰는 모양이다.

커다란 거미가 네 다리로 나나를 둘러싸듯 공격했다.

"자유 방패, 기동방어 모드라고 선언합니다."

나나가 도발 스킬이 실린 목소리로 외치면서 세 장의 자유 방패를 전개하더니, 커다란 거미의 공격을 막아냈다.

자유 방패로 막지 못한 다리는 실체인 대형 방패로 막았다.

"포치, 갑니다."

"돌격! 인 거예요."

커다란 거미 주위를 뛰어 다니며 견제하던 리자와 포치가 새끼 거미를 해치우면서 커다란 거미에게 다가섰다.

"벼락 지팡이 총, 발사!"

나나가 대형 방패 뒤에 숨기고 있던 벼락 지팡이 총으로 커다란 거미 코끝을 쏘았다.

AR표시로 보니 큰 대미지를 주지 못했지만 커다란 거미의 의표를 찌르는 데는 성공했나 보다.

"순동! 인 거예요!"

보통 지그재그 달리기로 접근하던 포치가 순동 스킬을 써서 마지막 거리를 단숨에 좁혔다.

순동 직전에 발동했던 마인을 두른 마검이 커다란 거미의 몸통에 뿌리까지 박혔다.

그러나 AR표시되는 커다란 거미의 체력 게이지는 거의 줄지 않았다.

몸을 비튼 커다란 거미가 포치를 붙잡아 멀리 던져버렸다.

상당한 기세로 날아갔지만 아리사가 공간 마법으로 기세를 죽였고, 낙하지점에 있는 거미줄에 떨어졌을 뿐이니 크게 다치진 않았다.

"내 창에 깃들라, 마인—."

리자의 마창에서 흘러나오는 붉은 빛이 전속력으로 달리는 리자의 온몸을 감쌌다.

커다란 거미가 리자를 노리고 독의 산탄을 뿌렸다.

"순동, 나선창격."

순동 스킬이 발동하고, 콰앙 공기를 가르는 소리를 남기며 10 미터 넘는 거리를 순식간에 달렸다.

독의 산탄은 한순간 전에 리자가 있던 주변의 땅을 허망하게 부수었다.

나선창격의 빛이 창뿐 아니라 리자의 몸도 감싸고 소용돌이 쳤다.

리자는 마창과 자신을 하나의 무기로 만들어 돌격해 몸통째로 커다란 거미의 몸을 꿰뚫었다.

—상당히 무모한 대형 기술이군.

리자를 감싼 나선의 마인이 커다란 거미의 몸을 파헤치고 찢어냈다.

몸 너머에 착지한 리자가 반격을 경계하며 방심하지 않는 앞에서, 커다란 거미가 하얀 안개와 작은 정령의 빛이 되어 사라졌다.

새끼 거미는 그 큰 녀석의 일부였는지 커다란 거미가 소멸하자 동시에 사라졌다.

다들 조금씩 전투 방식이 진화하기 시작했군.

보러 오길 잘했네.

"굉장해~?"

"역시 리자 씨네."

"긍정. 돌격은 용맹하다고 고합니다."

동료들이 리자에게 찬사를 보냈다.

리자의 라스트 어택은 조금 위태롭게 보였지만, 엘프 스승들이 질책하는 분위기가 아니니까 아마 새로운 필살기 연습이라도 했던 거겠지.

"리자, 여력 남겨."

"필살기의 시행착오는 좋지만, 마지막 공격에 모든 것을 담는 것은 건곤일척일 경우에만 해라. 공격이 안 닿을 경우에 자신이나 동료들을 위해 여력을 남기는 걸 잊지 말도록."

리자의 스승인 구야 씨와 유세크 씨가 지도를 해줬다.

나선창격은 위력이 크지만 마력 소비도 크니까.

"거미줄은 안 사라지네요?"

"응."

루루의 의문에 미아가 수긍했다.

"정령 거미의 거미줄은 여름 옷 소재로 좋아."

"바람 솔솔."

"그냥 만들면 색이 빠져서 비쳐 보이니까 다른 실이랑 같이 짜거나 위에 걸치는 옷으로 만드는 게야."

엘프 스승들이 거미줄의 용도를 가르쳐 주었다.

날개옷 같은 것도 만들 수 있겠군.

"포치도 수고했어."

거미줄투성이가 되어서 털레털레 돌아온 포치를 생활 마법으로 깨끗하게 씻겨줬다.

"주인님, 좀 더 긴 무기가 필요한 거예요."

포치가 보기 드물게, 어리광 부리듯 요청을 했다.

자세한 이야기를 들어보니 지금까지 의사정령전에서 공격이 명중해도 한손검 사이즈의 마검으로는 대상의 외피를 돌파하지 못하는 일이 몇 번이나 있었다고 한다.

"어떤 무기가 좋은데?"

"커다랗고 강해 보이는 게 좋은 거예요."

스토리지에서 시험작 무기를 꺼내봤다.

"잔뜩~?"

"커다란 무기인 거예요!"

눈을 반짝거린 포치가 내가 꺼낸 장검, 대검, 대형 망치, 장창, 도끼창을 손에 들고 휘둘러보며 감촉을 확인했다.

어떤 무기든 가볍게 들어 올렸지만, 포치 자신의 체중이 가볍기 때문에 커다랗고 무거운 무기를 휘두를 때 관성을 제대로 제어하지 못했다.

"주인님~? 하나 더 꺼내주세~."

타마가 대형 망치를 한 손에 들고, 또 하나 조르기에 꺼내줬다.

드워프 마을에서 휘두른 미스릴 합금의 대형 망치와 비교하면 가볍지만, 타마 자신보다는 여유롭게 무겁다.

"봐봐~. 팽이~?"

양손에 대형 망치를 든 타마가 빙글빙글 대형 망치를 휘두르며 팽이처럼 돌았다.

리자와 포치에게 근력으로 뒤지니까 오해 받기 쉽지만, 레벨 42에 이른 타마는 상당히 힘이 장사다.

아리사와 루루가 「타마가 팽이」라 중얼중얼 말하면서 어깨를 떨고 있었다. 뭔가 심금을 울렸나 보군. 젓가락이 굴러가도 우스운 나이라고 하니까 어쩔 수 없는 법이야.

"우뉴~ 비틀비틀하는 거예요."

포치가 도끼창 같은 긴 자루 무기나 대검을 쓰고 싶은 모양이기에, 관성에 지지 않도록 묵직한 추를 몸에 매달아 밸런스를 맞춰봤다.

실제로 싸울 때는 추가 아니라 같은 무게의 전신 갑주를 입힐까 생각했다.

"비틀비틀 안 하지만, 무거워서 못 움직이는 거예요."

추를 너무 늘렸나 보군.

움직일 수 없다고 하면서도, 포치는 추를 질질 끌면서 이동했다.

아마 재빨리 움직이지 못한다는 거겠지.

"단순히 무거운 무기나 중후한 갑옷으로는 안 되겠네."

나는 팔짱을 끼고 생각에 잠겼다.

"사토 군, 테일 실버랑 아다만타이트 합금을 써보면 어때?"

"어떤 합금인가요?"

히야 씨가 제안한 마법 금속의 합금은 마력 공급에 따라 팽창하거나 축소하는 것이었다.

아마도 성검 클라우 솔라스의 거대화 기능은 이 합금 덕분이겠지.

또한 미궁의 보물 상자에서 가끔 나오는 사이즈 조정 기능이 달린 금속 방어구는 이 합금의 바리에이션이 많다고 한다.

비상 신발^{플라잉 부츠} 등의 가죽 제품이나 천 제품은 마력으로 수축하는 특수한 소재를 이용하거나 특별한 방식으로 짜서 만든다고 했다.

후자는 섬유 공방의 주인인 엘프 케아 씨에게 배워서 이미 알고 있었다. 팬티 고무줄 대신으로 쓸 수 있지만, 평범하게 고무끈이 막 쓰기 좋았다.

"그건 에아나 그녀의 스승에게 물어보면 돼."

히야 씨가 권해주었다.

듣자니, 아까 그 합금은 연성 공방의 에아 여사나 그녀의 스승인 장로 중 한 사람이 잘 안다고 하니까 내일이라도 찾아가서 가르침을 청해볼까.

히야 씨 말에 따르면, 오리하르콘과 어둠 광석을 융합시켜서 마력을 흘리면 가벼워지는 금속도 만들 수 있다고 한다.

연금술로 오리하르콘을 만들고서 마법 금속의 극치를 이루었다고 생각한 나 자신이 부끄럽군.

마법 금속에는 아직 내가 모르는 바리에이션이 무수히 많은 모양이다.

〉칭호 「무지의 지」를 얻었다.
〉칭호 「영겁의 학도」를 얻었다.

"그런데 사토는 뭘 보여주러 온 거 아니야?"

"아아, 잊을뻔했네요."

아제 씨 말에 여기 온 목적을 떠올렸다.

나는 아이템 박스에서 꺼낸 장비품을 모두에게 보여줬다.

"우와~ 방패가 떠 있어."

"부유 방패 시험작이야."

내가 보여준 시험작 장비를 보고 동료들의 눈빛이 반짝거렸다.

이건 미스릴 주조품이지만, 최종적으로는 오리하르콘이나 아다만타이트의 합금으로 만들 생각이었다.

공중에 떠오르는 원리는 술리 마법인 「이동하는 판」이나 「입방체」 마법 등의 이론을 활용해봤다.

"포치랑 타마는 아까 그 시험작 무기 견본이랑 이 마검―."

벤 상대의 마력을 빼앗아 사용자에게 환원하는 기능을 넣어봤다.

설계 자체는 전부터 해놨는데, 술식이 복잡한 데다가 아리사와 미아가 마법을 익혀줄 필요가 있었기 때문에 시험작 제조를 망설이던 녀석이다.

실제로 이건 시험작 네 번째에 성공했으니 처음부터 부탁했으면 두 사람이 몇 번이고 실패감을 맛보게 됐겠지.

마인을 발동하고 있을 때는 자기 자신의 마력을 빨아들여 버리기 때문에 마력 흡수 기능을 언제나 ON으로 해둘 수는 없지만, 사용법에 따라 전투 지속능력의 강화에 기여할 수 있다.

사실은 체력 회복도 넣고 싶었지만, 벤 상대의 체력을 흡수해서 사용자에게 환원하려면 요도(妖刀)나 저주 받은 무기에 있는 독기회로가 필요하기 때문에 선택하지 않았다.

엘프들의 자료에 따르면 혈옥이나 혈주 같은 소재가 있으면 독기회로가 없어도 넣을 수 있는데, 사가 제국의「흡혈 미궁」에서만 산출되는 희귀소재라 보류했다.

"루루의 새로운 장비가 이거. 실체탄을 쏘는 마법총이랑 광정주(光晶珠)를 사용한 광선총이야."

전자는 마법에 내성이 있는 적에게 쓰는 총이고, 후자는 움직임이 재빠른 적에게 쓰는 마법총이다. 둘 다 심플한 목제 스톡이 달린 장총신의 라이플 같은 모양이었다.

실체탄은 전에 실패한 교훈을 살려서「탄체 사출 2식」에 폭렬 마법을 응용한 회로를 추가해 초기 가속을 비약적으로 올렸다.

언뜻 보기에도 구별이 되도록 전자는 붉은 총신, 후자는 하얀 총신으로 했다.

레이저 조준기나 저격용 스코프 같은 것도 만들어 볼까?

"후~응. 재미있는 무기네. 쏴 봐도 될까?"

"네, 물론이죠."

히야 씨가 루루용 저격총과 실체탄을 시험 사격했다.

"이 광선총은 집속용 소재를 바꾸는 편이 좋지 않을까? 에아에게 좋은 소재가 없는지 한 번 물어봐."

"네, 그럴게요."

마법 합금 일로 연성 공방의 에아 여사를 찾아갈 예정이니까 함께 물어볼까.

"이건 루루 양의 무기지? 그러면 내가 사격을 가르쳐 줄게. 바람 마법이나 빛 마법을 쓸 수 있으면 더 좋겠지만, 술리 마법이라도 사격을 보조할 수 있으니까 그것도 같이 배우면 좋겠다."

"네! 열심히 할게요!"

히야 씨의 생각지 못한 말에 루루가 주먹을 쥐고 수긍했다.

내가 부탁을 하려고 했는데, 히야 씨는 여전히 배려가 빠르다니까.

◆

"마법 합금은 배웠어?"

나무 집의 아침 식사 자리에서 동료들에게 맞춘 든든한 메뉴를 먹으면서, 히야 씨의 물음에 웃으며 수긍했다.

"네, 완벽해요."

연성 공방의 에아 여사한테서 메이저한 효과와 조합을 배운 다음, 엘프들이 과거에 시행착오한 방대한 데이터를 빌렸으니 상당히 여러 가지 마법 금속의 합금을 만들 수 있을 거야.

"버, 벌써?"

"실제로 만든 건 아직 다섯 종류뿐이에요."

오늘은 첫 날이었으니 조금 적다.

내일부터 우선순위를 생각하면서 페이스를 올리고 싶군.

"—다섯 종류?"

"어마어마한 습득 속도네."

"에아도 감탄했다."

엘프 스승들은 칭찬이 능숙하다니까.

아마 립 서비스겠지만 정말로 놀란 것처럼 들렸다.

"굉장하네, 사토."

엘프 스승들의 말을 들은 아제 씨가 칭찬의 말을 해줬다.

"아뇨, 그 정도는 아니에요. 에아 씨가 잘 가르치는 거죠."

"그렇지, 주인님. 장비를 만드는 김에 양육원용 냉장고 만들어줘."

"전에 예비를 설치했는데?"

"그거는 너무 작다니까. 가능하면 냉장이랑 냉동 두 종류로, 냉장은 5톤 정도 들어가는 게 좋아."

아리사의 요청이 실행 가능한지 스토리지의 얼음 광석 재고를 확인했다.

"우~응. 얼음 광석 재고가 적으니까 바람 광석이랑 물 광석으로 만들까?"

내가 가진 소재로는 얼음 광석으로 직접 식히거나, 바람 광석과 물 광석으로 기화열을 이용해서 식히는 두 가지 선택이 있다.

후자는 회로가 복잡해지고 만드는 게 귀찮은 데다가 소비 마력이 늘어나니까 가능하면 고르기 싫은데.

"사토 씨. 바람 광석 비축에 여유가 있으면 조금 빌려줄 수 있을까요?"

"좋아요. 어느 정도 필요한가요?"

무녀 루아 씨 말에 따르면 보르에난 숲 근해에 사는 지느러미 수인족— 인어들의 일부가 바닷속에 새로운 개척 마을을 만들기 위해서, 그 거점에 설치할 바람 광석이 필요하다고 한다.

인어들은 아가미 수인족— 물고기 수인족과 달리 아가미가 없기 때문에 바람 광석으로 수중 마을에 호흡이 가능한 장소를 만든다고 한다.

물속에서 숨을 못 쉬는 인어들이 물속에 마을을 만드는 이유가 불명이지만, 내가 가진 걸 모두 방출하면 충분할 것 같다.

냉장고용 얼음 광석은 장비 시험작을 만들기 전에 캐러 가면 되겠지.

다행히, 보르에난 숲 근처에 눈이 쌓인 흑룡산맥이 있으니까.

"헤일롱은— 역시 수면중이네."

흑룡산맥의 해가 잘 드는 봉우리에서 흑룡 헤일롱이 커다랗게 코를 골며 행복한 표정으로 잠들어 있었다.

다른 사람이 가까이 왔는데도 깨어날 기색이 없었다. 세류 시에서 문전여관의 마담이 말한 것처럼 용은 잠꾸러기인 모양이군.

헤일롱의 적이 될 법한 존재가 없기 때문이겠지만, 참으로 무방비한 모습이었다.

그 모습에 조금 죄책감이 들긴 했지만, 수많은 내성 스킬과 높은 정신(MND)치가 나에게 평정심을 돌려주었다.

"전언을 남겨야지—."

나는 헤일롱이 일어났을 때 보이는 위치에 마요네즈와 고추 마요네즈 통을 두고 또 놀러 온다는 내용을 써뒀다.

여기 오기 전에 오유고크 공작령에서 선물로 사온 염소는 바로 보이는 고원에 풀어뒀다.

저 고원이라면 와이번을 비롯한 마물도 헤일롱이 두려워 안 올 거고 마침 좋네.

"얼음 광석이 있나?"

나는 눈이 쌓인 흑룡산맥의 동쪽을 맵으로 검색해서 얼음 광석을 찾았다.

"오~ 있다 있어. 장소는— 얼어붙은 칼데라 호구나."

칼데라 호 바닥에는 귀중한 빙정주 덩어리도 가라앉아 있었다.

나는 섬구로 장대한 흑룡산맥의 동쪽으로 초고속이동을 하고, 중간부터 평범한 천구로 접근했다.

"이건 또 굉장하네. 세계유산에 등록하고 싶은 바람구멍이야—."

산 중턱에 뚫린 가로로 기다란 거대한 바람구멍을 지났다. 점보제트기가 그대로 통과할 수 있을 법하다.

어쩐지, 흑룡 헤일롱이 **장난질**을 한 흔적 같단 말이지.

—저거 설마?

바람구멍 중간에서 바람 광석의 거대한 덩어리를 몇 개 발견했다.

"혹시나—."

그렇게 생각해서 검색해 보니, 수는 적지만 풍정주 결정도 조금 발견했다.

여왕 숲 게 말벌의 날개에서 얻은 풍정주도 있지만, 비공정의 추진기에 편리할 것 같으니 반 정도 채취했다. 「이력의 손」을 이용해 스토리지로 채취하는 거니까 간편하다.

그런 부록을 얻으면서 바람구멍을 통과하고, 목적지인 칼데라 호의 상공에 도착했다.

"……오옷."

얼음에 덮인 칼데라 호는 말이 안 나올 정도로 아름다웠다.

호수 자체의 투명도도 엄청나지만, 구름 한 점 없는 파란 하늘이란 것도 좋았다.

나는 마음껏 파랑과 하양의 절경을 탐닉하고, 그 다음에 빛 마법 「녹화」로 스토리지에 기록했다.

동료들은 언젠가 데리고 왔을 때 보여주면 되지만, 보르에난 숲을 벗어날 수 없는 아제 씨에게 보여주려면 기록한 녹화 데이터를 상영하는 수밖에 없으니까.

"후우, 이제 그만 채취를 시작해야지."

나는 방한구를 착용하고 「에어컨」 마법을 해제했다.

에어컨이 만드는 열이 얼음 광석이나 칼데라 호에 악영향을 끼치는 게 싫었거든.

"—추워라."

나는 추위에 떨면서 칼데라 호의 두꺼운 얼음 아래로 「이력의 손」을 뻗었다.

칼데라 호의 연안에 있는 눈의 틈에도 얼음 광석은 있지만, 작은 알갱이 같은 것들뿐이라서 얼음 아래 있는 얼음 광석 덩어리나 빙정주를 타겟으로 골랐다.

추우니까 재빨리 회수를 끝마치고 천구로 하늘로 날아올랐다.

나는 아름다운 칼데라 호와 보기 좋은 거대 바람구멍을 다시 한 번 바라보고, 「귀환전이」 마법으로 보르에난 숲에 돌아갔다.

◆

"그러면, 시험 사격 갑니다."

나는 동료들의 새로운 장비인 우산형 실드를 든 골렘을 향해서 마법 공격을 실행했다.

일단 「마법의 화살」을 다섯 개 정도 쏴봤다.

단창 사이즈의 투명한 「유도 화살」이 나타나 대상을 향해 날아갔다.

우산형 실드의 표면이 조금 일그러졌지만, 문제없이 버텼다.

"허어, 상급 마법인 『이력의 창 난무멀티플 자벨린』를 버티는군."

에아 여사가 감탄한 기색으로 중얼거렸다.

아니아니, 하급 마법인 「유도 화살」인데요.

"다음, 갑니다."

우산형 실드를 다시 치고서 다음 마법을 쏘았다.

이번에는 중급 빛 마법인 「광선」을 하나 쏘았다.

"관통한 모양이군. 위력은 반감됐지만 아무래도 관통력이 높은 상급 빛 마법인 『광자력 선』까지 막을 수는 없는 모양이야."

에아 여사의 착각은 그렇다 치고, 이걸 막지 못하면 「구역의 주인」급 적과 싸우기에는 힘들겠는데.

몇 번인가 우산형 실드를 다시 치고 확인해 보니, 관통할 때까지 조금 시간이 걸리기에 우산형 실드를 회전시켜서 받아 흘리는 기능을 추가해봤다.

"대단하군. 하지만 마력 소비량이 너무 많지 않니?"

"네, 개인이 운용하는 건 힘들겠어요."

본래 거점 방어용 방어 장벽이니까.

"그러니까, 갑옷에 소형 성수석로를 넣어서 마력공급을 하려고 해요."

"갑옷에?"

고개를 갸웃거리는 에아 여사에게 개요도를 보여줬다.

"과연. 갑옷에 성수석로 전용 아공간을 이어놓는 거구나."

"네, 『마법의 가방』 공방 분들의 도움을 받았죠."

내 시험작 장치로는 만들 수가 없어서, 나나의 갑옷용과 예비용으로 합계 2개밖에 준비하지 못했다.

성수석로 덕분에 마력을 윤택하게 공급할 수 있지만, 운용 코스트가 너무 높으니까 평소에 쓰는 게 아니라 「구역의 주인」급 강적을 상대할 때만 쓸 생각이다.

"사토는 재미있는 발상을 하는구나."

"고향에 참고가 되는 서적이 많았거든요."

주로 만화나 애니메이션 같은 미디어다.

조만간 아공간의 벽을 유리처럼 깨고 등장하는 파워 어시스트 갑옷이나 마법소녀 같은 변신 세트 같은 것도 실현시키고 싶었다.

물론 그건 나 자신의 영창이 필수지만.

"와~ 장비가 잔뜩."

"사토 씨, 도시락 가져왔어요."

개발이 끝난 장비를 점검하고 있는데, 유네이아와 레이 둘이 놀러 왔다.

"동글동글한…… 갑옷?"

"그건 포치랑 타마용이야. 이렇게 하면—."

"우왓, 날씬해졌어요."

동글이 갑옷이라는 코드 네임의 포치&타마용 갑옷인데, 그 수축하는 마법 합금을 사용해서 충격 내성의 동글동글한 폼과 고속 전투용 날씬한 폼 두 종류로 전환할 수 있다.

두 사람에 비해 키가 큰 리자와 나나는 이 기능을 쓰기 어려워서 탑재 안 했다.

"예쁜 부츠— 이거 귀여워! 언니, 이거이거!"

"아리사랑 애들 걸까?"

"레이랑 유네이아 것도 있어."

두 사람과 후위들 것은 튼튼하기만 한 보통 가죽 제품이지만, 나나용 롱부츠에는 방어벽 역할에 도움이 되는 스파이크나 접지 강화용 앵커 사출기가 붙어 있었다.

그리고 아인 소녀들의 부츠에는 순동의 초기 가속을 보조하는 순간 부스트 기능을 탑재했다.

순동에서 필살기로 연결할 때 여러모로 활약을 해줄 거야.

"사, 사토 씨. 이 하얀 창은 용의 발톱 아닌가요?"

리자용 용발톱창을 본 레이가 놀라서 말했다.

전에 얻은 「용발톱창의 창날」과 튼튼한 아다만타이트 합금제 축을 사용해서 리자용의 용발톱창— 용조창(龍爪槍)을 만들어 봤다.

흑룡 헤일롱의 이빨은 축 부분에 올리는 가공 기술이 더 익숙해지면 사용할 생각이었다.

"용케 알았네, 레이. 정답이야."

"라라키에에서 몇 번인가 봤어요."

레이 말에 따르면 뿜어져 나오는 생기가 다른 생물의 발톱과 다르다고 한다.

"와~ 총이 잔뜩."

"그건 루루의 장비야."

스코프가 달린 근미래 라이플처럼 보이는 것이 개량형 광선총, 코끼리 사냥에 쓸 법한 투박한 외견의 라이플은 실체탄을 쏘아내는 시험작 2호다.

루루의 광선총은 집속기로 대괴어의 수정체를 써봤더니 위력이 몇 배로 뛰어 올랐다. 그래서 앞으로는 휘염총을 평소에 쓰고, 마력 소비가 커다란 광선총을 종반의 몰아붙이기에 쓸 생각이었다.

그리고 실체탄 타입도 그럭저럭 실용화는 됐지만 휘염총이나 광선총에 비해 편의성이 떨어지며, 위력도 광선총보다 떨어지기 때문에 마법이 안 통하는 적 전용이 될 것 같다.

"이거 예쁘다."

"그건 빙정주를 사용한 빙탄 자동 장전형 대포야."

겉보기에는 멋있지만, 단순한 로망 무기의 영역을 벗어나기 못했기 때문에 사장이 결정된 물건이다.

"이 짧은 것도 총?"

"이 권총은 호신용이야. 두 사람 것도 있어."

내가 「용의 계곡」에서 얻은 마법총보다 소형인 권총을 몇 종류 만들어봤다.

겉보기에는 총이지만, 사정거리 15미터쯤 되는 대인 제압용 벼락 지팡이 총— 다시 말해서 마법적인 스턴건 같은 것이다. 맞으면 찌릿하고 넘어가는 견제 모드와 기절시킬 정도의 제압 모드 두 종류로 전환할 수 있다.

"이건 대포?"

고개를 갸웃거리는 유네이아에게 레이가 정답을 가르쳐 주었다.

"골렘 병사용 소형 마포야."

이것은 후위 팀 중에서 화력이 낮은 루루용으로 개발중인 것이었다. 최종적으로는 비행 범선에 탑재하고 있던 5연장 마포가 설치된 부유포대 같은 것을 생각하고 있었다.

 "이 단검은 뭐야?"

 "그건 쿠나이라는 단검이랑 수리검이라는 투척 무기야."

 수리검은 놀이 삼아 만든 거니까 아무 특수효과도 없지만, 쿠나이는 「이력의 손」에 쓰이는 기술을 이용해서 던진 다음에 쿠나이와 한 쌍인 장갑으로 돌아온다.

 "보여줄게—."

 나는 장갑을 끼고 쿠나이를 표적을 향해 던진 다음, 중간에 손목을 돌려 쿠나이를 장갑으로 되돌렸다.

 "우왓, 돌아왔다."

 "해볼래?"

 "응!"

 놀라는 유네이아에게 장갑을 건네고 놀게 해줬다.

 장갑은 오리하르콘 섬유로 만든 거니까 다소 실수를 해도 손이 베이진 않을 거고 자석처럼 달라붙으니까 놓칠 염려도 없었다.

 "커다란 검은 보통 검이야?"

 "아니, 그것도 이것저것 있어."

 타마랑 포치의 검에는 그 수축하는 마법 합금으로 3배 가깝게 길어지는 기능을, 나나의 검은 견제용으로 전격이나 충격파 투사 기능을 달아봤다.

 그 밖에도 시험작 장치로 청액이나 오리하르콘을 쓸 수 있는지 테스트했을 때 장검 사이즈의 오리하르콘 성검을 몇 자루 만들었지만 딱히 쓸 길이 없다.

마력 배터리 대신 쓰는 건 양산형 주조 성검으로 충분하니까 이건 용사 나나시로 활동할 때 써볼까 생각중이다.

"이건 옷? 갑옷? 어느 쪽인지 모르겠지만 귀여워."

"그건 후위 팀 애들용 장비야."

겉보기에 귀여운 탓인지 레이와 유네이아가 좋아했다.

마음에 든 기색이니, 두 사람용으로 겉보기에 똑같은 장비를 선물할까.

아리사와 미아용 새로운 지팡이를 소개하고서 다른 물품을 둔 창고로 이동했다.

"마스터 사토, 이건 뭐야?"

"그건 의족이야."

시험작 장치의 실험을 겸해서 카지로 씨용 의족도 만들어봤다. 점프력 증강이나 파고들기 강화는 그렇다 치고, 아리사의 의견을 채용해 무릎에서 나가는 로켓포나 긴급용 배리어 발생 장치까지 달아버린 건 실수였다. 아무래도 이 의족을 선물하는 건 문제가 있어.

그의 의족에 넣을 기능은 다시 한 번 정밀조사를 해보고 만들자.

"그래서 그 옆에 있는 게 혼합기랑 녹즙기. 커다란 건 각종 냉장고랑 진공 동결건조 장치라는 거야."

"녹즙기?"

"진공 동결건조 장치?"

머리에 물음표 마크를 띄우는 두 사람에게 설명했다.

프리즈 드라이 장치는 얼음 광석이나 바람 광석이 생겼으니까 야채의 장기 보존이나 녹즙의 분말 같은 걸 간단히 만들 수 있지 않을까 기대하고 만들어본 거다.

"조리용이라면 낙원섬에도 하나 갖고 싶어. 그치, 언니."

"응, 있으면 편리하겠지만……."

"물론, 낙원섬에 둘 것도 있어."

사양하는 레이에게 말했다.

여기 있는 조리기구는 요리사 엘프 네아 씨나 브라우니들에게도 제공할 예정이다.

한 차례 구경이 끝나고 창고를 나섰다.

"뭐야? 그쪽 창고에 있었군."

"용건 있으신가요?"

바깥으로 나오자 에아 여사가 나를 찾고 있었다.

"손님 있잖아? 점심 먹고 난 다음에 다시 올게."

"저기, 괜찮으시다면—."

물러가려던 에아 여사를 레이가 불러 세웠다.

둘이 가져온 도시락이 상당한 볼륨이라 에아 여사도 불러서 다 함께 점심을 먹었다.

"헤~ 오늘은 생선 요리구나."

"마스터 사토. 조림 먹어봐. 언니가 만들었어."

"유, 유네이아……."

두 사람은 호신술을 배우는 과정에서 가까워진 네아 씨에게 요리도 배우고 있다고 한다.

"응, 맛있어."

매콤달콤하게 조린 쥐노래미가 참 맛있다.

밥에도 좋지만, 매콤한 일본주를 마시면서 먹고 싶네.

"정말인가요!"

"그럼. 정말로 맛있어."

내가 진심으로 대답하자 레이가 볼을 물들이면서 흘러내릴 듯한 미소를 지었다.

"마스터 사토. 이 주먹밥도 먹어봐. 내가 만들었어!"

"혜~ 어디 보자."

―무겁네?

만들 때 상당히 강하게 뭉쳤나 보다.

"소금 간이 절묘하구나."

"맘에 들어? 더 먹어도 돼."

"그래, 먹을게."

조금 딱딱하지만, 호밀빵이나 단단한 비스킷이랑 비교하면 귀여운 정도니까 신경 쓰지 않고 두 사람이 손수 만든 도시락을 탐닉했다.

에아 여사는 맛이 진한 조림보다 비단게 튀김이나 작은 새우 데침을 좋아하는 모양이다.

어째선지 주먹밥 담당이 나 혼자가 됐지만 불평할 생각은 없었다.

무엇보다도, 요즘 들어 저녁 이후에나 만났던 레이와 유네이아 두 사람도 보르에난 숲 생활을 즐기고 있는 것 같아 조금 안심했다.

"그래서, 오늘은 어쩐 일이신가요?"

식후에 차 한잔을 마신 다음, 에아 여사에게 용건을 물었다.

레이와 유네이아는 오후에 집요정 브라우니들에게 허브 키우기를 배운다고 하고는 웃으며 돌아갔다.

"그렇지. 잊고 있었네. 부위 결손을 치료하는 마법약 물어봤었지? 우리 공방에 예비가 하나 있어서 가지고 왔어."

에아 여사가 커다란 병에 든 마법약을 테이블 위에 놓았다.

의족은 소용없어졌지만, 카지로 씨도 이상한 기믹이 들어간 의족보다는 자기 다리가 재생하는 편이 좋겠지.

"그런 귀중품을 받아도 되나요?"

"그래, 상관없어. 사토 덕분에 성수석도 있고, 광주의 수복이 끝나서 세계수에 여유가 생기면 아제 님이 몇 개든 만들어줄 거야."

―헤, 그렇구나.

그녀의 어조를 들어보니 지금 이야기는 진실인 모양이다.

"그러면 고맙게― 상급 체력 회복약?"

나는 인사를 하는 도중에 AR표시된 정보를 무심코 중얼거렸다.

"그래. 손발의 부위 결손이라면 커다란 병 하나로 낫는다."

그럴 리가―. 나는 에아 여사의 말에 충격을 받으면서도 내가 가진 자료를 검색했다.

역시, 그 책에는 내가 기억하는 것처럼 상급 마법약이나 하급 엘릭서로는 커다란 부위 결손은 낫지 않는다고 적혀 있었다.

"왜 그러지? 사토."

의문스런 기색의 에아 여사에게 아까 그 책을 아이템 박스에서 꺼내 확인해봤다.

그러자―.

"아아, 오자로군."

―라고 가볍게 대답했다.

"사본을 만들 때 잘못 쓴 거야. 아직 오자가 있는 책이 남아 있었네."

과연, 수작업으로 사본을 할 때 부정구를 잘못 사용해서 「낫는다」와 「낫지 않는다」가 반대로 된 거구나.

나는 펜으로 그 부분을 정정하고, 정정한 날짜와 정보를 준 에아 여사의 이름을 여백에 메모했다.

"사토가 말한 인간족의 한쪽 다리 하나를 고치는 데는 상급 마법약이라면 큰 병 하나, 하급 엘릭서라면 작은 병 하나면 충분해."

뭐야? 그러면 전에 보물 상자에서 얻은 하급 엘릭서로 저택의 경비를 해주는 카지로 씨의 다리는 진작에 고칠 수 있었다는― 어라, 아니군.

이 오자가 없었다면 카지로 씨의 다리는 나았지만 화재로 죽을뻔한 티파리자의 눈은 고치지 못했을 거다.

카지로 씨의 다리는 이번에 얻은 약으로 고칠 수 있으니까, 오자 덕분에 결과적으로 도움이 되었다고 생각해야겠군.

"미안하다, 사토. 오자가 남은 책을 건네다니."

"아뇨, 그렇지도 않아요."

사죄하는 에아 여사에게 방금 생각한 이야기를 해주고, 결과적으로 괜찮았다고 말하며 함께 웃었다.

"그럼 다행이군. 부위 결손의 수복은 마력과 체력을 소모하니까 사용하는 자의 보유 마력이 적을 때는 마법약을 마시기 전에 뼛가루가 들어간 빵과 고기를 듬뿍 먹인 다음에 하는 게 좋아. 아니면 소모가 격렬해서 얼마 동안 몸져눕게 되니까."

나는 에아 여사의 조언에 감사의 말로 답했다.

"하지만, 너라면 오자 정도는 금세 간파할 법한데 말이지."

"너무 높은 평가네요."

에아 여사의 말에 그렇게 대답하면서 오해의 이유를 생각해 봤다.

내가 상급 마법약으로 부위 결손을 고칠 수 없다고 생각한 것은, 공도에서 만난 가희 엘프 실리르토아 양이 잃은 팔에 생체 의수를 달고 있었기 때문이다.

그래서 엘프들이라도 부위 결손을 수복하는 건 어려운 일이라고 생각했단 말이지.

"에아 씨, 이 상급 마법약은 정말로 받아도 되는 건가요?"

"아아, 물론이야. 무슨 문제라도 있어?"

에아 여사에게 실리르토아 양의 치료를 우선하지 않아도 되느냐고 물었다.

"그 애랑 만났구나⋯⋯. 그 고집쟁이 아가씨는 괜찮아. 전에 미궁도시에서 엘프 젊은이들이 잔뜩 죽은 사건 알고 있니? 그 애, 시아랑 유야는 그 사건의 몇 안 되는 생존자야."

에아 여사가 조용한 목소리로 과거의 이야기를 가르쳐 주었다.

그녀가 말하는 유야는 세류 시에서 해결사 점장을 하고 있는 유사라트야 씨를 말하는 모양이다.

"아이를 잃은 엘프들이 감정적이 되어서 토야를 추방했을 때, 그러면 자기들도 속죄를 한다고 하면서 말이지. 시아는 팔을 재생하지도 않고 토야가 남긴 생체 의수를 달고 뛰쳐나가지, 유야도 토야나 시아를 좇아서 나가 버리고 돌아오질 않고 있어."

그녀는 설명하지 않았지만, 추방당한 토야란 것은 「요람」을 만든 엘프의 현자 토라자유야가 틀림없다.

그가 「요람」에 남긴 수기에도 비슷한 기술이 있으니까 틀림없을 거야.

그건 그렇고 「속죄」란 말이지.

부위 결손을 고칠 수 있는 마법약을 만들 수 있게 되면 그녀에게도 제공하려고 생각했는데, 그런 이유라면 괜한 참견이 되는 거겠군.

나는 에아 여사에게 이야기하기 어려운 과거를 말하도록 해 버린 것을 사과하고 이야기를 바꾸었다.

"그러고 보니 아까 세계수에 여유가 생기면 아제 씨가 상급 마법약을 만들 수 있다고 하셨는데요—."

이 이야기도 신경 쓰였단 말이지.

"그래. 엘릭서에 필요한 진옥(眞玉)의 정령주(精靈珠)는 성수님들이 4명 이상 없으면 무리지만, 상급 마법약에 사용하는 정령주 파편이라면 아제 님 혼자서도 세계수가 만들도록 할 수 있지."

235

그리고, 그 정령주의 파편이 있으면 에아 여사나 다른 엘프들이 상급 마법약을 연성할 수 있다고 한다.

그건 아제 씨가 상급 마법약을 만든다고 표현할 수 있는 건가 신경 쓰였지만, 당사자가 그런 인식인 모양이니까 괜한 말은 삼갔다.

―잠깐만.

성수님― 하이 엘프가 4명 있는 엘프 마을이라면 엘릭서를 만들 수 있는 건가?

그럼 보르에난 숲이 아닌 곳의 하이 엘프에게 부탁하면 엘릭서를 얻을 수 있단 말이지…….

자신의 힘이 부족한 것을 한탄하는 아제 씨의 슬픈 표정과, 동료들에게 만에 하나의 일이 있을 때 대처할 수단을 확보하는 것을 천칭에 걸어봤다.

조금 고민했지만 천칭은 후자로 기울었다.

아제 씨에게는 송구하지만, 다른 마을의 하이 엘프에게 부탁해서 엘릭서를 만들어 볼까.

보호자를 자인하면서 즉시 그쪽 대답이 안 나온 자신이 조금 한심하군.

"정령주나 혈주를 대신할 재료가 있으면 좋겠지만 말야. 대량학살을 동반하는 사법으로 얻을 수 있는 혼백주(魂魄珠)나 영주(靈珠)를 사용한 엘릭서는 저주 받을 것 같고―."

에아 여사가 우려를 띤 표정으로 말했다.

그건 나도 사양할래요.

딱 권력자가 골랐다가 파멸하는 패턴 같은데.

"—고룡이나 천룡이 만드는 용력석(龍力石)이나 진룡주(眞龍珠) 같은 걸 건드렸다간, 나라나 숲이 불타버릴 테고 말이야."

에아 여사가 어깨를 으쓱거리며 쓴웃음을 지었다.

고룡이나 천룡?

……설마, 에이.

그렇게 생각하면서도 뇌리에 성수석 대신 창화를 발견했을 때 일이 스쳤다.

혹시나 해서 스토리지의 「용의 계곡/무덤」 폴더와 「용의 계곡/전리품」 폴더를 검색해 봤다.

—있네.

검색 결과를 확인하면서 에아 여사에게 질문했다.

"에아 씨, 용력석이나 진룡주란 건 고룡이나 천룡을 죽이고 얻는 물건인가요?"

"아니, 하급룡이나 성룡의 심장을 결정화시킨 용심혈정(龍心血晶)은 그렇지만, 용력석이나 진룡주는 용이 지배하는 원천의 마력과 용의 생명력을 엮어서 결정화시킨 거라고 하더군."

과연, 그러면 창화랑 마찬가지로 사양하지 않아도 되나?

나는 스토리지의 「용의 계곡/전리품」 폴더에서, 다른 폴더에 용력석과 진룡주를 나눴다. 상당히 많은 수다. 전자는 수만, 후자도 수백 이상은 된다.

용신주(龍神珠)라는 것도 있지만, 뭔가 무서우니까 건드리지 말고 방치해둘까.

"에아 씨, 용력석을 이용한 레시피는 아세요?"

나는 스토리지에서 꺼낸 가장 작은 용력석— 배구공 사이즈의 파랗고 투명한 보석을 보여주며 물었다.

들고 있기만 해도 손에 마력과 활력이 흘러 들어오는 느낌이었다.

나는 마력이 충전된 성검을 배터리 대신 쓰고 있으니까 딱히 필요 없지만.

"무슨—."

에아 여사가 용력석을 보고 놀랐다.

"왜 그런 걸?! 설마 고룡이나 천룡의 주거지에 갔었니?"

기왕 미소녀 얼굴이니까 개그 만화 같은 표정은 짓지 말아주세요.

"정말이지, 목숨 아까운 줄 몰라……. 뭐 좋아. 레시피는 거의 그대로 쓸 수 있지만 몇 가지 주의 사항이 있어."

에아 여사가 지친 표정으로 말하더니 상급 마법약과 엘릭서 만드는 법을 가르쳐주었다. 덕분에 다른 숲의 하이 엘프에게 부탁하러 갈 필요가 없어졌으니, 괜히 아제 씨를 슬프게 만들지 않아도 되겠어.

"하급이라도 엘릭서를 만드는 건 힘드네요."

"아니, 뭐 힘들긴 한데—."

이번에는 에아 여사의 호의로 사전 준비가 끝난 소재를 이것저것 나눠 받아 편하지만 처음부터 만들려면 가볍게 1개월은 걸릴 법한 느낌이었다.

"—보통은 만드는 법을 가르쳐줬다고, 실패도 안 하고 만들 수 있는 게 아닌데 말이야."

엿듣기 스킬이 에아 여사의 작은 목소리를 포착했다.

제공해준 소재를 낭비하지 않기 위해서 세심한 주의를 기울였으니까요.

"전부 18개 만들어졌으니까 마을에는 반 정도 두고 갈게요."

"아니, 두세 개면 충분해."

하나라도 좋을 정도야. 에아 여사가 덧붙였다.

미궁에서 탐색하는 동료들 것과 낙원섬의 레이 자매한테 줄 것까지 합계 9개만 있으면 되는데, 에아 여사는 3개 이상 못 받는다고 사양했다.

"그건 그렇고, 오래 살아왔지만 최고품질의 하급 엘릭서 같은 거 처음 봤다."

받아 든 약병을 감정한 에아 여사가 감탄의 한숨을 흘렸다.

"그런가요?"

"정말이지, 그렇게 젊은데 무슨 수행을 해왔는지……."

죄송합니다.

유니크 스킬로 포인트를 분배했을 뿐이에요.

에아 여사의 찬사를 듣고 아주 약간 마음이 아팠다.

"다음은 드디어 엘릭서야?"

"아뇨, 그쪽은 이미—."

"벌써 만들어 버렸어?"

그거야, 기본 레시피는 하급 엘릭서랑 같으니까요.

마력 조정을 좀 실수해서 최고 품질은 아니었지만, 요령은 알았으니까 다음부터는 안정적으로 최고품질의 엘릭서를 만들 수 있을 거야.

다만, 엘릭서는 일부 소재가 부족해서 하나밖에 못 만들었단 말이지.

재료가 모이면 리벤지해볼까.

또한, 이 약은 유출될 경우를 생각해서 작성자 이름을 공란으로 했다.

병에도 인식 저해의 술수를 부려서, 작성자 이름 같은 상세정보를 감정하기 어렵도록 했다.

"다음은 상급 마법약을 양산하고 싶은데 대형 연성장치를 빌릴 수 있을까요?"

"그래, 공방에 있는 거면 당분간 안 쓰니까 마음대로 해."

나는 교류란의 이름을 공란으로 바꾼 채 작업을 시작했다.

재료는 듬뿍 있으니까 상급 체력 회복약이나 마력 회복약을 팍팍 양산했다.

잔뜩 만들 때는 대형 연성장치가 편하다니까.

"정말이지, 하급 마법약을 만드는 것처럼 척척 만들어 대다니…… 용케 마력이 지속되는군."

내가 상급 마법약을 만드는 뒤에서 에아 여사가 감탄인지 넌더리를 내는 건지 헷갈리는 말을 했다.

이 약은 절반 정도 보르에난 숲의 엘프들에게 증정하자.

◆

　"마치 괴수 대결전 같네."

　내 시선 끝에서는 베히모스와 모래 거인이 단단히 맞잡은 채 싸우고 있었다.

　꼭 관전하고 싶은 대전카드였지만, 유감스럽게도 내가 전이용 「요정의 고리」에서 수행장에 도착하기 전에 전투가 끝나버린 모양이다.

　"리자, 아까 그 느낌을 잊지 마라."

　"네, 스승님!"

　내 모습을 발견한 리자가 「주인님!」 하고 외치며 달려왔다.

　"들어주세요! 드디어 성공했습니다!"

　리자가 자랑스런 표정으로 마인포를 성공시켰다고 보고했다.

　무기에 두른 마인을 쏘아내는 만화 같은 기술이었다.

　"굉장하잖아, 리자! 오늘 저녁은 리자가 좋아하는 고기 요리를 듬뿍 만들어줄게."

　"네!"

　내가 말하자 리자가 함박웃음을 지으며 대답했다.

　이렇게 나이에 걸맞은 웃음도 좋구나.

　그때 타마와 포치가 총총히 달려왔다.

　"타마, 단검 난타 배웠어~?"

　"포치는 스승님한테, 필살기 형태를 배운 거예요!"

"타마도~."

둘이 이런 식으로 하는 거라며 형태를 보여주었다.

그냥 움직임만 봐서는 굉장함이 전달되지 않지만 분명히 굉장한 기술이겠지.

"노력해서 쓸 수 있게 되는 게다."

"네잉!"

"포치한테도 기대하고 있다."

"네, 인 거예요!"

타마의 사무라이 스승 시야 씨와 포치의 스승인 포아 양이 격려하자, 타마와 포치 둘이 척 포즈를 취하며 대답했다.

그런 포치와 타마 너머에 공간 마법사인 엘프 장로와 아리사가 대화하는 모습이 보였다.

"아리사 공, 오늘 배운 주문은 사람들끼리 싸우는 전쟁에는 써선 안 된다?"

"물론이지! 마물이나 마족 같은 강대한 적을 쓰러뜨리는데 쓸 거야!"

아리사는 뭔가 위험한 공간 마법을 배운 모양이다.

나중에 알았는데, 지정 범위를 원자 단위로 분해하는 대단히 흉악한 마법이었다.

공간 마법사인 노사가 전쟁에 쓰지 말라고 못을 박은 이유를 알겠군.

"사토."

미아가 힘이 빠진 걸음으로 다가와서 폭 안겼다.

"베히모스, 배웠어."

미아가 보고하자 아제 씨가 못을 박았다.

"아직 마력이 부족하니까 혼자서 쓰면 안 된다?"

"응, 알았어."

방금 대화한 걸로 짐작해 보면, 전에 아제 씨가 허공에서 사용했던 정령 마법인 「마수왕 창조」를 미아에게 전수한 모양이군.

지금은 혼자서 쓰지 못하지만, 레벨이 올라서 마력량이 늘어나면 해결되겠지.

"마스터, 부유 방패의 추종 속도를 올려달라고 고합니다."

훈시를 받고 돌아온 나나가 그렇게 요구했다.

"상당히 확 올려놨는데, 아직도 늦니?"

"신체강화를 썼을 때 급속한 움직임을 하면, 미약하게 움직임이 저해된다고 보고합니다."

실제로 하는 모습을 보니, 분명히 부유 방패와 한 쌍이 되는 기점 아이템에 응력이 작용해서 나나의 움직임을 미약하게 가로 막는 걸 알 수 있었다.

문제점은 확인했지만, 술리 마법의 원리를 사용한 지금의 부유 방패에 더 이상은 이론적으로 무리다.

지금 이상을 요구한다면 공간 마법 쪽 원리를 모색할 필요가 있겠어.

"당장은 무리지만, 빠르게 해결해 볼게."

"예스, 마스터."

지금의 부유 방패는 후위용으로 돌리고, 오늘밤부터 나나용으로 새롭게 설계를 시작해야지.

시험작으로 문제가 없다는 걸 알게 된 장비에 대해서는, 미아와 아리사가 새로운 마법 도구 제작용 마법을 배워야 하는 것이 마음이 아프군.

그렇지만, 동료들의 장비가 충실해지기 위해서니까 흔쾌히 승낙해줄 수 있는 포상을 뭔가 생각해볼까.

"주인님! 네아 씨랑 쇼콜라와 초코 봉봉을 만들었어요! 디저트로 내놓을 테니까 저녁은 너무 많이 먹지 마세요."

"아아, 기대하고 있을게."

초코 봉봉은 알코올을 날리긴 했다지만, 동료들에게 나눠주기 전에 감정 스킬로 체크를 해둬야겠군.

"마스터 사토."

루루와 이야기하고 있는데, 미아 반대편에서 유네이아가 안겨 들었다.

그녀 뒤에서 그녀의 언니인 레이와, 둘에게 호신술을 가르쳐주는 네아 씨가 찾아왔다.

"사토 씨, 네아 님한테 호신술 초급 졸업장을 받았어요."

"레이, 굉장한걸. 유네이아도 열심히 했구나."

자랑스런 표정의 레이와 유네이아를 칭찬하고 머리를 쓰다듬자 두 사람이 고양이처럼 눈웃음을 지었다.

두 사람은 피가 이어지진 않았지만 이런 표정은 쏙 빼닮았다. 참 자매다워.

◆

　그리고, 아까 모래 거인전을 마지막으로 열흘에 이르는 수행과 공작의 나날은 막을 내렸다.

　수행하는 도중에 귀환일 갱신을 위해서 한 번 미궁도시에 돌아갔었지만, 그때 말고는 보르에난 숲에서 열심히 노력했다.

　나무 집을 떠날 때 아제 씨가 조금 쓸쓸한 기색이었지만, 또 금방 놀러 온다고 하자 웃으면서 배웅해 주었다.

　헤어질 때 아제 씨가 레이와 유네이아에게 보르에난 숲에서 살지 않겠냐고 했지만, 두 사람은 낙원섬이 자신들의 집이라고 하며 고사했다.

　"또 봐, 마스터 사토."

　"사토 씨, 언제든지 놀러 오세요."

　"그래, 반드시 올게."

　두 사람이 준 해바라기나 수많은 남국 과일을 안고서, 우리는 「귀환전이」로 세리빌라 미궁에 돌아왔다.

　"후~. 어쩐지 오랜만에 돌아왔네."

　아리사가 말하면서 기지개를 켰다.

　"해바라기는 양육원에 심고 싶다고 고합니다."

　"그렇군요—."

　나나의 말에 리자가 고개를 끄덕였다.

　키우기 쉽고, 아이들의 웃음과 해바라기는 잘 어울리니까.

　"—비상식도 되니까요."

내 예상하고 약간 이유가 달랐다.

"아직 귀환 예정일까지 여유가 있는데, 한 번 저택에 돌아갈까?"

내 물음에 동료들이 얼굴을 마주보았다.

동료들을 대표해서 아리사가 한 걸음 앞으로 나섰다.

"싸우고 싶어! 실전으로 수행의 성과를 실감하고 싶어!"

"그러면, 가자. 수행의 성과를 시험하고 싶으면, 적의 수가 많고 그럭저럭 강한 권속이 있는 곳이, 좋으려나?"

나는 동료들이 고개를 끄덕이는 걸 보면서 후보지를 픽업했다.

"제릴이 싸웠다는 딱정벌레로 할래? 인분 대책이 필요할 것 같지만 나방 구역도 권속은 제법 강해."

군대 개미 구역이랑 기사 사마귀 구역도 버리기 어렵지만, 둘 다 「구역의 주인」이 좀 특색이 있어서 후보로 들지 않았다.

"우~응. 잠정 라이벌인 제릴이랑 같은 걸 공략해서 강함을 재보자!"

"그렇네요. 딱정벌레라면 마음껏 창을 휘두를 수 있습니다."

"상대로서 부족함이 없는 거예요!"

아리사의 제안에 동료들이 차례차례 찬동했다.

권속인 쌍벼락 사슴벌레나 쌍바람 사슴벌레는 둘 다 다른 구역의 권속보다도 랭크 하나쯤 강하고, 이곳의 「구역의 주인」인 참 뿔 딱정벌레는 벼락 마법이나 바람 마법이 위험할 뿐이지, 이상한 특수 능력도 없으니까 동료들이 싸우고 싶다고 해도 문제없었다.

그리고 참 뿔 딱정벌레의 구역 주변에는 마법이 안 통하는 마홉 말미잘이나 물리 공격이 효과가 적은 진흙 인형들의 구역도 있으니까 수행의 성과를 확인하기엔 좋겠지.

"그러고 보니 미궁에 들어가기 전에 **자코린**도 『구역의 주인』을 노렸었잖아? 벌써 쓰러뜨렸을까?"

"기간을 생각해 보면 토벌이 끝났어도 신기할 건 없네."

나는 대답하면서 자리곤의 이름을 맵에서 검색해봤다.

그가 있는 구역의 주인은 ^{라이트닝 엘더 스태그} 불벼락 수사슴이라는 거대 사슴인데, 아직 토벌이 끝나지 않은 모양이다.

—어허.

"왜? 또 트러블?"

"그래, 곤란하게 됐어."

참 뿔 딱정벌레 구역을 공략하는 건 참견이 끝난 다음에 해야겠다.

나는 가장 가까운 각인판을 조사하고, 동료들과 함께 「귀환전이」를 실행했다.

마물 유인향

"나는 아침부터 밤까지 일하면서 살아가는 게 고작인 시골에서 빠져 나오고 싶었다. 마을을 뛰쳐나와서, 나는 죽을 만큼 노력을 거듭해서 탐색자가 됐다. 그러나, 영웅이 되는 건 한정된 한줌의 녀석들뿐이라는 걸, 통감했을 뿐이야……."

"벳소, 어쩔 거야?"

"닥쳐, 타헤레. 생각하는데 방해 된다."

이상한 표정으로 들여다보는 타헤레의 얼굴을 밀어냈다.

미궁 기름벌레를 사냥하러 간 김에 마물 유인향의 재료가 되는 매료기름샘을 죽을 각오로 가져왔는데, 암시장의 새로운 대표자라는 진흙 전갈의 스코피는 매료기름샘을 안 산다고 지껄였다.

매료기름샘을 비싸게 사들이던 미적이 없어졌다고 말해봤자 믿을까 보냐?

그 녀석은 매료기름샘을 헐값에 사들이려고 하는 게 틀림없다.

오래 알고 지낸 암시장 녀석들은 다들 위병한테 끌려갔다고 하고, 마인약은 말도 안 되게 비싸졌고, 정말이지 이놈의 세상 못 써먹겠군.

"코신 나리한테도 찍혀 버렸고, 토로이나 신입들은 다들 죽어 버렸을 거야. 코신 나리한테 받은 선금으로 이번 달 이자는 갚았지만, 다음 달에는 어떻게 할 수가 없잖아."

"알고 있다니까. 그런 건."

귀족이 내놓은 개미꿀 모으기 의뢰에 손을 대고서부터 일을 망치기 시작했다.

도망치는 발만 빠른 수인이랑 미끼 역할도 제대로 못하는 여자들 탓에 우리까지 죽을뻔했다고.

덤으로 미궁방면군의 주둔지에 마물의 연쇄폭주를 끌고 간 죄로 말도 안 되는 벌금까지 생겼다.

수인 놈들이나 여자들한테도 벌금을 뒤집어 씌웠으니까 절반 이하로 내려갔지만, 제대로 갚으려고 했다간 낼 수 있는 액수가 아니야.

―그냥 떼먹을까?

머리에 그런 생각이 스쳤지만 금세 머리를 흔들어 바보 같은 생각을 지웠다.

정말로 떼먹었다간 도적처럼 수배되어서 어느 도시에도 못 들어가게 된다.

본래 도적이었던 탐색자에게 들어본 적이 있는데, 그런 생활은 절대로 사양이다.

"야, 벳소."

투덜대는 타헤레를 노려보았다.

그러나, 놈은 나하고는 다른 방향을 보고 있었다.

"저거 자리곤 아냐?"

"적철의 탐색자님치고는 너덜너덜하구만. 아마『적룡의 포효』에 맞서서『구역의 주인』한테 덤비기라도 한 거 아냐?"

"저런 괴물 같은 녀석들이라도 못 이기는구나."

감탄하는 타헤레에게 코웃음을 쳤다.

이 녀석은 아무것도 모른다.

"그렇게 간단히 쓰러뜨릴 수 있으면 세상 탐색자들이 사마귀나 개구리 같은 거 안 노리고『구역의 주인』을 쓰러뜨려서 보물 상자를 뒤질 거다."

―보물 상자, 라.

나는 어깨를 으쓱거리며, 머리에 스친 좋은 생각을 형태로 잡아봤다.

타헤레가 뭐라고 하고 있지만 나는 듣지 않고 꿍꿍이를 정리했다.

"어이, 타헤레. 그거 안 버렸지?"

"그래. 미궁 안에서 꺼내면 자살행위니까, 당연하잖아?"

"따라와라."

"어, 어이, 벳소! 어디 가는 건지는 좀 말을 해!"

나는 타헤레에게 작전을 알려주는 낭비를 생략하고, 뒷골목 판잣집에 사는 야매 연금술사 영감을 찾아갔다.

매료기름샘에서 마물 유인향을 만들기 위해서다.

수고비는 비장의 수로 남겨둔 마인약을 건넸다.

물건 들고 튀면 안 되니까, 완성되는 사흘 동안 냄새 나는 판잣집에서 지냈다.

"—그게 마물 유인향이냐?"

"헷헷헤. 그래. 이 통에 들어가 있는 동안에는 안전하지. 이 끈을 당기면 연기가 나와. 끈은 버려야 된다? 끈에 스며든 마물 유인향에 이끌려서 마물이 몰려드니까."

나는 통 3개랑 작은 통 2개를 받았다.

"이 작은 건 뭐야?"

"좀 남았기에 채워놨지. 어디 가서 효과가 있는지 확인하고 싶지 않냐?"

"아아, 그럼. 그래야지."

나는 작은 통을 주머니에 찔러 넣고, 바닥에서 코를 골고 있는 타헤레를 걷어차 깨웠다.

"타헤레, 일어나라. 약 다 됐다. 네 **창고**에 넣어놔."

"오, 다 됐어? 『보물 창고』 열려라."

타헤레가 창고를 열고 **3개의 통**을 수납했다.

평소에는 물이나 먹을 것밖에 안 들어있지만, 작은 술통 4개 정도의 물이 들어가는 크기다.

내가 얼간이 타헤레랑 계속 손을 잡는 건 이 녀석이 이 스킬을 가졌기 때문이다.

"나는 자리곤이랑 교섭하고 온다. 너는 발이 빠른 탐색자를 대여섯 모아봐."

"그래, 알았어. 『도망치는 화살』이나 『달아나는 토끼』를 알아 볼게."

나는 잡일을 타헤레에게 맡기고, 필사적으로 교섭하여 자리곤의「구역의 주인」토벌에 끼어들었다.

토벌 역할이 아니라 운반인 역할이라는 게 아쉽지만,「구역의 주인」이 있는 깊숙한 곳의 마물과 싸우는 건 사양하고 싶으니 마침 잘 됐다.

요컨대 자리곤에게「구역의 주인」이 있는 장소까지 호위를 받는 것과, 우리가 보물 상자를 뒤지는 동안「구역의 주인」을 붙잡아두는 게 중요하다.

"벳소!"

일을 한탕 끝내고 에일로 목을 축이고 있는데 타헤레가 뛰어들었다.

"몇 명 모였냐?"

"안 되겠어. 이상한 소문이 나서 『도망치는 화살』이나 『달아나는 토끼』가 아무도 안 와."

"그걸 부추겨서 데리고 오는 게 네 일이잖아."

나는 도움이 안 되는 타헤레에게 호통을 치고, 에일을 단숨에 들이켰다.

이상한 소문이라는 건 나랑 같이 탐색을 가면 마물의 연쇄폭주에 휘말려 든다든가, 버림받는다는 거였다.

"고참 녀석들도 신참들도 다들 알더라."

타헤레가 남의 일처럼 말했다.

"벳소, 어쩌냐?"

"가끔은 너도 머리를 좀 써라."

호통을 듣고서 고개를 움츠리는 타헤레 너머로 시골에서 막 올라온 꼴의 꼬맹이들이 보였다.

　마침 발이 빨라 보이는 수인 꼬맹이다.

　"어이! 거기 꼬마들! 너희들 신입 탐색자냐?!"

　"아는 우사사! 코하아나!"
　　(나) (꼬마 아냐)

　여전히 수인 놈들 말은 알아듣기 어렵다.

　그러나 미끼로는 쓸 수 있겠지.

　"꽤 팔팔한 녀석들이군. 마음에 들었다. 너희들 청동이냐?"

　"아, 아지키아."
　　　(아직이야)

　"뭐야? 나무증이냐?"

　"아히아."
　　(아니야)

　"어이어이, 운반인이었냐?"

　타헤레가 넌더리를 내자 꼬맹이들이 고개를 숙였다.

　"우, 우히도 우키만 이흐면……."
　　(우리도 무기만 있으면)

　"타헤레, 닥쳐."

　내 말에 꼬맹이들이 고개를 들었다.

　"내가 돈 버는 방법을 가르쳐 주마. 탐색자가 되기 위한 장비도."

　"어, 어때허?"
　　(어째서)

　"공짜는 아니다. 너희들이 제 몫을 하게 되면 갚아라."

　내 달콤한 말에 세상물정 모르는 꼬맹이들은 가볍게 넘어와서 부하가 됐다.

　중고 뼈 갑옷과 고블린 곤봉을 사서 건네 나무증을 따게 하고, 마물 유인향의 실험을 겸해서 고블린 놈들을 모아 전투를 시켜 청동증을 따게 했다.

"벳소, 이거라면 가능하겠어."

"그래, 생각 이상이군."

마물 유인향은 굉장했다.

평소에는 얼마 없는 고블린이나 미궁 나방이 여기저기서 모여들어 죽는 줄 알았을 정도다.

사람 좋은 도존이 지날 때 사용했으니 감당 못할 마물은 그 녀석들한테 떠넘길 수 있었지만, 뭐가 잘못돼도 평소에 쓸 수 있는 약은 아니야.

"허임!"^{형님}

청동증을 딴 꼬맹이들에게 싸구려 벌레 고기를 먹여주고 축하를 해줬더니 우리를 「형님」이라고 부르며 따른다. 속물이군.

"이사한 너섯뜰이 허임한테 옹건 이대."^{이상한 녀석들이 형님한테 용건 있대}

꼬맹이들 뒤로 허름한 남자 셋이 나타났다.

"당신이 벳소 씨야? 자리곤의 토벌대에 끼어들었다며?"

"운반인 역할이지만."

암시장에서 자주 보던 녀석들이다.

전 대표자가 끌려가서 일거리가 없는 모양이군.

"우리도 같이 데리고 가줄 수 없나?"

어느새 땄는지 청동증을 가지고 있었다. 무기는 싸구려 철검이군─.

"목숨을 걸어야 할 텐데?"

"알고 있지."

"그럼, 환영하지."

—미끼 역할로.

이렇게 새로운 부하 셋을 얻어서 우리는 자리곤의 원정대에 섞여 들어 미궁으로 출발했다.

◆

"허임, 또 새끼 사슴 무히가 다려드나 하."

형님, 또 새끼 사슴 무리가 달려드나 봐

"그래. 놈들은 무리를 지으니까."

자리곤의 토벌반이 고른 것은 풀과 바위투성이인 장소에 있었다.

「불벼락 수사슴」이란 말도 안 되게 커다란 사슴 마물이다.

지금은 그 녀석과 싸우기 전에 광대한 대광장의 마물을 조금씩 줄이고 있었다.

그 중에서도 번개를 뿜어내는 새끼 사슴 무리가 성가시다.

"우리도 사슴이랑 싸우고 싶구만."

"이제 가죽 벗기기랑 풀베기도 질렸어."

부하들이 불평을 해댔다.

묵묵히 작업하는 수인 꼬맹이들을 본받아라.

"시끄럽다. 그런 일은 풀베기를 제대로 하고 나서 말해라."

풀베기란 것은 「회전 잡초」란 바퀴 같은 풀 마물을 쓰러뜨리

롤링 위드

는 거다.

고블린만큼 약하지만 이동이 빠른 데다가 끈질겨서 쓰러뜨리

면 지친다.

그 밖에도 손바닥 사이즈의 날벌레 마물도 있지만, 이건 마알갱이밖에 없는 잔챙이다.

뭔가 부서지는 소리가 나기에 돌아봤더니 짜증이 난 표정의 자리곤이 술통을 차 부수는 소리였다.

"젠장, 사슴이라면 부드러우니까 쓰러뜨리기 쉽다고 지껄인 놈 누구냐?"

공략이 늦어지며 진전되지 않아서 그런지 자리곤이 주위에 분풀이를 하는 일이 늘어났다.

이제 슬슬 노릴 때인가?

"자리곤 나리. 좀 진정해."

나는 숨겨온 포도주 병을 내밀었다.

놈은 말없이 포도주를 들이켜고는 「싸구려군」이라고 말했다.

열 받는 자식이야.

"나한테 좋은 작전이 있는데, 좀 들어볼 수 있수?"

나는 마물 유인향으로 마물들을 대광장 반대편에 모으고, 척후가 구역의 주인만 낚아오는 작전을 자리곤에게 제안했다.

"마물 유인향으로 마물들을 끌어들인다고……? 제정신이냐?"

"그래, 그 대신 성공하면 보수를 듬뿍 달라구."

자리곤은 수상쩍다는 표정을 지으면서 내 작전을 허가해 주었다.

"기대해라. 다만—."

자리곤이 검을 뽑아서 내 목줄기에 들이댔다.

"―연쇄폭주 시킨 마물을 데리고 돌아오거나 하면, 마물보다 먼저 너를 벨 테니까 이상한 생각은 하면 안 되겠지?"

"그래, 물론이지."

등에 식은땀이 흘렀다.

나는 어떻게 고개를 세로로 움직이고 그 자리를 벗어났다.

"마물이 잔뜩 있구만……."

부하 하나가 벼랑 아래를 보고 몸을 떨었다.

여기는 「구역의 주인」이 있는 대광장이 내려다보이는, 벼랑에 튀어나온 곳이었다.

자리곤 일행이 진을 치고 있는 장소의 맞은편이다.

"쫄았냐?"

"안 쫄았어!"

"조용해라. 마물한테 먹히고 싶냐?"

소란을 피우는 부하들과 꼬맹이들을 작게 짜낸 목소리로 닥치게 만들었다.

우리는 자리곤에게 허가를 받은 뒤, 마물 퇴치향을 쐰 망토를 입고 자리곤의 척후가 만든 지도를 의지해서 벽에 있는 가는 통로를 통해 여기까지 왔다.

여기에 있는 건 나랑 타헤레, 수인 꼬맹이들과 부하들뿐이다.

감시를 위해 따라온 자리곤의 척후도 대광장 중간쯤을 통과했을 즈음 돌아갔다.

나는 타헤레에게 창고를 열라고 해서 **4개의 통**을 꺼냈다. 통의 끈을 보고서 특별히 만든 하나를 내가 메고, 마물 유인향이 들어간 셋은 꼬맹이들에게 주었다.

"잘 들어라. 신호하면 통에 달린 보라색 끈을 당기고 벼랑 아래로 던져라. 절대로 신호하기 전까지는 끈을 만지지 마라."

나는 부하들과 꼬맹이들에게 통 쓰는 법을 가르쳤다.

여기서부터 따로 행동하니까, 통을 맨 셋이 제대로 기억할 때까지 반복했다.

"통을 던진 다음에는 곧장 도망쳐라. 끈은 버리지 마라. 그거랑 교환해서 금화를 주마."

"그, 금화?!"

"굉장해~."

물론 부하들과 꼬맹이들에게 금화를 줄 생각 따위 요만큼도 없었다.

확실하게 통의 끈을 당긴 다음에 던지도록 하기 위한 미끼다.

"왜 끈인데?"

"너희들이 끈을 썼다는 증거가 되니까. 나는 끈도 안 당기고 통을 던진 바보한테까지 금화를 줄 정도로 사람이 좋지 않아."

의심 많은 부하가 물었지만 내가 그렇게 말하자 납득한 표정을 지었다.

우리는 네 방향으로 갈라져 나아갔다.

나랑 타헤레 말고는 세 명씩 나눠서 행동했다.

"벳소, 가장 먼 곳에 있는 녀석들이 도착한 모양이야."

자리곤이 준 마물 퇴치향을 쐰 망토는 상당히 성능이 좋은가 보군.

앞으로도 애용해야겠어.

"타헤레, 신호를 해라."

"아, 알았어."

타헤레의 신호에 맞춰서 통의 끈을 당기고 그대로 벼랑 아래로 차서 밀었다.

통 4개가 하얀 연기를 뿜으면서 떨어졌다.

"벳소! 모여들고 있어!"

당연하지. 모이지 않으면 곤란하다.

마물 유인향에 이끌린 마물들이 통과 연기에 몰려들었다.

하늘을 나는 마물들이 연기와 함께 올라와서 부하나 꼬맹이들한테 몰려들었다.

욕심을 부린 부하 놈들이 보라색 끈을 빼앗아서 달려가는 게 보였다.

"우왓. 저 자식 수인 꼬맹이를 걷어차고서 갔는데."

걷어차인 꼬맹이는 금세 날벌레 마물에 뒤덮여 가려졌다.

약육강식. 그것이 탐색자란 거다.

"열심히 발버둥 쳐보라지."

마물 유인향이 스며든 끈을 가진 이상, 아무리 도망쳐도 마물이 다가온다.

그 녀석이 자리곤한테까지 돌아갈 일은 없다.

"가만있어라."

조바심 내는 타헤레를 작은 소리로 꾸짖었다.

어설프게 움직여서 마물의 주의를 끌면 안 된다.

우리는 가만히 숨을 죽이고 마물이 우리들 근처에서 사라지길 기다렸다.

왜냐면, 내가 떨어뜨린 통에는 마물 유인향이 아니라 그냥 마물 퇴치 가루를 섞은 연막이 들어있을 뿐이니까.

"간다."

"간다니?"

"당연히 보물을 확보하러 가는 거지."

손에 들고 있던 보라색 끈을 벼랑 아래로 버리고, 얼빠진 표정을 짓고 있는 타헤레도 알 수 있도록 대광장 중앙에 있는 바위산을 가리켰다.

그곳에 주인의 모습은 없었다.

다른 마물들과 함께 마물 유인향에 이끌려 세 군데 통 근처로 집합하고 있었다.

우리는 신중하게 마물이 없어진 초원을 바위와 바위 사이로 달렸다.

거대 사슴이 있던 바위산을 올라가는 와중에 한층 커다란 불벼락 수사슴이 척후의 도발 스킬을 받아서 자리곤 쪽으로 가는 게 보였다.

"헤헤, 열심히 쓰러뜨려 보라구."

—우리들의 돌아가는 길을 위해서.

벼랑 반대쪽, 자리곤 일행 쪽으로 가는 경로는 계단식 밭처럼 되어 있었다.

돌아가는 길이 편하겠군.

"벳소! 이쪽에 있어!"

바위 너머에서 타헤레의 목소리가 들렸다.

사슴의 둥지 한구석에 보물 상자가 있었다.

꽤 크군.

"여, 열 수 있겠어? 벳소."

"당연하지. 그럴 승산이 있으니까 도박에 나선 거야."

자물쇠 따기는 특기지만, 이 자물쇠는 상당히 위험하다.

"베, 벳소, 큰일 났어."

초조한 기색의 타헤레가 가리키는 방향을 한 번 보았다.

시선 끝에 「구역의 주인」의 권속들이 이쪽으로 돌아오는 모습이 보였다.

"어, 어쩌지? 벳소. 이제 그만 마물 유인향의 효과가 떨어질 것 같은데."

"조용 좀 해라. 마물한테 발견되잖아!"

나는 타헤레에게 소리치고, 악전고투하면서도 보물 상자를 여는데 성공했다.

"헤헤헤, 도박에서 이겼다."

나는 보석이 가득한 보물 상자 안에서 비싸 보이는 검 한 자루를 꺼냈다.

검을 칼집에서 뽑았더니 검붉은 빛이 흘렀다.

―마검이다.

이걸로 나도 떼부자가 될 수 있다.

"보, 보석 아래에 단검도 있어. 마법약도 있다."

놀랍게도 단검까지 마법의 무기였다.

우리는 운이 좋다. 행운의 여신에게 사랑 받는군.

"이쪽 약도 좋은 걸까?"

"엉? 아마 그렇겠지. 단검이랑 같이 네 창고에 넣어놔."

"그, 그래. 약만 해도 빚을 갚을 수 있겠어."

"시시한 소리 하지 마라. 이 마검과 단검을 팔면 둘 다 죽을 때까지 떵떵거리며 살 수 있어."

타헤레 자식과 어깨를 턱턱 두드리면서 웃었다.

이렇게 진심으로 웃은 건 오랜만이다.

우리를 위해서 죽은 부하들과 꼬맹이들에게는 미궁도시에 묘라도 만들어줄까.

"엉?"

문득 우리들 위에 그림자가 졌다.

—권속이다.

"베, 벳소."

"자극하지마. 내가 시간을 버는 동안 도망쳐라."

"그, 그래도."

"이런 곳에서 마물에게 먹힐 셈은 없어. 너야말로 죽을 만큼 달려라."

나는 마검을 뽑으면서 타헤레를 보냈다.

"바, 반드시 살아 돌아와라!"

기특한 말을 하면서 타헤레가 돌아보지도 않고 달렸다.

나를 내려다보던 권속이 마검을 든 나를 무시하고 타헤레의 뒷모습을 보았다.

권속이 느릿한 움직임으로 타헤레를 향해 다리를 움직였다.

"바보 자식. 내가 죽을 리 없잖아."

나는 보라색 끈을 흔들면서 타헤레의 뒷모습을 보았다.

타헤레의 배낭에서 가늘고 천천히 하얀 연기가 나왔다. 마지막 작은 통에서 나오는 마물 유인향의 연기다.

"헤헤, 안녕이다. 살아 있으면 또 만나자구."

나는 손에 들고 있던 끈을 버리고 칼집에 넣은 마검을 배낭에 넣은 뒤 등에 멨다.

"우왓."

걸어가려고 하는데 다리가 꼬여서 땅에 얼굴을 부딪쳤다.

"칫. 내가 쫄기라도 했나."

불평하면서 일어서려고 했다.

다리가 안 움직인다.

"뼈라도 부러졌— 무슨?"

다리가 돌이 돼 있었다.

"이, 이게 뭐야?"

중얼거리는 내 눈앞에 분홍색 기다란 것이 스르륵 움직였다.

—서, 설마.

얼굴에 비릿한 바람이 닿았다.

돌아보자 회색의 거대한 도마뱀이 보였다.

사람을 돌로 바꾸는 괴물.

바질리스크다.

"오, 오지마!"

땅에 떨어진 배낭에서 마검을 뽑으려고 손을 뻗었다.

콰직 소리가 나면서, 뭔가 땅에 떨어졌다.

내 오른손이다.

바질리스크가 돌이 된 팔을 맛있게 우적우적 먹었다.

먹지마.

내 팔이야.

발치에서도 우적우적 소리가 났다.

작은 바질리스크들이 내 다리를 먹고 있었다.

통증은 없었다.

먹히고 있는데 아프지 않다.

도, 도망쳐야 돼.

나는 필사적으로 왼손을 움직여 기었다.

왼손이 회색으로 물들었다.

눈꺼풀에서 가루가 떨어졌다.

시야가 회색이 되고, 검게 물들었다.

　내가 마지막으로 느낀 건, 비릿한 숨결과 바질리스크의 질척한 침이었다.

구역의 주인

에리어 마스터

"사토입니다. 싸움에는 대가를 치러야 하기 마련이지만, 게임과 달리 현실에서는 한 번의 실수가 평생에 걸친 대가를 요구하는 경우도 있습니다. 역시 기본 방침은 「목숨을 소중히」로군요."

"그래서 어떤 트러블인데? 역시 **자코린** 쪽이야?"

"그래, 아마. 적의 움직임이 좀 이상해. 조금 더 자세히 조사해볼게."

가장 가까운 구역으로 「귀환전이」를 하고서, 아리사에게 대답하고 맵을 열었다.

자리곤 일행이 진을 친 쪽에는 「구역의 주인」인 불벼락 수사슴만 있고, 대광장에 있는 다른 마물들은 불벼락 수사슴의 반대쪽에 부자연스러울 정도로 모여 있었다.

"또오, 연쇄폭주? 미궁도시 탐색자들은 철도 매니아들이야?"

연쇄폭주를 말하는 트레인에서 연상한 거겠지.

철도라기보다는 기차놀이 매니아가 아닌가 싶은데.

기차놀이가 있는지는 잘 모르겠지만.

나는 아무래도 좋은 생각을 하면서, 마물이 모여 있는 장소의 맵 표시를 확대해서 세부 사항을 확인했다.

"안 좋아. 좀 위험해 보여."

나는 동료들을 데리고 대광장으로 갔다.

"앞~?"

"날벌레 벌레벌레인 거예요!"

전방의 통로에서 날벌레에 둘러싸여 새까매진 사람이 구르고 있었다.

—거의 죽기 직전이군.

나는 마법란을 난폭하게 선택해서 벌레들까지 한꺼번에 치료 마법으로 치유했다.

날벌레가 아닌 마물도 달라붙어 있기에 「해충 퇴치」가 아니라 「마비하는 물의 속박」을 써서 한꺼번에 마비 시켰다.

"뒷일 부탁한다!"

"네!"

나는 동료들에게 부상자 케어를 맡기고 다른 자들의 구조를 하러 갔다.

세 군데에서 여섯 명의 수인 아이들이 죽기 직전이었다.

그 밖에도 남자 셋을 발견했지만, 그쪽은 안타깝게도 이미 사망해 있었다.

수인 아이들이 살아 있는 건 온몸에 달라붙은 날벌레 타입 마물이 약했기 때문이겠군.

나는 사람들 눈이 없는 걸 확인하고 섬구와 「이력의 손」을 사용해 벌레 경단 상태인 아이들을 신속하게 구조했다.

"마물 유인향이군……."

벼랑 아래에서는 사슴이나 회전 잡초를 비롯한 마물이 고독(蠱毒)이라도 되는 것처럼 서로 죽이고 있었다.

중앙에는 「마물 유인향」을 담은 통이 떨어져 있었다.

남자 셋이 죽은 건 마물 유인향이 스며든 끈을 보물처럼 끌어안고 있었기 때문인가.

대광장의 반대쪽에서는 자리곤 일행이 「구역의 주인」과 싸우고 있었다.

"이 아홉 명을 버리는 말로 삼은 건가—."

입이 험하고 뇌까지 근육이라고는 생각했지만 이렇게까지 쓰레기인줄은 몰랐는데.

그들이 죽어가도 방치해둬야겠어.

"마스터, 부상자가 눈을 떴다고 고합니다."

나나에게 13살쯤 되는 아이들은 유생체가 아닌 모양이군.

아까는 날벌레 때문에 몰랐는데, 토끼 수인이 넷에 개 수인과 곰 수인이 각각 1명 구성이었다.

"구애저서 고마어. 아는 우사사. 토끼 수인이야."

우사사란 토끼 수인 소년이 자기소개를 하자, 다른 애들도 「라비비」, 「토카카」, 「기케케」, 「가우갈」, 「쿠베아」라고 자기소개를 했다. 다 기억할 수가 없어서 적당히 흘려들었다.

"무슨 일이 있었는지 물어봐도 되겠니?"

내 물음에 대답하려고 토끼 소년이 입을 열었지만 중간에 뭔가 깨닫고 주위를 둘러보았다.

"형님은?! 벳소 형님은 어딨어?!"

알아듣기 어려운 토끼 소년의 말을 머릿속으로 보완하면서 대화를 이어나갔다.

"너희들 말고 셋은 유감이지만ㅡ."

"아니야! 그 빌어먹을 자식들이 아니라, 벳소 형님이랑 타헤레 형님 말야!"

또 있나?

필사적인 토끼 소년을 달래면서, 벳소라는 이름으로 맵 검색을 해봤다.

유감이지만 이미 죽어 있었다.

어째선지 대광장의 벽 근처가 아니라 중앙 부근에 있었다.

당장 전해줘도 믿지 않을 테니까, 탐색하는 척이라도 해둬야지.

"포치, 타마. 망원경으로 대광장에 누가 없나 찾아봐."

"아이아이 서~?"

"라져인 거예요."

나는 토끼 소년에게 사정을 들었다.

토끼 소년들의 말에 따르면 벳소는 길거리에서 헤매던 그들에게 장비를 주고 청동증을 따는 것도 도와준 친절한 사람이었다.

"벳소라면 트레인 상습범인 그 녀석이지?"

아리사가 작은 소리로 확인하기에 수긍했다.

우리가 처음 세리빌라 미궁에 들어왔을 때 미궁 개미를 연쇄폭주 시켰고, 최근에도 미궁 기름벌레를 연쇄폭주 시킨 문제다.

"그렇게 친절한 녀석일까? 요전에 기름벌레 소동 때도 신입을 버리는 말로 썼잖아. 저 애들도 미끼로 쓰려고 동료 삼은 거 아냐?"

아리사의 말에 동의.

소년들의 증언은, 코신 씨가 주최한 연회나 「아리따운 날개」에게 들은 벳소의 인상과 크게 달랐다.

"""아니야!"""

"벳소 형님을 전혀 모르는 주제에!"

나와 아리사의 비밀 이야기를 들은 아이들이 흥분했다.

이 애들한테는 그게 진실인 거겠지.

"아니, 알고 있으니까 하는 말인데."

아리사에게 덤벼들려는 아이들을 억누르고, 공간 마법 「멀리 보기」를 발동해서 시체를 확인했다.

죽은 모습을 확인하면 조금은 진실이 보일까 생각했는데—.

—회색?

벳소의 시체는 중앙의 바위산 위에 있는 열린 보물 상자 옆에서, 석화된 상태로 바질리스크에게 먹히고 있었다.

마검을 쥔 석화된 벳소의 손에는 「마물 유인향」의 효과가 부여된 끈이 엉켜 있었다.

내 지식이 틀림없다면, 그 마검은 「복 부르기」와 「좋은 인연」을 거울 문자로 만든 룬 문자가 새겨져 있었다.

그러면 「불행」과 「악연」의 마검일까?

벳소의 시체가 있는 바위산과 자리곤 일행이 있는 장소 중간에서, 타헤레란 남자가 거대한 발굽에 짓밟혀 죽어 있었다.

아이들 말에 따르면 이 남자는 벳소의 단짝이라고 한다.

뭉개져서 알아보기 어렵지만, 이 남자의 허리에는 「마물 유인향」의 통이 달려 있었다. 자리곤이 있는 방향에서 도망친 모양이다.

어쩐지 사건의 구도가 보이는군.

아마도, 이 둘이 아이들이나 동료를 미끼로 써서 보물 상자의 보물을 가로채려다가 실패한 거겠지.

—자리곤은 무죄인가?

멀리 보기로 들여다본 자리곤 일행은 필사적으로 「구역의 주인」과 싸우고 있었다. 제법 선전하고 있네.

"저게 『구역의 주인』이구나……. 마치 괴수 퇴치같네."

아리사도 공간 마법 「멀리 보기」로 자리곤 일행의 싸움을 보고 있는 모양이다.

"자코린도 제법인데."

대형 방패를 가볍게 날려버리는 불벼락 수사슴의 어마어마한 돌진을, 미리 설치해둔 거대한 금속 그물을 3단으로 거듭해서 받아내고 있었다. 하나로는 멈출 수 없는 거겠지.

불벼락 수사슴이 움직임을 멈췄을 때, 마법 공격과 투석기를 이용한 공격을 쏟아 붓는다.

개중에서도 최전선에서 사자처럼 용맹하게 활약하는 자리곤의 공격은 어마어마해서, 대검에 마인을 두른 필살기로 불벼락 수사슴의 방어를 뚫어 대미지를 주었다.

불벼락 수사슴의 등에서 머리로 이어지는 작은 돌기가 빛났다. 머리 부분의 거대한 뿔이 하얗게 물든 다음 순간, 어마어마한 소리와 함께 대광장 반대쪽에 번개가 떨어졌다.

"—우엑."

아까 그 번개의 충격으로 아리사의 공간 마법 「멀리 보기」가 해제된 모양이군.

"지금 그거 자리곤 당한 거 아냐?"

"아니, 피뢰침을 준비해둔 모양이야."

내 「멀리 보기」는 그대로 유지되고 있어서 그걸 아리사에게 전달했다.

돌진 방지용 금속 그물을 떠받치는 기둥이 어쩌다가 피뢰침의 역할을 한 걸지도 모르지만, 자리곤 일행의 피해는 경미했다.

번개를 뿜어낸 직후의 불벼락 수사슴은 방어력이 떨어지는지, 자리곤 일행의 반격으로 아까보다 커다란 대미지를 입었다.

돌진과 번개가 막힌 불벼락 수사슴이 커다란 발굽을 이용한 짓밟기 공격으로 전환했다.

자리곤 일행은 예비 전력도 있는 모양이니 이대로 가면 이길 수 있겠지.

나는 마음 속으로 누명을 씌운 자리곤에게 사과하고 그들의 승리를 기도했다.

"안 보여~?"

"살아 있는 사람도 죽은 사람도 없는 거예요."

망원경으로 수색하던 타마와 포치가 보고했다.

"벳소 형님이 죽을 리 없어!"

"그렇네. 아까 그 거점으로 돌아갔을 지도 모르니까 우리도 거기에 가자."

　나는 비교적 안전한 우회로를 찾아서 아이들을 데리고 자리곤 일행이 있는 장소로 갔다.

◆

　"곤란한걸."

　"주인님. 무슨 일이시죠?"

　내 목소리를 들은 리자가 물었다.

　"아, 조금."

　맵 정보를 보니, 자리곤 일행이 대광장 가까운 캠프지를 포기하고 후퇴하기 시작했다.

　반시간 정도 전에 확인했을 때는 상당히 우세하게 불벼락 수사슴의 체력 게이지를 깎아내고 있었는데, 무슨 예상 못한 트러블이 생긴 게 틀림없었다.

　우리는 그대로 코스를 나아가 마물이 배회하는 캠프 터에 도착했다.

　쌓여 있는 짐이나 진지는 유린당했고, 부서진 음료수 통 탓에 땅이 질척거리고 있었다.

　"우왓, 마물투성이야."

　"어쩌지? 우사사. 아무도 없어."

　"이제, 못 돌아가는 걸까?"

완전히 변해버린 캠프지를 보고 토끼 소년 일행이 불안하게 말했다.

마물투성이라고 해도, 몇 마리 말고는 레벨 한 자리의 잔챙이들이다.

"괜찮아. 너희들은 반드시 자리곤 일행이랑 합류시켜 줄 테니까."

만에 하나 자리곤이 이 애들을 버리는 고기 방패 정도로 생각한다면 지상까지 데리고 가겠지만, 자리곤 일행은 중상을 입은 운반인도 버리지 않고 후퇴하고 있으니까 그건 괜한 걱정이겠지.

"너희들은 이 바위 뒤에 숨어 있어라. 알겠지?"

나는 그렇게 말하며 아이들을 바위 뒤에 숨기고, 동료들에게 지시를 내렸다.

"리자, 진로를 열어줘."

"알겠습니다."

리자가 타마와 포치를 이끌고 캠프지의 적을 소탕하러 갔다.

자리곤 일행을 따라잡으려면 이 캠프지를 통과하는 코스밖에 없으니까.

"으랏차~?"

"쓱싹인 거예요!"

타마가 바질리스크의 눈을 쿠나이로 뭉개고, 벽을 차며 삼각뛰기를 한 포치가 길이를 연장한 마검으로 목을 베어 버렸다.

"■ 불, ■ 바람."

미아가 최하급 정령 마법으로 만든 불을 바람에 실어 보냈다.

소형 날벌레가 타오르며 흩어지고, 회전 잡초가 불을 피해 달아났다.

"에이!"

천장 부근을 날고 있던 미궁 제비나 하급 코카트리스를 루루가 새로운 총으로 격추시켰다.

하급 코카트리스는 닭처럼 생겼는데 날 수 있구나.

"목 사냥~?"

"꼬치구이인 거예요!"

떨어진 하급 코카트리스는 타마와 포치가 바쁘게 달려 목을 베고 다녔다.

리자는 돌격하는 새끼 사슴 마물들을 긴 자루를 활용해 말없이 섬멸했다. 사슴들은 이마의 돌기에서 전격을 뿜어내고자 했지만, 발동하기 전에 리자가 쓰러뜨려 버렸다.

나나와 아리사는 타이어처럼 굴러서 몸통박치기를 하려는 아르마딜로 같은 마물들을 쓰러뜨렸다.

나는 아이들을 바위 뒤에 숨겨둔 채, 마물의 소탕을 마친 동료들에게 다가갔다.

"새로운 장비는 어떠니?"

"베리~ 나이스~?"

"아주 굉장한 거예요! 커다란 상대도 싹둑, 베어 버리는 거예요!"

"광선총은 멀리서도 굉장히 맞추기 쉬워요. 하지만, 이 대물 라이플은 맞으면 마물이 뒤로 날아가서 재미있어요!"

타마, 포치, 루루는 함박웃음이다.

　"양호."

　"마물을 받아내는 충격이 적다고 보고합니다."

　"후위의 드레스 아머용 부유 방패도 상당히 좋아. 가시 갑옷 쥐가 날리는 산탄도 멋대로 막으려고 했으니까. —뭐, 맞기 전에 공간 마법으로 튕겨내 버렸지만." ^{쏜 아르마딜로}

　미아, 나나, 아리사도 얼추 호평이었다.

　"아리사, 좀 부탁이 있는데."

　"오케이."

　아리사에게 대광장과 경계가 되는 곳에 공간 마법의 결계를 치도록 부탁했다.

　만약을 위해서 나나를 호위로 붙였다.

　"주인님, 용조창은 예비로 써도 될까요?"

　"그건 상관없는데, 쓰기 힘들었어?"

　"아뇨. 단단한 적에게도 저항 없이 꽂히고, 마력의 흐름도 전과 변함없습니다. 그렇지만—."

　리자가 말하기 어려운 기색으로 눈을 깔았다.

　"—제 창은 마창 도우마입니다."

　리자가 분명한 목소리로 자기주장을 했다.

　첫 창에 대해 조금 집착하는 기색도 있고 성능이 다른 전위보다 떨어지지만, 리자가 이렇게까지 말한다면 그대로 쓰게 해줘야겠지.

　전투에서 마창에 상처가 날 때마다 마법약을 적신 천으로 감아 고쳤다고 하니까.

다만, 마창 도우마가 통하지 않는 상대에게는 용조창을 쓰도록 일렀다.

"후이~. 이걸로 얼마 동안 증원은 안 올 거야."

"고마워, 아리사."

나나와 함께 대광장 경계에 공간 마법으로 뚜껑을 달러 간 아리사가 돌아왔다.

"**자코린**이 거대 수사슴을 사냥하는데 사용했던 철 기둥이랑 사슬 진지가 질척하게 녹아 있었어. 역시『구역의 주인』은 쉽지 않은가 봐."

아리사가 몸을 떨면서 말했다.

"이곳『구역의 주인』은 방치해도 돼?"

나는 아리사의 물음에 수긍했다.

자리곤 일행이 리벤지할지도 모르니까.

"아까워라. 지금이라면 상급 공간 마법으로 기습을 할 수 있는 베스트 포지션인데~."

"아리사, 마물이라지만 한 구역을 다스리는 주인을 쓰러뜨린다면, 기습 따위가 아니라 정면으로 도전해야 합니다."

"리자 씨, 멋져! 그렇네. 처음『구역의 주인』토벌은 이미 상한 게 아니라, 만전인 녀석을 격파하고 싶어!"

아리사와 리자의 미학에 귀를 기울이면서, 맵 정보를 확인하여 이동 경로를 다시 체크했다.

"마스터, 물자는 회수할까요? 라고 묻습니다."

"자리곤 일행이 회수하러 돌아올지도 모르니까 방치해도 돼."

포기한 물자라고 생각하지만 좀도둑으로 누명을 쓰는 것도 싫으니까.

우리는 선물거리로 코카트리스 고기를 획득하고서 길마다 마물을 쓰러뜨리며 자리곤 일행을 뒤따랐다.

자리곤 일행에게는 감정스킬을 가진 사람이 섞여 있으니까 따라잡기 조금 전에 동료들에게 인식 저해 효과가 있는 외투를 걸치게 했다.

◆

"—애송이."

안전 지대에서 잠깐 쉬고 있는 자리곤 일행을 따라잡아 그를 만나게 해달라고 부탁했더니 뜻밖의 모습인 자리곤과 면회하게 됐다.

간단히 말하자면 만신창이다.

"자기소개를 안 했던가요? 저는 무노 남작 가신, 사토 펜드래건 명예사작이라고 합니다."

나를 기억하지 못하는 것 같기에 제대로 소개를 했다.

"알고 있어. 길드장의 술 접대꾼이잖아?"

우리 애들이 면회에 동석하지 않아 다행이야.

나는 허세를 부리는 그를 무시하고 말을 이었다.

"심한 부상이군요."

"웃어라. 제릴이랑 맞서다가 이기지도 못하는 상대에게 도전한 끝에 주인도 아닌 적에게 석화 당해서 이 꼴이야."

자리곤이 자포자기한 느낌으로 자조했다.

그가 말한 것처럼 그는 오른팔과 오른다리가 석화됐고, 오른다리는 무릎 아래가 부서지고 없었다.

전에는 없었던 상처 자국도 잔뜩 있었다.

"다른 여러분도 부상이 심한 모양인데, 치료하지 않는 건가요?"

"일단, 내버려 두면 죽을 법한 녀석들은 치료했다. 나머지는 신관인 티랑 아삼의 마력이 회복된 다음이야."

자리곤 일행의 신관은 갈레온 신전과 헤랄르온 신전 사람이었다.

둘 다 레벨 20대 후반이었다.

"석화도 신성마법으로 고칠 수 있나요?"

"궁금한 게 많은 애송이군. 질문하면 뭐든지 대답해줄 거라고 생각하지 마라?"

그것도 그렇네.

"그러면 대가로 마법약을 제공하죠."

나는 격납 가방에서 중급 마력 회복약을 꺼냈다.

요전에 보르에난 숲에서 상급 마법약을 만드는 김에 만든 건데, 「작성자: 트리스메기스토스」라고 된 녀석이다.

자리곤이 물품 감정 스킬을 가진 동료에게 신호하여 조사했다.

"주, 중급 마력 회복약이야."

물품 감정 스킬을 가진 사람이 거창하게 놀랐다.

요전의 마족 루더만이랑 싸울 때 길드장들처럼 마법약의 과잉 섭취 상태가 되면 곤란할 것 같아서 중급을 골랐는데, 그의 반응을 보니 하급 마력 회복약을 가지고 다니는 게 일반적인 모양이다.

　"흥, 좋아. 대답해주지."

　자리곤이 그렇게 뜸을 들이고 아까 물음에 대답했다.

　"신성 마법이라면 석화를 고칠 수 있다. 다만 티랑 아삼은 무리야. 미궁도시의 신전장이나 왕도의 신관이라면 고칠 수 있겠지만, 뭐 무리겠지."

　"소개장이라도 필요한가요?"

　"시간이다. 아삼의 신성 마법으로 석화의 저주가 진행되는 건 억눌렀지만, 며칠 지나면 완전히 돌이 되겠지. 그렇게 되면 이제 고칠 수 없어."

　저주? 석화는 저주인가?

　나는 독기시를 유효화 해봤다.

　분명히 저주다. 레이와 유네이아에게 걸려 있던 것처럼 술식이 아니라, 원시적인 질척한 느낌의 저주였다.

　어쩐지 풀 수 있을 것 같았지만, 한식구가 아닌 사람한테 특수 기능을 보여줄 생각이 없으니 자중했다.

　"그러면, 누군가에게 만능약이나 석화 해제약을 사오도록 보낸다, 는 것은?"

　"그런 자살행위를 시킬 수 있겠냐? 그리고 만능약 같은 건 귀족이 아니니까 연줄이 있을 리 없잖아? 길드장이라면 석화 해제약을 구해줄지도 모르지만…….”

　미궁을 나설 무렵에는 석화의 저주가 진행되어 후유증이 남는다, 라고 자리곤이 말을 이었다.

　바질리스크용 석화 해제약이라……. 레시피도 재료도 있지만, 이동 중에 만드는 건 안 좋겠지.

　“운이 없었다. 하위종용 약은 준비했지만, 설마 목격 사례가 없는 상위종까지 있었다니.”

　불운을 한탄하는 자리곤 앞에 격납 가방에서 꺼낸 만능약과 상급 마법약을 두었다.

　“하는 수 없네요. 빚 하나입니다.”

　나는 그렇게 말하고서 웃었다.

　아이들을 미끼로 삼은 건 자리곤이 아니라 벳소였던 모양이고, 그는 아리사나 미아의 친구인 미티아 왕녀에게도 호의적이었다.

　폭한에게 습격을 받아 부상당한 미티아 왕녀의 호위가 돌아올 때까지 그의 친구 겸 라이벌인 제릴 씨와 함께 무상으로 그녀를 호위해줬으니까.

　그래서, 이번에 「빚 하나」로 약품을 제공할 생각이 든 거다.

　동료들에게는 자작이 가능해진 하급 엘릭서가 있으니까.

　“마, 만능약?”

　물품 감정 스킬을 가진 탐색자가 졸도할 법한 표정으로 놀랐다.

　그것도 무리가 아니다. 귀족인 듀케리 준남작마저 사용을 주저할 정도의 물건이니까.

"—그, 그리고 이건 상급 체력 회복약이다!"

병에 부린 수작 때문에 감정에 시간이 걸린 모양이지만, 상급 체력 회복약이라는 건 확인한 모양이군.

"너? 뭐 하는 놈이야?"

"길드장의 술 접대꾼이죠."

웃으면서 대답하자 자리곤이 소태 씹은 표정으로 아까 했던 폭언을 나한테 사과했다.

"태수님이나 아는 귀족에게 부탁 받아 찾고 있던 물건이었지만, 자리곤 공이 긴급성이 높은 모양이니까 태수님도 용서해 주시겠죠."

나는 그렇게 말하고, 자리곤에게 마법약을 마시도록 권했다.

상급 마법약까지 꺼낸 건 저택의 경비를 해주는 사가 제국의 사무라이 카지로 씨의 결손된 다리를 수복하기 전에 정말로 낫는지 실제로 확인해보고 싶었기 때문이다.

응, 이건 실험이야.

다른 뜻은 없어.

없다니까.

"정말로 『빚 하나』면 되는 건가?"

"네, 두말 안 해요."

자리곤의 말에 고개를 끄덕였다.

"알았다."

자리곤이 만능약을 들이켜자, 희미한 하얀 빛에 휩싸이면서 몇 겹의 마법진 같은 것이 자리곤의 몸을 위아래로 지나갔다.

제법 판타지한 이펙트군.

그것이 천천히 흐려지더니, 그에 따라 자리곤의 돌처럼 회색이었던 손발이 피부색으로 바뀌었다.

석화가 풀리는 것과 동시에 피가 흐르기 시작한 자리곤의 다리를 그의 동료가 끈으로 묶어 지혈했다.

이어서 큰 병에 든 상급 마법약을 들이켜자, 동영상 역재생 같은 느낌으로 자리곤의 다리가 본래대로 돌아갔다.

이렇게 말하면 미안하지만 상당히 징그럽군.

다음부터는 안 보도록 해야지.

"""자리곤!"""

어째선지 초췌해져서 정신을 잃은 자리곤에게 그의 동료들이 다가섰다.

―아뿔싸.

내 뇌리에 연금술 엘프인 에아 여사의 말이 되살아났다.

『부위 결손의 수복은 마력과 체력을 소모하니까 사용자의 보유 마력이 적을 때는 마법약을 마시기 전에 뼛가루가 들어간 빵과 고기를 듬뿍 먹인 다음에 하는 게 좋아. 안 그러면 소모가 격렬해서 얼마 동안 몸져눕게 되니까.』

자리곤은 격전 뒤라서 남은 마력이 적었고, 체력이 떨어진 탓에 이렇게 된 거겠지.

나는 가만히 영양 보급약을 그의 동료에게 건네며, 이것을 먹여 안정시키라고 말했다.

토끼 소년들은 자리곤 일행이 미궁도시까지 데리고 돌아간다고 약속했으니까 우리는 한 발 먼저 돌아가기로 했다.

"젊은 나리, 고마워! 우리도 꼭 젊은 나리한테 은혜 갚을게!"

출발 준비를 마친 원정 부대의 짐 운반인들 줄에서 토끼 소년이 외쳤다.

나는 토끼 소년 일행에게 「기대하고 있을게」라고 대답했다.

안도하는 내 귀에 뇌명 같은 소리가 울렸다.

"크, 큰일 났다아아아아아아!"

탐색자의 굵직한 외침에 이어서, 대열 후방이 술렁거리고 사람들이 허둥대며 달려오는 게 보였다.

"주인이 추격해 왔다!"

나는 맵을 열어 확인했다.

정말로 「구역의 주인」인 불벼락 수사슴이 추적해 왔다.

이렇게 빨리 아리사의 공간 마법 결계를 돌파할 줄은 몰랐는데.

"예비 대검을 내놔. 내가 시간을 번다."

"자리곤! 무리야!"

초췌한 얼굴의 자리곤이 비틀거리며 들것에서 일어나고자 했다.

"그런 몸으로 뭘 할 수 있는데! 우리들 방패 부대한테 맡겨라."

"너희들도 자랑거리인 대형 방패가 망가졌잖아!"

말다툼을 하는 자리곤 일행을 무시하고 동료들의 상태를 확인했다.

다들 뭔가 기대하는 표정으로 나를 보고 있었다.

응, 좋은 표정이야.

"여기는 우리들에게 맡기고, 다들 먼저 가세요. 시간을 버는 거라면 우리가 하겠습니다."

내가 말하자, 자리곤 일행의 시선이 나에게 모였다.

내가 한 말이지만 소년지의 등장인물이 할 법한 말이네.

"무슨 소리를 지껄―."

문답할 시간이 없으니까, 눈에 보이지도 않는 속도로 자리곤
의 턱을 때려 의식을 빼앗은 뒤에 그의 동료들에게 탈출을 재촉
했다.

"죽지 마라."

"네, 어느 정도 시간을 벌고서 도망칠 겁니다."

자리곤 일행을 배웅하고 불벼락 수사슴을 맞아 싸우고자 주
회랑으로 돌아갔다.

◆

"주회랑 아슬아슬하게 지날 수 있는 사이즈잖아. 용케 좇아올
생각이 들었네."

떠걱떠걱 발굽 소리를 울리면서, 완만하게 굽어진 회랑 너머
에서 불벼락 수사슴이 모습을 드러냈다.

물론 밝은 눈 스킬이 있는 나 말고는 불벼락 수사슴의 발소리
와 빛나는 눈 세 개밖에 안 보이겠지만.

―아니.

스파크를 띤 뿔도 어둠 속에 떠올라 있었다.

레벨은 50, 종족 고유 능력으로 「번개 부르기」와 「권속 강화」,

스킬이 「돌진」, 「찌르기」, 「벼락 마법」, 「벼락 내성」이니까 전격을 막을 수단이 있으면 편히 싸울 수 있을 법한 상대였다.

뿔에서 흘러 땅으로 떨어지는 스파크가 불벼락 수사슴의 윤곽을 보여주고 있었다.

"……미안, 주인님. 역시 마물은 쓰러뜨릴 수 있을 때 쓰러뜨려야 하는 건가 봐."

아리사가 분통한 듯 중얼거렸다.

아까 그 스파크가 흘렀을 때, 불벼락 수사슴의 이빨 사이에 낀 **사람의 손 같은 것**을 보고 말았구나.

너무 시리어스한 분위기라서 그 손이 데미 고블린 거라고 말하기 어렵다.

"아리사, 지나간 일을 후회해도 어쩔 수 없습니다. 주인님, 주제넘지만 저희들에게 불벼락 수사슴과 싸울 허가를 주시겠습니까?"

리자가 자기 요정 가방에서 용조창을 꺼냈다.

용조창을 쥔 손이 그녀의 조용한 분노를 받아 떨렸다.

리자도 먹다 남긴 손을 본 모양이군.

그건 그렇고 너무 힘이 들어갔는걸.

의욕이 꺾일 것 같지만 사실대로 말하는 게 좋겠다.

"싸우고 싶다면 맡길게—."

"고마워, 주인님."

"주인님, 감사합니다. 저 자들의 원한은 저희가 반드시."

아리사와 리자가 지팡이와 용조창을 쥐었다.

"하지만, 데미 고블린의 원한을 풀어주는 거니?"

"─호헤?"

"고블린,이라고요?"

"불벼락 수사슴 입가에 보이는 손이라면 데미 고블린이야."

"그, 그랬었군요……."

"에이~ 그러면 그렇다고 얼른 말해줘~."

사실을 알게 된 리자와 아리사의 어깨가 축 늘어졌다.

"줘~?"

"인 거예요!"

아리사를 흉내 내는 타마와 포치는 고블린의 손이라는 걸 눈치챘던 모양이군.

나는 맥이 빠진 상냥한 리자와 아리사의 머리를 쓰다듬고 모두를 돌아보았다.

사실을 알고서도 불벼락 수사슴과 싸울 생각은 변함이 없는 모양이다.

"주인님!"

리자의 절박한 목소리에 고개를 돌리자 불벼락 수사슴이 당장이라도 돌진하려는 모양새였다.

─어이쿠, 위험해라.

나는 불벼락 수사슴 앞에 「땅의 종자 제작」으로 기본형 골렘을 둘 만들었다.

6미터급 골렘이 불벼락 수사슴 앞에서는 작아 보이네.

"돌진을 막아라!"

―MVA.

―MVA.

두 골렘들이 불벼락 수사슴에게 달라붙으려고 나아갔다.

"―온다."

아리사의 말과 동시에, 불벼락 수사슴이 거대 골렘 둘을 일격으로 분쇄하고 그대로 이쪽을 향해 돌진했다.

"엄브렐라 전개―."

나나의 대형 방패 앞에 우산이 펼쳐지는 것처럼 투명한 마력 장벽이 생겼다.

불벼락 수사슴에게 차여서 날아간 골렘의 파편이 마력 장벽에 부딪혀 튕겨 나갔다.

깔릴 것 같은 거대한 파편은 그물 모양으로 뻗은 「이력의 손」으로 붙잡아 스토리지에 수납했다.

불벼락 수사슴이 순식간에 눈앞까지 다가왔다.

"―드릴 배쉬라고 고합니다!"

우산 형태의 마력 장벽이 소리를 내면서 회전하고, 불벼락 수사슴의 뿔과 격돌하여 격렬한 불꽃이 튀었다.

성수석로에서 막대한 마력이 공급되는 마력 장벽은 불벼락 수사슴의 돌진을 받고서도 부서질 기색이 없었다.

그러나, 불벼락 수사슴의 거대한 질량은 어찌할 수 없었다. 나나는 땅바닥을 부수면서 후퇴하게 됐고 신발 바닥의 스파이크가 날아갔다.

"레그 앵커 기동."

나나의 다리 부분에 달린 파일 벙커 같은 발사기구가 땅을 향해서 아다만타이트 스파이크를 때려 박았다.

후퇴 속도는 떨어졌지만, 이대로는 나나의 다리가 부러지겠어.

"도울게."

"감사, 라고 고합니다."

나는 뒤에서 나나를 끌어안고, 최대 수로 만든 「자유 방패」로 불벼락 수사슴의 머리를 짓눌렀다.

"다들, 장소를 좀 바꾸자."

이대로는 싸우는 동안 자리곤 일행이 있는 곳까지 가버릴 것 같아.

나는 동료들과 불벼락 수사슴을 「이력의 손」으로 붙잡아, 전에 청소한 구역 중 하나로 「귀환전이」했다.

동료들의 전투 준비가 끝날 때까지 내가 대광장 한가운데에서 불벼락 수사슴과 투우 시늉을 하며 기다렸다.

내가 한 짓이지만, 붉은 망토까지 준비한 건 너무 들떴다고 반성하고 있다.

"—주인님! 준비 끝났어!"

멀리서 아리사가 손을 흔들었다.

모두에게 지원 마법 부여와 마력 회복이 끝났나 보군.

미아 옆에는 정령 마법으로 만든 의사정령으로 보이는 식물형 거인— 푸른 종자정령^{그린 서번트}이 서 있었다.

—어라?

함정 발견 스킬이 함정의 존재를 알려줬다.

동료들의 진지 가까운 곳에 여섯 군데 정도 불벼락 수사슴용 함정을 준비한 모양이다. 그 밖에도 돌진 대책용의 참호나 후위용 진지도 있군.

나는 감탄하면서, 불벼락 수사슴의 돌진을 회피하여 「귀환전이」로 동료들 곁에 돌아왔다.

과보호를 그만 두라고 엘프 스승들이 말했지만, 이번 상대는 상당히 격이 높으니까 각종 강화 마법 정도는 써두자.

"생각을 많이 했구나."

내가 마법을 쓰면서 함정을 칭찬하자, 아리사가 싫지 않은 기색으로 코 밑을 손가락으로 쓰다듬었다.

"그렇지. 보통 방법으로는 저 말도 안 되는 돌진을 못 막으니까."

"마스터, 신형 레그 앵커가 필요하다고 호소합니다."

"그래, 개발해둘게."

실제로는 레그 앵커가 아니라, 공간 마법인 「격리벽」을 응용하게 될 것 같다.

"작전은 아까 말한 그대로야!"

"루루, 갑니다!"

아리사가 동료들에게 호령하고, 루루의 광선총 저격으로 싸움이 시작됐다.

—DWEEEEEZRLYE.

이마에 있는 제3의 눈이 타버린 불벼락 수사슴이 비명을 질렀다.

뛰어 오른 불벼락 수사슴이 엉덩이를 이쪽으로 돌리고 땅을 뒤로 찼다.

"위험해, 『격리벽』!"

"엄브렐라 전개라고 고합니다."

아리사와 나나의 방어벽이 불벼락 수사슴이 차낸 토사와 바위 덩어리를 막았다.

전쟁에 쓰는 투석기보다 격렬하군.

"온다~?"

"고기 아저씨가 오는 거예요!"

타마와 포치가 불벼락 수사슴의 돌진을 보고했다.

"미아!"

"응, 가라."

—MWOOOORYWEE.

미아가 명령하자, 푸른 종자정령이 함정 뒤에 진을 쳤다.

"사슴 고기여! 바비큐의 주역이 어울린다고 고합니다!"

푸른 종자정령 발치에서 나나가 도발 스킬을 목소리에 실어 외쳤다.

처음 받아냈던 돌진의 위력을 경계하는 건지 어느샌가 나나 곁에 「자유 방패」 4장이 떠올라 있었다.

불벼락 수사슴이 다가온다.

"지금입니다!"

"알았어! 『차원 발 후리기』!"

리자의 신호에 아리사의 공간 마법이 발동했지만, 불벼락 수사슴을 넘어뜨리지는 못하고 비틀거리는 것으로 그쳤다.

"젠장, 저항했어."

"그래도 기세가 줄었다고 보고합니다."

분에 겨운 아리사를 나나가 위로했다.

"여~엉차~?"

"영치기 영차, 인 거예요!"

타마와 포치가 함정 앞에 설치해둔 굵직한 덩굴을 엮은 로프를 당겼다.

포치의 기합을 들어보니 분명히 줄다리기 같기도 하군.

땅에 눕혀둔 기둥이 일어서면서, 기둥에 묶은 사슬이 흙먼지를 떨구며 불벼락 수사슴의 진로를 막았다.

"어~라~?"

"아우치, 인 거예요."

불벼락 수사슴은 아까 아리사의 「차원 발 후리기」처럼 사슬을 가볍게 끊어 버리고 기둥과 사슬을 발에 감은 채 달렸다.

날아가 버린 타마와 포치는 새로운 동글이 갑옷의 충격 내성 모드 덕분에 통통 굴러갔다.

"해치워."

─MWOOOORYWEE.

푸른 종자정령이 전방으로 뻗은 팔에서 불벼락 수사슴을 향해 무수한 넝쿨을 뻗었다.

그것을 보고 불벼락 수사슴의 돌진이 기세를 더했다.

뿔로 파헤치고 발굽으로 유린하려는 거겠지.

그 발굽이 갑자기 가라앉았다.

—DWEEEEEZRLYE.

불벼락 수사슴이 동료들이 준비해둔 함정에 빠져서 구멍의 측면에 격돌했다.

—DWEEEEEZRLYE.

불벼락 수사슴이 으르렁대며 포효하더니, 등의 돌기가 차례차례 점등하고는 거대한 뿔이 빛났다.

"루루!"

"에잇!"

아리사의 신호에, 루루가 광선총의 방아쇠를 당겼다.

맹렬한 빛이 불벼락 수사슴의 얼굴을 태우고, 그대로 거대한 뿔 하나에 상처를 냈다.

—DWEEEEEZRLYE.

불벼락 수사슴이 묘하게 아픈 기색으로 비명을 지르더니 등의 돌기와 뿔에서 빛이 사라졌다.

"미아!"

"응, 막아."

—MWOOOORYWEE.

푸른 종자정령이 사람의 형태를 무너뜨리고 함정을 뒤덮으며 불벼락 수사슴을 구속했다.

"추격의— 차원 말뚝! 굵기 늘려늘려!!"

아리사의 공간 마법 「차원 말뚝」이 몸부림치는 불벼락 수사슴

의 목과 다리를 고정했다.

"사슴이여! 말과 나란히 서서 바보[#3]가 되라고 고합니다!"

나나가 도발 스킬을 담아서 외쳤다.

리자가 즉시 달려가서 마인을 두른 용조창으로 불벼락 수사슴의 뒷다리에 연속 찌르기를 뿌렸다.

불벼락 수사슴의 몸 표면에 검붉은 마력 장벽이 생겼지만, 용조창은 마력 장벽 따위 없는 것처럼 푹푹 파헤쳤다.

그러고 보니 용조창은 청액을 사용한 성검 사양인데, 리자는 평범하게 마인을 쓰네.

전에 성검에 마인을 쓰려고 했을 때 이상한 저항을 느끼고 관둔 적이 있는데, 그건 「신이 내린 성검」이라서 그런 건가?

스토리지에서 수제 성검을 꺼내 시험해 봤더니 문제없이 마인이 나왔다. 역시 그건 신이 내린 성검만 가진 제약인가 보다.

그러는 동안에도 구멍에 빠진 불벼락 수사슴의 체력을 동료들이 가차 없이 깎아냈다.

특히 리자와 루루가 주는 대미지가 큰 모양이군.

―DWEEEEEZRLYE.

몸부림치던 불벼락 수사슴이 포효하며 또 다시 등의 돌기와 뿔을 빛냈다.

접근전으로 덤비던 전위 팀이 순동으로 거리를 벌렸다.

"루루!"

#3 말과 나란히 서서 바보 일본어로 바보를 뜻하는 「바카」의 한자 표기가 馬鹿이다. 참고로 고라니 혹은 고라니 근연종의 한자 표기 중 하나이기도 하다.

"미안, 마력 부족."

광선총의 위력은 충분하지만 전투 지속 능력에 개선의 여지가 있군.

펄스 레이저 모드라도 추가해야지.

"그러면—『호화탄(블래스트 샷)』!"

아리사가 뿜어낸 단일개체 공격용 불 마법이 불벼락 수사슴의 안면에 날아갔다.

그러나 그 공격은 불벼락 수사슴의 마력 장벽에 대부분 상쇄되고 말았다.

루루의 광선총은 사출 속도가 빠르니까 마력 장벽이 생기는 것보다 빨리 명중한 거겠지.

"피뢰침."

미아의 수수께끼 지시를 들은 푸른 종자정령이, 녹색 넝쿨을 불벼락 수사슴의 머리와 뿔에 휘감아 뒤로 젖혔다.

섬광과 굉음이 주위를 채웠다.

번개 대부분은 불벼락 수사슴에게 얽힌 푸른 종자정령의 넝쿨을 통해 땅으로 흘러갔지만, 땅의 참상을 보니까 적지 않은 양의 전격이 주변에 뿌려진 모양이군.

그래도—.

"후하하하! 멍청한 놈! 아리사의 『반사의 가호』는 완벽해!"

아리사가 승리를 뽐내듯 말하는 가운데, 불벼락 수사슴이 뿜어낸 번개 몇 줄기가 공간 마법 「반사의 가호」로 돌아가 불벼락 수사슴 자신을 그을렸다.

물론 불벼락 수사슴에겐 벼락 내성이 있으니까 큰 대미지는 못 준 것 같았다.

　"지금 느낌을 보면, 앞으로 두 번 정도는 버텨! 이 틈에 공격!"

　아리사가 동료들에게 외쳤다.

　공도 지하에서 싸운 붉은 피부 마족이 쓰던 「반사의 가호」는 회수제한이 없었는데, 그건 공간 마법의 스킬 레벨 차이 때문이겠지.

　"앵클 커터~?"

　"슬래쉬, 인 거예요!"

　아다만타이트 합금 마검을 늘린 포치와 타마가 함정 가장자리에 다리를 올린 불벼락 수사슴의 다리를 베러 갔다.

　―DWEEEEEZRLYE.

　"드릴 배쉬라고 고합니다!"

　"나선창격."

　피를 뿌리는 불벼락 수사슴에게 나나의 방패 공격과 리자의 필살기가 작렬했다.

　불벼락 수사슴은 상당히 강인해서 필살기를 맞고서도 체력이 10퍼센트 정도밖에 안 줄었다.

　"■ 바람."

　미아가 작은 씨앗을 바람에 실어서 불벼락 수사슴 근처로 날렸다.

　작은 회오리바람이 불벼락 수사슴 주위에서 춤을 추었다.

　"■ ■ ■ ■ <small>그린 바인 엔탱글</small> 푸른 넝쿨의 속박."

미아의 두 번째 주문이 발동하자 씨앗이 점점 성장하더니, 기둥 같은 굵은 넝쿨이 되어 불벼락 수사슴을 차례차례 묶어 버렸다.

마법의 완성과 거의 동시에 체력 게이지가 다 떨어진 푸른 종자정령 대신이구나.

이번에는 돌진을 막을 필요도 없고, 의사정령은 영창에 시간이 걸리니까 올바른 선택이겠군.

—DWEEEEEZRLYE.

또 다시 불벼락 수사슴의 등에서 돌기가 빛났다.

번개 공격의 조짐이다.

"……■ ■ 자극 안개."

미아의 물 마법이 불벼락 수사슴의 얼굴에 달라붙었다.

격통을 동반하는 머스터드 안개에 영향을 받는 모습은 안 보였지만, 이 상태에서 번개를 뿜어내면 불벼락 수사슴 자신이 감전되겠지.

불벼락 수사슴의 뿔이 빛나고 두 번째 번개가 쏟아졌다.

"짜리리~."

"쪼금 짜릿하는 거예요."

이번에는 피뢰침 역할이 없는 만큼 동료들에게도 전격 대미지가 조금 닿은 모양이다.

반사의 가호가 막을 수 있는 건 번개 본체뿐이고, 공기를 떠도는 미세한 방전까지는 막지 못하는 모양이군.

"리자 씨, 불벼락 수사슴 등에 있는 돌기를 노려! 저걸 부수면 전격은 안 올 거야."

"알겠습니다!"

아리사가 지시를 내리면서 「격리벽」과 「차원 말뚝」으로 불벼락 수사슴이 함정에서 나오지 못하도록 분전하고 있었다.

미아도 「푸른 넝쿨의 속박」과 「마비하는 물의 속박」으로 그것을 지원했다.

"아리사, 회복했어."

"오케이! 등의 돌기가 빛나면 얼굴을 노려."

"응, 알았어."

루루가 광선총 스코프 너머로 불벼락 수사슴의 돌기를 살폈다.

—DWEEEEEZRLYE.

불벼락 수사슴이 포효를 지르자 머리의 뿔이 빛나며 스파크를 띤 전기 덩어리가 몇 개 나타났다.

"으엑, 벼락 마법도 쓸 수 있었지."

"■ ■ ^{아이스} 얼음, ■ ■ ^{스톰} 폭풍."

미아가 정령 마법으로 공중에 만들어낸 얼음 덩어리를 폭풍 같은 바람에 실어 전기 덩어리를 향해 사출했다.

몇 개의 전기 덩어리를 파괴했지만 나머지가 아인 소녀들에게 쏟아졌다.

"에이!"

휘염총을 겨눈 루루가 전기 덩어리 하나를 맞췄다.

"옵니다."

"순동~."

"긴급 회피, 인 거예요!"

아인 소녀들이 가까이 다가온 전기 덩어리를 순동으로 피했다.

그러나, 불벼락 수사슴의 전기 덩어리는 미아의 「푸른 넝쿨의 속박」을 태우기 위한 것이었나 보다.

"으엑, 나와 버렸어."

불벼락 수사슴이 지상으로 기어 올라왔다.

"포치~!"

"타마~! 인 거예요."

함정의 가장자리에서 양손을 벌린 타마가 포치를 불렀다.

타마가 땅바닥을 눕더니, 위에 탄 포치를 차올렸다.

동시에 포치도 도약한 모양이다. 전에 둘이 연회에서 했던 기술을 쓴 모양이군.

"아앗, 안 닿아!"

"아직 멀었어~! 인 거예요!"

아리사의 한탄을 포치가 부정했다.

포치가 공중을 발판 삼아서 다시 가속하더니, 불벼락 수사슴의 등에 착지했다.

전에 미적전에서 포치가 보여준 2단 점프로군.

"포치! 돌기를 파괴하세요!"

"네잉! 순동— 마인 돌격."

창처럼 늘린 커다란 검을 겨눈 포치가 마인을 두르고서 어마어마한 속도로 돌기에 육박하더니, 그것을 있는 힘껏 부수었다.

보르에난 숲에서 배운, 아직 성공한 적이 없었던 포치의 필살기다.

이 궁지에서 포치가 필살기를 완성시켰구나.

리자의 나선창격과 비교해도 손색이 없는 위력이야.

"타마도 할래~?"

이번에는 리자를 발사대 삼은 타마가 불벼락 수사슴의 다리 위쪽에 뛰어오르더니, 사사삭 기어서 등에 올라섰다.

"마인 쌍아~?"

타마가 양손의 마검에서 거대한 송곳니 같은 마인을 만들었다.

돌격한 타마가 팽이처럼 몸을 회전시키며 불벼락 수사슴의 목에 교차로 검을 박아 넣어 깨물린 자국 같은 상처를 남겼다.

일격의 위력은 리자의 나선창격이나 포치의 마인 돌격에 뒤지지만, 총 대미지 양은 손색이 없네.

"우오오오오오오인 거예요."

포치가 마인 쌍아로 만들어진 상처를 디디고, 타마 뒤를 달려 올라갔다.

"혼 슬래셔~?"

"뿔 사냥, 인 거예요!"

꼭대기에 오른 둘이 불벼락 수사슴의 뿔을 공격했다.

"단단해~?"

"공격이 안 박히는 거예요."

두 사람이 마검으로 한 공격이 불벼락 수사슴의 뿔을 지키는 마력 장벽에 막혔다.

둘이 또 다시 필살기를 쓰려고 했지만, 불벼락 수사슴이 머리를 흔드는 기세를 못 이기고 지상으로 떨어져 버렸다.

"■ ■ ■ ^{그린 베드}넝쿨 잎 이불."

미아의 정령마법이 만든 넝쿨과 잎사귀 그물이 두 사람을 받아냈다.

두 사람은 통통 튀어 오르는 게 즐거워 보였지만, 금세 전투 중이란 것을 떠올리고 그물 밖으로 내려왔다.

"이쪽이라고 고합니다!"

나나가 장소를 바꾸어 적당히 도발하자 불벼락 수사슴이 돌격했다.

등의 돌기가 부서져서 번개를 못 쓰기 때문이겠군.

"^{히트 헤이즈}아지랑이!"

아리사의 불 마법이 불벼락 수사슴의 얼굴을 뒤덮었다.

큰 대미지는 못 주는 기술이지만, 급속하게 따스해진 공기가 불벼락 수사슴의 시선을 일그러뜨렸다.

그래도, 불벼락 수사슴은 다리를 멈추지 않고 나나에게 돌진을 속행했다.

―DWEEEEEZRLYE.

"멍청한 놈, 이라고 홍소합니다."

나나가 입가를 끌어올리지 않고 담담하게 고하더니, 그녀의 눈앞에서 불벼락 수사슴이 두 번째 함정에 빠졌다.

아리사가 「아지랑이」를 쓴 이유는 함정을 눈치채고서 뛰어넘지 못하게 하기 위해서였나 보군.

"리자 씨!"

"알겠어요!"

리자가 들이켠 마력 회복약 빈 병을 내던지고, 불벼락 수사슴의 등에 뛰어 올라 목을 달려 올라갔다.

"따르라~?"

"3연성인 거예요!"

타마와 포치도 빈 마력 회복약 병을 버리고 리자 뒤를 따라갔다.

"순동— 나선창격."

리자가 뿔에 필살기를 때려 박았다.

아까와 마찬가지로 뿔을 지키려고 마력 장벽이 나타났지만, 리자의 용조창은 그것을 거침없이 파헤치고 나선으로 소용돌이치는 마력의 칼날이 뿔을 부수었다.

"마인 돌격, 인 거예요!"

"마인 쌍아~?"

둘의 필살기가 남은 하나의 뿔에 작렬하여, 마력 장벽을 부수며 파헤쳤다.

—빠직.

내 엿듣기 스킬이 희미한 소리를 포착했다.

시험작 장치로 만든 마검으로는 두 사람의 강력한 필살기를 완전히 버티지 못하는 걸지도 모르겠군.

뭐, 이 싸움을 하는 동안 정도는 버틸 거야.

—DWEEEEEZRLYE.

불벼락 수사슴이 날뛰면서 아인 소녀들을 떨쳐냈다.

넝쿨에 휘감긴 불벼락 수사슴이 포효를 지르며 함정 안에서 몸부림치고 날뛰었다.

―DWEEEEEZRLYE.

아까보다 큰 전기 덩어리가 불벼락 수사슴 주위에 나타났다.

아마 뿔 하나를 잃었기 때문이겠지. 다만, 수는 절반이다.

"루루, 뿔 노릴 수 있어?"

"무리야. 조금이라도 움직임이 멈춰야 돼."

루루의 대답에 아리사가 주위를 둘러봤다.

"나나!"

"사슴이여! 고기찜도 좋아한다고 고백합니다!"

나나의 도발에 불벼락 수사슴이 증오의 눈동자를 보냈다.

"―노려서, 쏩니다!"

불벼락 수사슴의 움직임이 멎은 틈을 놓치지 않고 루루의 광선총이 반짝 빛났다.

그 일격은 포치와 타마가 파헤친 상처를 훌륭하게 꿰뚫었다.

"아자~!"

아리사가 기염을 올리며 동료들을 둘러보았다.

동료들의 남은 마력이 미덥지 못하지만 이대로 밀어붙여도 문제없겠지.

"이제는 끼인 지형에서 놓치지 말고 쓰러뜨리자!"

아리사도 마찬가지 판단을 했는지 마력 회복약을 마시며 동료들에게 고 사인을 보냈다.

불벼락 수사슴의 남은 체력이 30퍼센트 이하가 되자 폭주 모드로 이행했는지 온몸에서 스파크를 뿌리며 몸부림쳤다.

하지만 그것도 처음 돌진을 막을 때 사용한 사슬을 재이용해서 방전시켜 무사히 넘어갔다.

"리자 씨! 마무리 해버려!"

"아리사가 하지 않는 건가요?"

"아직 뭔가 남았을 것 같으니까 마력 온존해둘 거야."

이번 불벼락 수사슴 전에서는 아리사가 철저하게 지원과 방해를 했기 때문에, 리자는 마지막 마무리를 아리사에게 양보하려고 한 거겠지.

"―알겠습니다. 타마, 포치, 아까 그 연계를 해보도록 해요."

"아이아이 서~?"

"라져인 거예요!"

아인 소녀들이 불벼락 수사슴에게 돌격했다.

"■■ 푸른 넝쿨다리."

<small>그린 브릿지</small>

미아의 정령 마법이 함정 가장자리에서 불벼락 수사슴에 이르는 다리를 만들었다.

불벼락 수사슴이 다리를 떨쳐내고자 날뛰었지만, 아리사의 공간 마법 「격리벽」이 그것을 막았다.

"마인 쌍아~?"

"마인 돌격, 인 거예요!"

타마가 팽이처럼 돌면서 불벼락 수사슴 목의 마력 장벽과 털 가죽을 베어내고, 거대화시킨 포치의 마검이 그 상처를 억지로 넓혔다.

그리고 마지막으로―.

"순동, 나선창격."

순동을 사용한 리자가 한 자루 창처럼 불벼락 수사슴의 목을 꿰뚫었다.

—DWEEEEEZRLYE.

비명을 지른 불벼락 수사슴이 아인 소녀들을 떨쳐냈다.

불벼락 수사슴의 움직임에서 힘이 사라졌지만 아직 체력 게이지는 다 떨어지지 않았다.

"엄브렐라 폐쇄— 랜서 드릴 모드라고 고합니다."

대형 방패 앞에 펼치고 있던 마력 장벽이 우산처럼 접히고, 굉음을 내면서 고속회전하기 시작했다.

"마무리다, 라고 고지합니다."

접힌 마력장벽으로 만들어진 창이 불벼락 수사슴의 마력 장벽과 접촉하여 붉은 불꽃을 튀겼다.

힘겨루기는 순식간에 끝나고, 나나의 창이 마력 장벽을 부수며 전위 팀의 반대쪽에서 불벼락 수사슴의 목을 꿰뚫었다.

—DDWEERRYEEE.

함정 가장자리를 부수면서 땅에 떨어진 불벼락 수사슴의 머리가 땅울림을 올렸다.

그리고 증오를 띠고 있던 눈동자가 하얗게 탁해지더니 이윽고 움직임이 멎었다.

"오우, 지~저스~?"

"포치의 마검이 부서져 버린 거예요."

시험작 장치로 만든 둘의 마검은 거듭되는 혹사에 부서져 버리고 말았다.

"마스터, 대형 방패의 엄브렐라 모드가 기동하지 않는다고 고합니다."

아무래도, 나나 것도 과부하로 부서진 모양이네.

"제 부츠도 가속 기능의 상태가 나쁜 것 같습니다."

리자가 발목을 확인하며 보고했다.

역시, 시험작 장치로 만든 장비는 내구성에 결함이 있는 것 같다.

"―뉴!"

"주인님!"

풀이 죽어 있던 타마가 등을 쭉 펴고는 귀를 곤두세웠다.

동시에 깨달은 루루가 대광장 맞은 편에 있는 벽이 빨갛게 빛나는 것을 가리켰다.

"서, 설마."

"샛굴."

경악하는 아리사에게, 미아가 입을 꾹 다물면서 대답했다.

대광장 맞은 편의 벽에 샛굴이 뚫렸다.

그것 자체는 신기할 것 없었다.

극히 평범한 일이다.

"어쩐지 점점 커지지 않나요?"

루루가 말한 것처럼, 벽에 뚫린 샛굴이 점점 커지고 있었다.

이미 대형 트럭쯤은 가볍게 통과할 수 있는 크기였다.

"뭐, 뭐가 나오는 건데?"

아리사가 떨리는 목소리로 중얼거렸다.

그리고, 드디어—.

"깜장이반짝이~?"

"뿔인 거예요."

—대광장 맞은 편 벽에 뚫린 거대한 구멍에서 검게 빛나는 뿔이 모습을 드러냈다.

바로 옆 구역 「구역의 주인」인 참 뿔 딱정벌레다. 어쩐지 헤라클레스 투구벌레랑 닮았군.

"으에엑, 헤라클레스네."

"으에~?"

"으에에에에에에인 거예요."

한 걸음 물러선 아리사의 말을 타마와 포치가 흉내 냈다.

여유가 있는 건 좋지만 후퇴인지 교전인지 판단은 빠르게 해야지.

"우음."

"어떡하지? 아리사."

"후퇴를 진언한다고 고합니다."

미아, 루루, 나나가 아리사를 보았다.

"정말이지, 참. 어쩔 수 없네. 묶어두는 건 아리사한테 맡겨."

아리사가 아이쿠, 하는 표정으로 지팡이를 겨누었다.

"주인님, 유니크 스킬 사용 허가해줘. 『전력전개』의 진짜배기 『미궁』으로 헤라클레스를 가둬주겠어."

"유니크 스킬은 안 돼."

"그럴 수가~."

아리사의 유니크 스킬은 너무 쓰면 위험하니까.

"상대하기에 부족함이 없습니다. 제가 시간을 버는 동안 후퇴를 시작하세요."

리자가 용조창을 겨누고 참 뿔 딱정벌레를 노려보았다.

"한 배~?"

"포치는 언제나 함께인 거예요."

요정 가방에서 선대 마검을 꺼낸 타마와 포치가 나란히 나섰다.

동료들 시선 앞에서 참 뿔 딱정벌레가 등껍질을 열고 날개를 펼쳤다.

"안 돼. 하늘을 나는 상대를 묶어두는 건 무리야."

용감한 아인 소녀들을 아리사가 타일렀다.

"그러니까, 주인님—."

내가 들어 올린 손을 아리사가 가볍게 짝 두드렸다.

"—뒷일 잘 부탁해."

"알았어."

나는 천구로 하늘에 날아올랐다.

참 뿔 딱정벌레도 날개를 펼치고 천천히 날아올랐다.

헤라클레스 투구벌레 같은 뿔이 빨갛게 물들었다.

무슨 커다란 기술을 쓸 셈인가 보네.

"미안하지만—."

스토리지에서 꺼낸 양산품 주조 마창을 들어올렸다.

"—이걸로 체크메이트."

바람보다 빠르게 던진 창이 진홍의 궤적을 남기고 참 뿔 딱정벌레를 꿰뚫었다.

　참 뿔 딱정벌레의 등 뒤에 있던 벽을 분쇄하면서, 샛굴 너머에 있던 통로의 벽마저도 함몰시키고 사라져 버렸다.

　조금 지나쳤으려나? 창을 회수하는 게 귀찮겠어.

　문득 시선을 돌리자, 공중에서 절명한 참 뿔 딱정벌레의 시체가 동료들 쪽으로 활공을 시작하기에 「이력의 손」으로 붙잡아 스토리지에 수납했다.

　"아직 주인님과 나란히 싸우기에는 갈 길이 멀어 보이네."

　"정진해요, 아리사."

　"렛츠, 트레이닝~?"

　"수행**뿐뿐**인 거예요."

　"응, 단련."

　"네, 저는 더 열심히 저격 할게요!"

　"저도 필살기가 필요하다고 호소합니다."

　그런 동료들의 목소리를 엿듣기 스킬이 포착했다.

　이대로 가면 「계층의 주인」에게 도전하는 것도 빨라지겠군.

　언제든지 도전할 수 있도록, 동료들의 정식 장비를 얼른 마련해야겠어.

에필로그

"사토입니다. 남을 돕는 건 밸런스를 잡는 게 어렵습니다. 다들 해피 엔딩이 되는 건 환상일지도 모르지만, 하다못해 자기 눈이 닿는 범위 정도는 행복하길 바라는 건 사치일까요?"

"─우리는 보름 정도 공략을 쉴 거다."

구역의 주인토벌 2연전 뒤. 어쩌다 보니 자리곤 일행과 함께 미궁도시로 돌아왔는데, 어째선지 자리곤이 그렇게 선언했다.

쉴 거라면 마음대로 쉬면되잖아요.

"그런가요. 정양이 필요하겠죠."

"흥, 무슨 일 있으면 나한테 말해라. 탐색자가 관련된 다툼이라면 내가 해결해주마."

내 대답을 듣고 코웃음 친 자리곤이 그렇게 말하고 가 버렸다.

자리곤은 중간부터 평범하게 잘 싸웠으니까, 상급 체력 회복약은 상당히 우수한 모양이네.

"젊은 나리~."

멀리서 빨간 머리 넬이 손을 흔들었다.

송곳니가 반짝 빛날 것처럼 웃으며 우리를 불렀다.

요전과 달리 타코야키 가게 앞에 줄이 생겨 있었다.

"타마 선생님의 간판 덕분에 대성황임다! 대감사임다!"

"난쿠루나이사~?"

넬의 칭찬에 타마가 몸을 베베 꼬면서 부끄러워했다.

노점의 간판「유전(流轉)하는 타코야키」는 다른 세 노점의 간판과 마찬가지로 사먹지 않고 못 배기는 신비로운 매력이 있었다.

"펜드래건 경. 경은 자리곤 공과 함께 싸울 건가?"

노점의 단골이자 태수 3남의 추종자인 루람 군이 물었다.

어째선지 굉장히 흥분한 기색이네.

"아뇨? 딱히 그럴 예정은 없습니다만?"

"뭐야, 그렇군……."

내 대답에 루람 군이 의기소침해졌다.

아는 사람이 인기 스포츠 선수랑 친했다거나 그런 느낌일까?

"젊은 나리, 또 봐! 꼭꼭, 은혜 갚을 테니까 기다려!"

원정부대의 짐 운반인 줄에서 토끼 소년 일행이 부르는 소리가 들렸다. 알아듣기 어려운 목소리는 평소처럼 머릿속에서 보정했다.

"기대하고 있을게."

내가 대답하자, 토끼 소년 일행이 골목대장처럼 웃었다.

"저 애들, 앞으로 어떻게 되려나?"

아리사가 걱정스레 중얼거렸다.

"원정대는 해산하겠지만, 청동의 탐색자증을 가졌으니까 탐색자를 계속하지 않을까?"

일단, 신입 탐색자 교습에 참가하도록 조언을 했다.

"또 벳소 같은 녀석한테 걸려들지 않을까 걱정이야……."

아리사는 토끼 소년 일행에게 제법 감정이입을 한 모양이네.

실제로 그들처럼 속아 넘어간 지원자가 많을 것 같단 말이지.

"탐색자를 지원하는 애들을 위한 교습 같은 게 있으면 좋을 텐데."

"아~ 탐색자가 이정도 있으면 있을 법 하네."

나는 아리사와 대화를 하면서 저택으로 돌아왔다.

◆

"어서 오십시오, 주인 나리."

"다녀왔어, 미테르나."

맞이해주는 사용인들에게 인사하고, 메이드장인 미테르나 씨와 함께 집무실로 갔다.

"뭔가 우선해서 보고할 일 있어?"

"네."

그냥 물어봤는데 즉답이 나왔다.

"저택에 세 번 정도 도둑이 왔습니다."

"그래서, 다친 사람은?"

"없습니다."

나는 그 대답에 안도했다.

"모두 카지로 공과 아야우메 공이 포박했습니다."

참 우수하군.

하지만 두 사람은 치료가 끝난 뒤에 나갈 테니까 미궁 별장처럼 감시용 골렘을 배치하는 편이 좋을지도 모르겠다.

지금이라면 「석제 구조물」이랑 「땅의 종자 제작」 콤보로 간단하게 한 부대를 만들 수 있으니까.

─맞다. 그걸 이용해야지.

"미테르나, 미안하지만 카지로 공과 아야우메 씨를 불러주겠어?"

"알겠습니다."

미테르나 씨가 두 사람을 부르러 간 사이, 미궁에 가 있는 동안 온 편지를 체크했다.

무노 남작령에서 온 편지가 있었다. 편지함을 열자 남작과 니나 집정관, 그리고 남작영애인 카리나 양과 소르나 양의 편지도 있었다.

남작이나 소르나 양에게서는 근황 보고. 니나 집정관은 현재의 부흥 상황과 내가 오유고크 공작령의 귀족들에게 부흥 지원을 이끌어낸 것에 대한 감사의 말이 있었다.

카리나 양은 편지를 쓰는 게 익숙지 않은지, 무노 남작령의 신입 귀족 강습에서 배운 교본이랑 똑같은 정형문이 되었다. 요약하면 「미궁도시에 가고 싶다」, 「내 요리가 먹고 싶다」라는 참 밋밋한 내용이었다. 참으로 카리나 양다운걸.

또한, 왕도에 가 있던 태수 차남 레일리 씨의 편지도 왔다.

이건 무역상품인 「하늘의 눈물방울」이 왕도에서 다 팔렸다고 적혀 있었고, 수지 보고서가 동봉되어 있었다. 수익이 꽤 굉장하네.

레일리 씨는 이미 왕도를 출발했으며, 이제 곧 교역도시 타르투미나에 도착할 무렵이었다.

그 밖에 미궁도시나 오유고크 공작령의 귀족들에게서 온 편지도 있지만, 세류 시에서 온 편지는 없었다. 거리가 멀다 보니 답신이 오는 건 좀 나중이겠군.

"사작님, 카지로 대령했습니다."

노크 소리가 들리고 카지로 씨와 아야우메 양이 도착했다.

"미테르나에게 두 사람의 활약을 들었습니다."

"포상이라면 술이 좋겠습니다만."

"카, 카지로 님! 실례됩니다!"

카지로 씨의 솔직한 요구에 아야우메 양이 초조해했다.

"술이라면 좋은 게 들어왔으니 나중에 보내죠."

나는 웃으며 말하고는 그들에게 도둑을 포박했을 때 어땠는지 물었다.

도둑질을 한 것은 서민가의 빈털터리나 범죄 길드 녀석들이었지만, 그 녀석들 자백에 따르면 외국 억양이 있는 낯선 자들이 의뢰를 했다고 한다.

예비 마검이나 마물 소재의 장비품을 노렸다고 했다.

대륙 서방에서 전쟁이 시작될 것 같다는 소문이랑 관계가 있으려나?

위병들의 상사인 태수부처도 알고 있을 테니까 길드장에게만 전달해 둬야겠군.

나는 품속에서 꺼낸 상급 마법약을 집무 책상에 놓았다.

"마법약, 인가요?"

"네, 인맥을 좀 써서 손에 넣었습니다."

　카지로 씨 말에 수긍했다.

"꽤 커다란 병이군요."

　아야우메 양이 큰 병에 든 상급 마법약을 보고 조금 고개를 갸웃거렸다.

"이건 상급 체력 회복약입니다."

"—상급?"

"설마!"

　카지로 씨와 아야우메 양이 기대와 자제가 뒤섞인 표정으로 상급 마법약의 병을 보고, 그 시선을 내 쪽으로 돌렸다.

"이걸로 다리를 재생해 주세요."

　두 사람에게 고개를 끄덕이며 말했다.

"……아앗, 카지로 님!"

　아야우메 양이 감격하여 카지로 씨에게 안겼다.

　평소 이 두 사람은 러브러브한 분위기가 요만큼도 없지만, 이런 모습을 보면 잘 어울린다니까.

"기, 기다려 주시게, 사작님!"

　카지로 씨는 자신에게 안겨 드는 아야우메 양을 주체 못하면서도, 나를 제지하는 것처럼 손을 뻗었다.

"상급 마법약이라고 하면, 황족이나 상급 귀족마저도 손을 대기 망설이는 물건. 나 같은 일개 사무라이에게는 지나친 물건이야."

"그렇지 않습니다. 저는 카지로 공의 다리를 고치려고 이 마법약을 구한 거니까요."

실제로는 구한 게 아니라 만들었지만 사소한 건 별로 상관없겠지.

"그러나……."

"보증서가 없는 상급 마법약이라 걱정인가요?"

고민하는 표정의 카지로 씨에게 물었다.

"아니야! 그런 건 걱정하지 않아. 이 마법약을 시가 왕국의 왕족이나 문벌 귀족에게 헌상하면 온갖 영달을 누릴 수 있네. 소문으로는 이 나라의 제3왕자가 난병으로 고통 받고 있다고 하지 않는가?"

아니, 제3왕자는 노화입니다.

"전하의 난병은 이 약으로는 안 낫습니다."

왕족이나 문벌 귀족들 중에 부위 결손으로 고통 받는 가족이 있을지도 모르지만, 알지도 못하는 귀족 보다 내가 아는 사람이 훨씬 우선도가 높다.

"그리고 영달은 필요 없어요. 저는 명예사작 이상의 작위는 필요 없습니다."

아인 소녀들을 숙소에 재우거나, 도시의 출입이 편리해지는 정도의 특권으로 충분하다.

그래도 사양하는 카지로 씨에게 「아니면 상급 마법약의 대가를 지불하는 게 무서운가요?」라고 도발을 해봤다.

물론 무상으로 줄 예정이지만.

"이 다리만 나으면, 금화 백닢 천닢은 준비를 하지!"

"바로 그겁니다."

내 도발을 간파하고서 받아준 카지로 씨에게 생긋 웃으면서 마법약을 떠넘겼다.

자리곤 때의 실수를 반복하지 않기 위해서, 실제로 마법약을 마시는 건 저녁 식사 뒤에 하기로 했다.

또한, 하급 코카트리스 고기는 꼬치구이보다 조림에 어울리는 맛이었다는 걸 기록해둔다.

그리고, 그날 밤—.

"으으으으으으읏!"

카지로 씨의 남자다운 얼굴에 고통이 떠올랐다.

티파리자 일행의 화상을 고칠 때 레리릴이 「오래된 상처는 고칠 수 없다」라고 해서 걱정이었지만, 상처 부위를 베어내고서 상급 마법약을 마시자 무사히 재생이 시작됐다.

"크오오오옷!"

"카지로 님, 이제 조금입니다."

아무리 그래도, 이 정도 기세로 육체가 재생되면 고통이 따르는 모양이다.

아야우메 양이 카지로 씨의 고통을 덜어주려고 끌어안았다.

그리고 그것을, 동료들이 주먹을 쥐고 응원했다.

이윽고 잃었던 다리가 본래대로 돌아오고, 붉은 피부가 살색이 되었다.

"정말로, 내 다리가—."

진이 빠진 얼굴의 카지로 씨가 자기 다리를 바라보며 중얼거렸다.

낮에도 그랬지만 흥분한 나머지 공손했던 말투가 흐트러진 것도 깨닫지 못한 것 같다.

"—아아, 정말로……."

"카지로 님! 축하드립니다, 카지로 님!"

조용하게 감격의 눈물을 흘리는 카지로 씨와 방울 같은 눈물을 흘리고 웃으며 기뻐하는 아야우메 양을 지켜보았다.

함께 응원하던 동료들도 내 등 뒤에서 환성을 지르며 기뻐했다.

감동의 여운이 잦아드는 걸 기다렸다가 카지로 씨에게 말을 걸었다.

"수고하셨습니다."

땀 범벅인 카지로 씨에게 수분 보충제 같은 것을 건넸다.

"사작님. 당신께 깊은 감사를 드립니다."

카지로 씨는 그것을 마시지 않고 내 앞에 엎드렸다.

"이 은혜를 갚기 위해서, 지 게인 류의 카지로, 조부 싀마아즈의 이름을 걸고, 평생 사작님을 따를 생각입니다."

아니아니, 거창하네요.

그것보다도, 카지로 씨의 선조인 싀마아즈 씨가 시마즈 씨인지 신경 쓰이네.

역시 지 게인류의 뿌리는 지겐류인가?

"저도 카지로 님과 함께 말대까지 사작님의 가문을 섬기겠습

321

니다!"

카지로 씨 옆에 나란히 엎드린 아야우메 양이 정신없는 틈을 타서 카지로 씨에게 프러포즈를 했지만, 카지로 씨도 아야우메 양도 깨닫지 못한 것 같으니까 미지근한 시선으로 무시했다.

"두 분 고개를 들어주세요. 감사해주는 건 기쁘지만, 너무 힘이 들어갔습니다. 후임이 정해질 때까지는 저택의 경비를 계속해주셔야 하겠지만, 제 바람은 카지로 공이 또 다시 무인의 길로 돌아가는 거니까요."

내가 조용한 어조로 말하자 카지로 씨와 아야우메 양이 「사작님!」이라고 말하며 울었다.

어떤 반응인지 알기 어려워서 당황했지만, 무인으로 복귀했으면 좋겠다는 내 말에 감동한 모양이다.

동료들도 그들에게 끌려서 울기 시작했다.

"반드시, 이 대륙에 이름을 떨치는 검호가 되어 보이겠습니다."

카지로 씨가 눈물로 엉망인 얼굴로 다짐했다.

—후우, 이야기를 바꿀 수 있어서 다행이야.

평범하게 사용인이나 고용인이라면 모를까, 가신이란 건 좀 무겁다니까.

◆

"쿠로 님!"

"레리릴, 티파리자를 불러다오."

"알겠습니다!"

카지로 씨의 다리를 고친 다음, 나는 쿠로의 모습이 되어「담쟁이 저택」을 찾았다.

"쿠로 님, 부르셨나요?"

"자고 있는데 방해한 모양이군."

섹시한 잠옷 차림의 티파리자에게 사과하고 얼른 용건으로 들어갔다.

"지난번 적자 해소 건이다."

나는 몇 종류의 소인(燒印)을 꺼냈다.

그것을 본 티파리자가 한순간 몸을 움츠렸다.

그러고 보니 그녀는 양어머니나 영주가 몸을 지졌다고 했었지.

좀 섬세함이 부족했을지도 모르겠다.

"미안하군. 이건 뼈 갑옷에 사용하여 뼈를 강화하는 룬을 새기기 위한 것이다."

올바르게 새기는 것과 비교하면 20~30퍼센트 정도 효과밖에 없지만, 대단히 간단하게 작업을 할 수 있다.

두 번째는 청동 템플릿 받침과 룬의 깊이가 제한되는 전용 끌이다.

"이것도 룬을 새기기 위한 것이지만, 성능이 올라가는 만큼 수고가 든다."

이걸 사용하면, 기술이 서투른 자라도 뼈나 나무에 룬을 새길 수 있다.

"갑옷의 제작이라면, 방어구 관련 길드에 가입하지 않으면 문제가 생기지 않을까요?"

"방어구나 갑옷 공방에 교환용 뼈를 공급하기만 해도 말인가?"

"처음에는 눈감아줄지도 모르지만, 돈벌이가 된다면 반드시 개입할 거라 생각합니다."

티파리자가 확신을 담은 어조로 말했다.

그것도 그렇네. 본래 길드란 것은 기술자의 이익이나 권리를 지키기 위해서 있는 거니까 당연하군.

"그러면 폴리나에게 말해서 길드에 가입해라. 그때까지는 이 것이라도 팔아라."

나는 수정 반지가 대량으로 든 주머니를 아이템 박스에서 꺼냈다.

이끼 게 벌의 구역에서 대량으로 얻은 수정 덩어리를 「석제 구조물」의 마법으로 가공한 물건이다.

그냥 매끄럽기만 한 반지지만, 수정 조각으로 파는 것보다는 비싸게 팔 수 있겠지.

여러 종류의 수정을 융합해서 베네치아 글라스 비슷한 것도 만들어봤는데, 완성도가 너무 높아서 이상한 녀석들이 눈독을 들일 위험이 있을 것 같아 안 꺼냈다.

이건 왕도에 점포를 만든 다음에 팔 상품으로 삼으면 되겠지.

"쿠, 쿠로 님. 이것은?"

"자금 확보에 사용해라."

"네, 네. 상회에 연줄이 있는 사람에게 팔라고 보내겠습니다. 하나에 은화 3닢 정도면 될까요?"

"은화 3닢?"

시세 스킬을 보면 동화 1닢부터 은화 3닢 폭으로 가격이 AR 표시되는데.

"죄송합니다. 그 이상의 가격이면 조금 더 부가가치가 있어야 해서……."

"그거면 된다."

나는 동화 1닢 정도를 상정했었거든.

당장의 자금 확보는 이거면 되겠지.

그 동안, 연금술사들이 베리아의 마법약을 안정적으로 만들 수 있게 되면 길드에 납품할 수 있을 거야.

아 맞아ー.

"ー베리아 건으로 의뢰가 있다."

나는 아이템 박스에서 베리아의 마법약 샘플과 레시피 단편을 꺼냈다.

"스미나에게 말해서, 이것을 길드에 보고해라."

"알겠습니다."

나는 티파리자에게 보고하는 순서와, 샘플과 레시피를 발견했을 때 에피소드를 쓴 종이를 건넸다.

순서 마지막에는 단편의 수집에 현상금을 걸도록 제안하라고 지시했다.

큰언니 스미나라면 알아서 잘 하겠지.

"내 용건은 이상이다. 물러가도 좋다."

어째선지 나가라는 말을 들은 티파리자가 불만스런 표정이다.

그렇군. 그런 거구나—.

"티파리자."

"아, 네!"

　내가 불러 세우자 놀란 느낌으로 돌아보았다.

　목소리 톤이 평소보다 높은 것 같은데.

"에르테리나 일행은 무사히 왕도에 도착한 모양이다. 며칠 안에 나도 왕도로 가서 그들을 지원할 거다."

"네, 네에…….."

　티파리자가 걱정할 거라고 생각해서 왕도로 간 에르테리나 일행에 대해 말해줬는데, 어쩐지 대답이 신통찮네.

"그것뿐인가요?"

"그래. 그뿐이다."

"그럼, 실례합니다."

　티파리자가 얼음처럼 차가운 목소리로 말하고 방을 나섰다.

　저 또래 여자들은 도무지 알 수가 없어.

"돌아가서 자기엔 좀 이르네…….."

　나는 기분전환 삼아, 저택이나 양육원에 설치할 방범용 골렘을 만들기로 했다.

　지하 연구소의 장치를 써서 마핵을 포맷하고, 엘프 마을에서 선수상 골렘용으로 만든 감시 알고리즘과 간단한 전투 알고리즘을 새겼다.

　이 마핵을 중심으로 「석제 구조물」과 「땅의 종자 제작」을 써서

골렘을 만들 생각이었다.

일부러 마핵을 가공한 이유는 미궁에서 발견한 골렘 제작 흙 마법이 실린 주문집에, 다른 사람이 만든 골렘을 차지하거나 명령에 개입하는 마법이 있기에 그걸 경계했기 때문이다.

일단 「석제 구조물」 마법을 사용해서 청수정제의 펜형 창을 가진 인간 사이즈의 용 하나와 석제의 통통한 늑대를 열 개 만들었다. 후자는 양육원에 둘 생각이라 귀엽게 만들었다.

수정은 무르니까 용에는 강화의 룬을 새겼고, 더욱이 시험작 장치를 이용해 마력 장벽 발생회로나 골렘이라고 들키지 않도록 인식 저해 장치 등을 탑재했다.

골렘이 독기를 뿌리면 싫으니, 마액으로 만든 성비 회로를 탑재했다.

마지막으로 「땅의 종자 제작」 마법으로 골렘화시켰다.

모두 레벨 30의 골렘이지만, 성비회로를 탑재한 탓인지 「성별(聖別)된 골렘」이란 칭호가 붙었다.

더욱이 4등신의 동글동글하고 심플한 형상의 기본형 골렘을 10개 만들었다.

이건 레벨 10정도에, 알고리즘을 새긴 마핵을 탑재 안 했다.

다음날 아침, 나는 펜드래건 가문 출입 상인 아킨도우로서 골렘들을 납품하러 갔다.

돌 늑대 골렘은 저택과 양육원의 문과 사방을 지키는 위치에 석상으로 배치하고, 청수정 용 골렘은 장식품처럼 저택의 출입구 홀에 설치했다.

4등신 골렘은 평범하게 골렘으로서, 저택이나 양육원의 경비에 썼다.

전자는 침입자의 배제, 후자는 범죄 억지력을 기대한 것이다.

또한 골렘의 설치와 동시에, 전에 아리사에게 부탁 받은 대형 냉장고를 양육원에 설치했다.

◆

"흠, 재미있는 마법 도구로군."

듀케리 준남작 가문 응접실에서, 나는 녹즙기형 마법 도구를 설명했다.

"이 뚜껑을 열어서 레시피에 따라 야채나 과일을 넣고, 뚜껑을 닫은 다음 마력을 공급해 주세요."

내 설명을 들은 메이드가 조심조심 작업을 했다.

마지막에 마력을 주입했는데—.

"꺄아아!"

내용물을 분쇄하는 녹즙기 소리와 진동에 놀란 메이드가 녹즙기를 내던져 버렸다.

"아차, 위험해라."

반사적으로 뚜껑을 누르면서 붙잡았지만, 레벨이 올라서 재주(DEX)치와 민첩(AGI)치가 높지 않았다면 이렇게 재빨리 못 움직였을 거야.

"죄송합니다. 소리와 진동에 대한 주의를 잊고 있었어요."

나는 사과하고서 처음 테스트를 내가 직접 했다.

"흠. 짙은 수프처럼 보이는군."

듀케리 준남작이 메이드에게 독 검사를 시킨 다음에 시음했다.

"생각보다 마시기 좋군. 과일의 달콤함에 가려서, 야채의 씁쓸함이 안 느껴져."

"그것이 야채 주스의 이점입니다."

올바르게는 과일 배합 야채 주스의 이점이지만.

"이거라면, 아드님께서도 마시지 않을까요?"

"그래, 문제없겠지."

일단 벌꿀이나 설탕을 섞는 레시피나 과일의 종류를 바꾸는 레시피를 몇 종류 제시했다.

"그러나, 저렇게 난폭하게 조리하면『비타민』의 정령이 죽지 않는가?"

"안심하세요. 마법 도구에 비타민의 정령을 상처 입히지 않기 위한 술식이 새겨져 있습니다."

판타지한 걱정을 하는 듀케리 준남작에게 괜찮다고 말했다.

그러고 보니, 야채에 함유된 비타민을 「야채나 가축의 내장에 숨어 사는 좋은 정령」이라고 했었지.

"그럼 좋다. 오늘 저녁부터 아들에게 마시라고 하지."

듀케리 준남작이 만족스레 고개를 끄덕였다.

─그렇지.

또 한 가지 용건이 있었단 말이지.

"준남작 각하, 이 마법약과 서류를 감정해주실 수 있을까요?"

"감정이라고?"

듀케리 준남작은 의심스런 기색을 보이면서도, 물품 감정 스킬을 가진 자를 불러들여 감정을 시켰다.

"······믿을 수가 없군요."

"뜸들이지 말고 결과를 말하라."

"이, 이것은 진짜 베리아의 마법약입니다. 아마도 하급 체력 회복약과 다름없는 성능일 거라 생각합니다."

종류뿐 아니라 회복량까지 알 수 있다니 상당히 우수한 물품 감정 스킬을 가진 모양이네.

"베리아의 마법약이라고? 그 종이는 뭐지?"

"이것은 베리아의 마법약 레시피입니다."

"뭐라고!"

감정사의 설명에 흥분한 듀케리 준남작이 책상 위에 놓인 레시피를 손으로 집었다.

"이, 이것이 레시피인가?"

머리에 의문부호를 띄운 듀케리 준남작에게 준비해둔 대답을 제시했다.

"아마도 레시피의 단편일 겁니다. 저도 연금술에 소양이 있습니다만, 여기에 적힌 것은 서문과 필요한 소재 일람 정도라고 생각합니다. 아마도, 레시피 본체는 다른 단편에 있겠죠."

나는 이 분할 레시피를 완성품 베리아 마법약과 함께 미궁의 얕은 구역에 있는 보물 상자에 넣고, 젊은 탐색자들이 보물찾기 감각으로 찾게 할까 생각하고 있었다.

레시피는 8분할했고, 그 중에서 과반수인 5종은 대량으로 3종은 적게 보물 상자에 넣을 셈이다.

서문을 잘 읽어 보면, 레시피를 8분할했다는 걸 알 수 있게 했다.

덤으로 욕심 많은 중견 탐색자가 보물 상자 찾기에 몰두한 나머지 새로운 사냥터를 개척해주는 것도 기대하고 있었다.

"펜드래건 경, 이것을 나— 아니, 연금술사 길드에게 양도해주는 건가?"

"네. 그럴 셈으로 가져왔습니다. 이 레시피가 모이면, 미궁도시의 마법약 가격도 내려가서 연금술사 길드와 탐색자의 알력이 수복되지 않을까 기대하고 있습니다."

나는 금액을 제시하기 전에, 레시피를 탐색자 길드가 아니라 그에게 가져온 이유를 고했다.

"으으음— 알았네. 자네의 바람이 이루어지도록 노력할 것을, 왕조 야마토 님과 듀케리 준남작 가문의 이름에 걸고 맹세하지."

듀케리 준남작은 팔짱을 끼고 소리를 낸 다음 약속해 주었다.

이걸로 가장 수요가 높은 하급 체력 회복약이 싼 가격으로 퍼지겠지. 그러면 탐색자들의 울분도 가실 거고, 생환율도 조금은 올라갈 거야.

덤으로, 탐색자를 동경하는 메리안 양이 듀케리 준남작의 딸이란 이유로 탐색자들에게 미움 받는 일도 줄어들지 않을까 기대하고 있었다.

물러가기 전에 메리안 양이 매달리는 눈으로 배웅을 해줬지만, 이상한 루트에 돌입할 것 같아서 무시했다.

그녀에 대한 커버는 그녀를 사랑하는 태수 3남 게릿츠 군 역할이니까.

◆

"펜드래건 사작님의 의뢰로군요. 잠시만 기다려 주세요."

듀케리 준남작 가문을 물러난 나는 돌아가는 도중에 서쪽 길드에 얼굴을 내밀어 두루마리 수집 의뢰의 진척을 확인했다.

접수처 직원이 리스트를 넘기더니 방 안쪽에서 작은 상자를 가져왔다.

"이 세 개입니다. 지불은 예탁해주신 금액으로 충분하니 추가 지불은 필요 없습니다. 이것이 명세서와 영수증입니다."

직원이 술술 설명하며 상자 안에서 두루마리를 꺼냈다.

두루마리는 「모래 조종」, 「신기루」, 「가속문」의 세 종류였다.

앞에 둘은 「석제 구조물」과 「땅의 종자 제작」과 마찬가지로 사진 미궁에서 산출된 것이었다.

「모래 조종」은 문자 그대로 모래를 조종하는 마법이지만, 「신기루」는 내가 가진 마법서에서 비슷한 주문을 못 찾았다. 아마도 임의로 신기루를 만드는 마법인 것 같은데, 사막에서 사람을 헤매게 만드는 것 말고 용도가 안 떠오르네.

뭐, 가끔은 도움이 안 되는 마법이 있어도 되겠지.

「가속문」 두루마리는 번마(繁魔) 미궁이란 곳에서 발견됐다고 한다.

이것도 내가 가진 마법서에 같은 주문명은 없었고, 바람 마법인 「가속」이나 폭렬 마법인 「급가속」, 어둠 마법인 「증속문」의 바리에이션인 것 같다.

가볍게 두루마리를 해석해보니, 예로 든 마법 3종을 복합한 느낌이었다.

뭐, 미궁이나 서쪽 대사막에라도 가서 테스트해보면 알 수 있겠지.

"그 밖에도 일곱 건 정도 있었습니다만……."

직원에 따르면 일곱 건 중에서 세 건이 시판품을 위장한 두루마리고, 네 건이 두루마리처럼 만든 가짜였다고 한다.

"그것들은 이미 길드에서 처분했으니 안심하세요."

나는 직원에게 인사를 하고, 계속해서 두루마리 수집을 하도록 부탁했다.

"알겠습니다. 다만, 두루마리 자체가 그렇게 많이 나오는 물건이 아니니 양해 부탁드립니다."

이번에는 가지고 있던 물건을 방출한 것이 아닐까 싶다고 한다.

돈벌이가 된다는 걸 알면 주변 도시나 왕도에서 모으는 사람도 있을 거고, 의뢰는 지속해도 문제없겠다.

나는 직원에게 인사를 하고 발길을 돌렸다.

"사토."

"어머? 주인님이잖아."

인파 속에서 나를 발견한 미아와 아리사가 달려왔다.

뒤에는 리자도 있었다.

"무슨 일이니?"

"아이들 중에 탐색자가 되고 싶다는 애가 있어서. 탐색자 육성 학교 같은 게 없는지 물어보러 왔어."

아아, 그러고 보니 카지로 씨에게 가르침을 청한 애가 있었지.

"미궁에서 마핵을 모으는 건 나라의 사업이니까 있을 법 하네."

탐색자는 위험한 일이지만, 양육원 아이들의 선택지가 늘어나는 건 좋은 일이라고 생각한다.

창구에서는 모른다고 하기에, 마침 눈에 띈 길드장 비서관 우샤나 씨에게 물어봤다.

"없습니다. 청동증을 얻은 신입 탐색자들을 대상으로 한 교습 정도죠."

"국영이나 길드가 운영하는 것 말고도 없나요?"

"네. 일부 탐색자 파티가 제자나 수습을 넣어서 잡일을 맡기며 배우는 경우는 있지만, 학교 같은 것은 없습니다."

도제 제도 같은 것밖에 없나 보네.

"탐색자가 되기 위한 학교는 없지만, 무술을 가르치는 도장이나 사설 학원이라면 잔뜩 있어요."

거친 탐색자가 많은 도시답게 여성을 대상으로 호신술을 가르치는 도장도 있었다.

"직접 개교를 하는 건 가능할까?"

"길드에는 딱히 규정이나 규제는 없어요. 학교를 개설하는 허가를 태수님께 얻으면 문제없을 거라 생각합니다."

아리사의 질문에 우샤나 씨가 대답했다.

그렇다면 교육하는 인재만 확보하면, 태수부인에게 부탁해서 개설 허가를 받으면 되겠네.

―어, 아니지.

생각이 아리사한테 끌려가려는 것을 궤도 수정했다.

애당초 양육원 아이들만 따지면 그렇게까지 안 해도 와줄 수 있는 교육 담당을 고용하면 충분하지.

"―부탁해! 사흘만 더 기다려줘!"

"이자 꼭 갚을게!"

1층의 접수 카운터에서, 어쩐지 기시감이 생기는 여성들의 목소리가 들렸다.

"또 저 애들이네."

"데자뷰."

길드 직원에게 애원하고 있는 것은 예상대로 「아리따운 날개」 두 사람이었다.

그러나 이번에는 조금 다른 모양이군.

"전에 연체됐을 때 말씀 드렸죠? 다음에 연체되면 노예가 된다고."

―진짜냐. 이세계 너무 엄하잖아.

그러나, 그렇다면 지난번 이자를 대신 내줬을 때 그녀들이 울면서 감사한 것도 납득이 간다.

"그, 그럼, 나는 노예가 돼도 괜찮으니까 지에나 것만이라도 낼게."

"자, 잠깐 이르나! 무슨 말이야! 나 혼자서만 살 생각 없어!"

내치기도 애매하군. 나는 우샤나 씨에게 아까 조언해준 것에 인사를 하고 창구로 갔다.

"안녕하세요? 이르나 씨, 지에나 씨."

""젊은 나리!""

내가 말을 걸자 두 사람이 구세주를 만난 표정으로 눈물지었다.

"빚 총액이 얼마나 되죠?"

"금화 8닢과 은화 4닢입니다."

뭐야, 생각보다 적네.

"그러면 전액 변제하죠."

그녀들이 자금 확보가 서툰 걸 생각하면, 금방 노예가 될 것 같아 보이기에 내가 전액 내주기로 했다.

"저, 젊은 나리. 그렇게까지 안 해도—."

"그, 그래! 이자만이라도 빌려주면—."

"제가 세 번이나 우연히 나타날 거라고 장담 못하는데요?"

사양하는 두 사람에게 현실을 들이밀자 울 것 같은 표정으로 입을 다물었다.

아무리 그래도 「그런 일 없다」라고 부정을 못하는 모양이다.

나는 접수처 직원에게 금화 9닢을 지불하고, 거스름돈으로 은화를 받았다.

""고마워, 젊은 나리! 이 은혜는 몸으로 갚을게.""

"그럼, 그렇게 하죠."

바보 같은 말을 하기에 생긋 웃으며 긍정해줬다.

「아리따운 날개」 두 사람은 얼굴이 빨개져서 어쩔 줄 모르고 있었지만, 내 등 뒤에서 노성이 울렸다.

"우음, 길티이!"

"정상참작의 여지 없음!"

미아와 아리사 철벽 페어가 나와 「아리따운 날개」 사이에 끼어들었다.

"두 사람 진정하세요. 주인님이 빚을 핑계로 여성에게 정사를 강요하는 분이 아닌 것 정도는 알고 있지 않나요?"

"그렇긴~ 한데~."

"우으음."

리자가 덤벼드는 아리사와 미아를 막아주었다.

농담이 좀 지나쳤군.

"미안미안. 두 사람이 조바심 내는 걸 좀 보고 싶었어."

나는 모두에게 사과하고 본론을 꺼냈다.

"실은 양육원에 탐색자가 되고 싶다는 애들이 있어요. 그 애들의 선생님이 되어줄 사람을 찾고 있었는데, 그걸 두 사람에게 부탁할 수 있을까요?"

"아, 네! 저희들이라도 괜찮다면!"

"전력으로 가르칠게요!"

내 부탁을 「아리따운 날개」 두 사람이 흔쾌히 수락했다.

두 사람은 신입 탐색자 교습에서 강사 역할을 한 적도 있고, 사람됨도 좋으니까 아이들 교사 역할로 딱 좋아.

여유가 있으면 탐색자를 지원하는 아이들을 위한 교습을 하는 것도 좋겠다.

그러면, 벳소에게 속아 넘어간 토끼 소년들 같은 아이도 줄어들 테니까.

너무 오지랖을 부릴 생각은 없지만, 교사 지원자가 늘어나서 충분한 수의 교사가 확보되면 아리사가 말한 것처럼 탐색자 육성 학교를 개교해도 되겠지.

제대로 된 학교로 만든다면, 듀케리 준남작영애 메리안이나 태수 3남 게릿츠 군처럼 탐색자가 되고 싶은 귀족들에게도 문호를 개방해줄 수 있으니까.

"교사를 하는 동안, 저택의 사용인동에 있는 빈 방을 쓰세요."

그녀들의 집은 서민가의 성벽 근처라고 하니까 오고 가기 힘들 것 같아 조금 복리후생에 배려했다.

"젊은 나리가 애인을 끌어들이는 솜씨 한번 죽이네ㅡ."

"흑심이 안 보이는 게 끝내주는데."

"저건, 시골 처녀라면 홀딱 넘어갈걸."

탐색자들의 괜한 소문 이야기를 엿듣기 스킬이 포착했다.

다른 애들은 못 들은 모양이지만, 방치해서 이상한 소문이 돌면 두 사람한테 미안하니까 정정하려고 그쪽으로 발길을 돌렸다.

그러나, 소문은 금세 사라졌다.

그것보다 더욱 굉장한 뉴스가 전해졌으니까.

"베리아의 마법약이라고!"

"아아, 그래! 이건 미궁의 보물 상자에서 나왔어! 레시피 단편도 있다!"

처음 목소리는 길드 직원, 다음 커다란 소리는 큰언니의 목소리다.

내가 의뢰한 건을 수행하러 왔구나.

"요즘 세상에 베리아라니."

"또 새로운 사기냐?"

탐색자들은 아무도 안 믿었다.

그래도, 사실은 믿고 싶다는 기색이 느껴지는군.

"거짓말 아냐! 감정해봐라!"

"저, 정말이다! 길드장한테 보고해라! 스미나, 미안하지만 길드장실까지 따라와."

"그래! 그러니까 말했잖아! 진짜 베리아 마법약이라고!"

충분히 알린 다음에 큰언니가 직원을 따라 길드장실로 갔다.

"저, 정말이냐?"

"감정 할 수 있는 직원이 확인했어. 저건 진짜야."

"굉장한데! 그러면 싼 마법약을 살 수 있는 거냐?"

"당연하지! 베리아는 도시 바깥에 다 베지도 못할 정도로 나 있어!"

"베어도, 뿌리가 남아 있으면 보름이면 원래대로 된다고."

탐색자들이 들뜬 목소리로 주위의 동업자들과 대화를 나눴다.

우리들 곁에 있는 「아리따운 날개」도 마찬가지였다.

그리고, 거기에 더욱 큰 폭탄이 떨어졌다.

큰언니하고는 따로 온 사복 차림의 숙소 아가씨들이군.

"아까, 레시피 단편이라고 안 했어?"

"또 있는 걸까?"

"미궁에서 얻었다고 했습다!"

"그러면, **미궁을 단편으로 보물 상자**를 해야지이."

완전 국어책 읽기군. 특히 마지막은 뭘 말하는지 의미를 모르겠다.

그래도 탐색자들에게는 뭐라고 하고 싶은지 전해졌는지, 그 대화를 듣고 의미를 이해한 탐색자들이 황급히 달려 나갔다.

레시피를 찾으러 미궁으로 가는 거겠지.

"주인님 짓이야?"

귓속말을 하는 아리사의 질문에 윙크하며 대답했다.

"비밀이다."

그러면 「아리따운 날개」 두 사람을 미테르나 씨에게 소개한 다음에, 베리아의 마법약과 레시피 단편을 숨기러 가야겠다.

"오늘은 환영 파티를 해야지!"

"응, 필요."

"그럼 미궁에서 고기를 사냥해오죠."

기합이 들어간 리자를 말리고, 우리는 새로운 직장을 소개하기 위해 저택으로 돌아갔다.

또한, 다 먹지 못할 양의 고기와 야채에 동료들도 「아리따운 날개」 두 사람도 계속 생글생글 웃는 표정이었다.

역시, 맛있는 건 사람을 행복하게 한다니까.

EX-1: 몽정영묘(夢晶靈廟)

"나는 혼자서 뭐든지 할 수 있다고 생각했다. 그렇지만 치트도 없이 이 세계에 소환돼서, 그게 틀렸다는 걸 깨달았다. 나는 무력한 꼬마에 지나지 않는다고. 하지만, 나는―."

"―눈을 뜨세요."

이국의 말이 내 고막을 흔들었다.

상냥한 말 다음에는 혀와 목을 태우는 강렬한 알코올의 자극이 찾아왔다.

나는 견디지 못하고 기침을 했다.

알코올은 적이다. 특히 요루스카 길거리에서 취해 쓰러졌다가 그대로 노예가 될뻔한 뒤로는 결코 안 마시리라고 다짐했다.

"나는 No.1. 당신의 이름은?"

코드 네임 같은 이름이군.

그 목소리는 사신처럼 달콤하고 차가웠다.

"……나, 나, 나는."

입이 따끔거려서 말이 제대로 안 나오잖아.

"『스미』……아니, 아냐……. 내 이름은―."

나는 몽롱한 상태에서 일본어로 본명을 말하려다가 망설였다.

그 이름은 르모크 왕국이란 유괴범의 나라에 소환됐을 때 버렸다.

—존스미스.

그게 지금 내 이름이다.

몇 안 되는 친구인 가로하루랑 호제도, 그리고 헤어진 연인도 나를 그렇게 불렀다.

갈피를 못 잡는 생각이 뇌리에 떠올랐다 사라졌다.

릴리오— 다시 한 번, 너의—.

"의식이 각성했다면 음성을 이용한 리스폰스를 기대한다고 고합니다."

"No.1. 물리적 충격을 이용한 각성 시퀀스를 권장합니다."

멍한 졸음 속에서 이상하게 말하는 여자들의 목소리가 들렸다.

제멋대로 떠들어서 정리가 안 되지만, 대여섯 명쯤 되는 느낌이다.

"—아."

볼을 잡아당기는 아픔에 펄쩍 뛰어 올랐다.

그러자 똑같은 얼굴의 미녀 7명이 나를 둘러싸고 있었다.

각자 머리모양은 다르지만 구분이 어렵다.

"눈을 떴나요?"

"어, 어어."

나는 리더로 보이는 여자가 건네준 물주머니를 받아 마셨다.

산 속을 사흘이나 헤맨 몸이라 단숨에 벌컥벌컥 들이켜고 싶었지만, 무법이 통하는 바이올런스한 이세계에서 그런 무방비

한 짓은 할 수 없다.

입술을 적시는 정도로 그치고는 그 여자들의 정체를 캐려고 했다.

외투 안쪽에는 똑같은 여행복. 그 위에 가슴 보호대를 입고 있지만, 소지한 무장은 공통성이 전혀 없었다.

나에게 말을 건 여자는 등에 대형 방패를 멨고, 허리에는 세검^{레이피어}을 차고 있었다.

세 갈래 엮은 머리채 포니테일은 전투 망치, 마디 매듭 사이^{워 해머}드 테일이 칼날창, 헤어 밴드 한데 묶음이 대검, 싹둑 자른 세^{부지}미 롱이 흉악한 긴 자루 도끼, 양 사이드 시뇽이 단창, 숏 트윈^{폴 액스}테일이 곡도였다.

온라인 게임에서 캐릭터 디자인을 돌려썼다가 수를 늘린 캐릭터 같은 여자들이군.

"이런 곳에서 쓰러져 있는 이유를 제시해달라고 희망합니다."

숏 트윈테일이 이상한 말투로 물었다.

그러고 보니 다들 거유인데, 이 녀석만 안심이 되는 사이즈군.

가슴이 장식이라고는 안 하겠지만 작은 편이 안심된다니까.

"미아인가요? 라고 묻습니다."

"아니, 나는―."

―PYWEEEEYEEE.

싹둑 자른 세미 롱의 물음에 대답하려는 도중에, 내가 쓰러지게 된 원인이 된 녀석의 소리가 주위에 울렸다.

말라 죽은 관목과 바위밖에 없는 계곡 바닥에는 안개가 끼어

있어서 울음소리가 어디서 들렸는지 알기 힘들었다.

"전원, 주변 경계!"

"No.1! 신체강화를 희망합니다."

"허가합니다. 전원, 신체강화 실행!"

"""수락. 신체강화."""

여자들의 이마에 붉은 빛의 마법진이 떠오르더니, 몸에서 한 순간 빛이 났다.

스킬을 이용한 신체강화라기보다, 마법으로 신체강화를 한 것에 가깝다.

"⋯⋯무영창, 이라고?"

아니, 영창 파기일지도 모르지만 어느 쪽이든 평범한 건 아니다.

이 세계의 마법사는 반드시 주문 영창이 필요하다.

옛날에 신세를 진 사가 제국의 스파이가 영창을 단축하는 기술이 있다고 말해준 적은 있지만 영창 파기 같은 스킬 이야기는 없었다.

그 대신 무영창 이야기는 조금 가르쳐줬다.

그 녀석 이야기가 맞다면 무영창을 쓸 수 있는 건 용사나 전생자뿐이다.

사가 제국이 신의 손을 빌려 행하는 용사 소환으로 불려온 녀석들이 이런 장소에 일곱 명이나 있을 리 없다.

"전생자, 인가?"

전생자의 특징은 보라색 머리칼이라고 했지만, 이 녀석들은 금발이다. ─아니, 물들인 걸지도.

이 녀석들은 잠정 전생자라고 생각해둘까.

—PYWEEEEYEEE.

날갯짓하는 소리와 함께 벼랑 위에서 춤추듯 나는 모습이 보였다.

양손이 새의 날개이고 여자의 상반신과 맹금류의 하반신을 가졌다.

다만, 여자의 상반신이라고 하면 일반적으로 상상이 되는 모습과는 크게 달랐다.

야생화 된 요괴할멈을 50퍼센트 정도 지독하게 만든 느낌, 이라고 하면 조금 이미지가 현실에 가까워질 거야.

"적을 확인! 하피로 인정."

엮은 머리채 포니테일이 외쳤다.

"홀수 넘버는『화살』을 준비해라!"

""""수락!""""

No.1이라고 불린 엮은 머리 시농이 지시하자, 여자들 넷의 이마에 붉은 빛의 마법진이 생겼다.

네 명 눈앞에 하얀 빛으로 휩싸인 투명한 화살이 나타났다.

크로스보우에 장전하는 것처럼 짧은 화살이었다.

전에 한 번 봤던 술리 마법「마법의 화살」과 비슷하군.

—PYWEEEEYEEE.

"쏴라!!"

맹금처럼 급강하하는 하피에게, 여자 넷의 「화살」이 고속으로 날아갔다.

하피가 공중에서 몸을 틀어 절반 정도 피했다.

"새 비슷한 추악한 것이여! 우리들의 칼날이 두렵지 않다면 덤벼라!"

엮은 머리 시뇽이 대형 방패를 내밀면서 외치자 하피의 궤도가 그쪽으로 틀어졌다.

아마도, 엮은 머리 시뇽은「도발」스킬을 가진 거겠지.

"간다, No.3."

"참수라고 고합니다."

기세 좋게 대형 방패에 격돌한 하피의 날개를 칼날창과 긴 자루 도끼가 절단했다.

—BYWEDZEEE.

"마무리!"

비명을 지르는 하피의 가슴에 엮은 머리 시뇽의 세검이 박혔다.

게임처럼 레벨 제도가 있는 이 세계에서도, 심장을 관통 당하고 살아있을 수 있는 건 레벨 높은 마물들뿐이다.

하피의 눈에서 빛이 사라지고 커다란 몸이 축 땅에 엎어졌다.

깔끔한 솜씨다. 활을 가진 병사들 몇 명이 덤벼야 간신히 싸울 수 있는 상대를 상처 없이 일방적으로 쓰러뜨렸다.

"No.1. 마핵을 회수했다고 보고합니다."

"고마워요, No.8. 얼굴에 피가 묻었어요. 이 천으로 닦으세요."

"닦아 달라고 고합니다."

어리광 피우는 숏 트윈테일의 얼굴을 엮은 머리 시뇽이 닦아 준다.

백합이 만발한 광경이지만, 둘의 표정 변화가 빈약해서 어쩐지 3D 무비나 인형극을 보는 기분이 들어 버리네.

　"다시, 묻습니다. 당신의 이름은?"

　엮은 머리채 포니테일이 「나는 No.2」라고 덧붙이자, 다른 애들도 차례차례 이름을 소개했다.

　이 녀석들의 코드 네임은 No.1부터 No.8까지 있나 보군.

　No.7은 결원인가 보다.

　"나는 존스미스. 그냥 존스미스다."

　내가 이름을 밝히자 No.8의 얼굴을 다 닦아준 No.1이 내 앞으로 왔다.

　"산 아래로 가는 길을 알고 있나요?"

　"조난중이라고 고합니다."

　"보름 가까이 산 속을 헤매고 있어 지쳤다고 불평을 흘립니다."

　"No.1은 방향치라고 고발합니다."

　No.1의 물음에 이어서, 다른 여자들이 차례차례 참상을 호소했다.

　"입 다무세요. 방향치인 건 당신들도 같잖아요?"

　강한 건 알겠는데, 보름이나 산 속을 헤매면서 용케 무사했군.

　"가도로 안내해달라는 거야?"

　"긍정이라고 고합니다."

　"저희들은 전 마스터의 유품을 전달하는 사명을 다해야 한다고 선언합니다."

　"현 마스터의 허가를 얻었다고 보충합니다."

무표정하고 이상한 말투인데 수다쟁이들이군.

"안내의 대가는?"

쓰러져 있던 것을 구해준 것은 제쳐두고, 각박한 이세계에서 배운 기브 앤 테이크 지상주의를 내세웠다.

"노자는 여유가 없는 탓에……."

"돈이 없으면 몸으로 갚아."

이 녀석들의 강함이라면 내가 단념한 곳을 넘을 수 있다.

"저희들의 가슴은 마스터 것이라고 거부합니다."

"아냐. 나는 이 계곡 어딘가에 있는 유적을 찾고 있다. 그 유적 입구까지 호위해. 그게 대가야."

렛세우 시의 주점에서, 나는 이 계곡에 「몽정영묘」라고 불리는 왕조 야마토의 묘소가 있다는 소문을 들었다.

주점 녀석들은 안 믿었지만, 나는 그것을 믿었다.

왜냐면, 묘소를 모시는 노래에 일본인밖에 알 수 없는 암호가 있었으니까.

"No.2, 알 수 있나요?"

"잠깐, 기다려. 『신호 반향』으로 조사한다."

한동안 말이 없던 No.2가 이마 위에 마법진을 만들었다.

지금까지 패턴을 보면 무슨 마법을 쓴 모양이다.

"이쪽에 무슨 결계가 있다."

마법으로 유적의 방향을 조사한 모양이다.

역시, 내가 포기한 하피의 둥지가 있는 방향이 정답이었군.

"갑시다."

No.1이 나에게 손짓했다.

이 녀석들이 방향치인 이유를 조금 이해했다.

"반대다."

"반대?"

"방향은 맞는데, 그쪽으로는 못 간다. 이쪽 길로 가야 돼."

하늘을 날 수 있다면 모를까, 사람은 직선거리로 나아갈 수가 없거든.

"저게 유적이라고 보고합니다."

숏 트윈테일인 No.8이 빈약한 가슴을 내밀며 말했다.

"……그렇네."

지쳤다.

이 녀석들은 방향치 같은 어중간한 게 아니다.

계곡을 따라서 나아가는 것뿐인데 조금 흥미를 끄는 게 있으면 어슬렁거리며 사라져 버리고, 그 녀석을 찾는 동안 다른 녀석이 사라지는 식이다.

마치 어른의 모습을 한 유아를 데리고 있는 기분이었다.

전투력이 높지 않았다면 진작에 내치고 혼자 먼저 갔을 거다.

실제로 여기까지 오는 동안 몇 종류의 마물을 만났지만, 처음 하피와 마찬가지로 가볍게 섬멸했으니까.

"그럼, 어떡한다……."

나는 한숨을 쉬고는 후회를 버리고, 눈앞의 현실에 의식을 집중했다.

지금 있는 길의 출구에서 유적까지 거리는 100미터쯤. 그 사이에는 말라 죽은 나무나 마른 풀이 듬성듬성 난 황무지가 있었다.

그것들은 화석을 뿌려놓은 것처럼 거뭇한 회백색으로 물들어 있었다.

그리고 유적 뒤에 있는 벽을 비롯하여 사방이 깎아지른 수직의 벼랑이고, 벼랑 여기저기에 하피의 둥지가 있었다.

지금도 하피들이 꽥꽥대는 소리가 반향되어 대단히 시끄럽다.

"하피가 많군요. 섬멸할 건가요? No.1."

마디 매듭 사이드 테일— 아마도 No.3가 리더인 No.1에게 물었다.

"아무래도 이 수는 불가능합니다. 존스미스, 돌아갈 건가요?"

"여기서 기다려줘. 여기서부터는 나 혼자 다녀올게."

No.1의 물음에 대답했다.

다행히 유적까지 몸을 숨길 수 있는 바위나 나무가 많다.

"존스미스는 자살지망자인가요? 라고 묻습니다."

"존스미스는 무모하다고 고합니다."

"존스미스가 죽으면, 길 안내가 사라진다고 지적합니다."

양 사이드 시뇽, 싹둑 세미 롱, 숏 트윈테일이 입을 모아 말했다.

"승산은 확실히 있으니까 안심하고 기다려."

나는 배낭에서 꺼낸 총에 산탄을 장전했다.

요루스카에서 목숨을 구해준 가로하루가 선조로부터 이어진 골동품이라고 했던, 총신을 꺾어 장전하는 총이다.

탄환이 얼마 안 남았지만 견제 정도에는 도움이 되겠지.

나는 「매몰」 스킬에 의식을 집중하고 바위 뒤나 나무에 매몰되어 그림자에서 그림자로 이동했다.

내 「매몰」 스킬은 희귀하긴 하지만, 그렇게 우수한 스킬은 아니다.

용사나 전생자들이 가진 유니크 스킬에는 훨씬 못 미치는 물건이다.

그러나, 지금까지 하피들이 눈치챈 기색은 없었다.

그걸로 충분하다.

—PYWEEEEYEEE.

벼랑 위에서 하피가 경계하는 울음소리가 울렸다.

모든 하피가 날개를 펼친 경계 포즈다.

위험해, 어째서 들켰지?

—PYWEEEEYEEE.

—PYWEEEEYEEE.

하피의 울음소리가 차례차례 늘어났다.

"얼른 행동해야 한다고 고합니다."

"빠른 판단은 신중함을 이긴다는 지식을 선보입니다."

목소리는 내 바로 뒤에서 들렸다.

"어째서 여기 있는데!"

내 등 뒤에 No.8이 있었다.

No.8 뒤에서 No.6도 빼꼼 고개를 내밀었다.

"전원 신체강화! No.6, No.8은 존스미스를 운반. 다른 자들은 위쪽으로『방패』를 전개!"

뒤에서 달려온 No.1이 외쳤다.

"입구를 향해서 전속력으로 달려라!!"

하피들의 급강하 공격을 여자들의「방패」마법이 막았지만, 나를 지키려고 하는 탓에 하피들의 날카로운 갈고리 발톱에 베이고 있었다.

"너희들은 바보냐!"

나는 No.6와 No.8에게 운반되면서도「방패」틈에 총신을 끼워 넣었다.

"이거라도, 먹어라—!!"

짜증을 담아서 방아쇠를 당겼다.

굉음과 반동.

피보라와 깃털, 그리고 하피들의 비명이 울렸다.

겁을 주는 건 성공했다.

그러나 대미지는 적었다.

"이 틈에 달려!"

목소리가 갈라질 정도로 외치자, 누구 한 사람 빠지지 않고 유적 안으로 뛰어드는 데 성공했다.

"—후우."

차가운 돌바닥에 누워서, 나는 분노와 함께 한숨을 내쉬었다.

"존스미스."

No.8이 얼굴을 들여다보았다.

뭐라고 말하려는 듯 진지한 표정이었다.

이 녀석들이라도 반성 정도는 하는 모양이군.

"신경 쓰지 마—."

"바보라고 먼저 말하는 쪽이 바보라고 가르쳐 줍니다."

뭔 말을 하나 했더니…… 어린애냐고.

◆

"이미 도굴을 당한 모양이군요."

"그래, 그러네."

여기 이야기를 해준 아저씨 말로는 300년 전에 발견되고서 일곱 번 정도 조사대가 파견됐다고 했다.

나는 맵핑을 하면서 최하층으로 내려갔다.

"넓은 미궁이라고 고합니다."

알현의 방 같은 통로에는 허리 높이쯤 되는 돌기둥 전시대 같은 것이 있었다.

"목적지는 어디인지 묻습니다."

벽에도 직방형으로 패인 자리가 있는데, 전시대와 마찬가지로 먼지만 쌓여 있었다.

"무시는 슬프다고 탄원합니다."

나는 No.8을 흘끔 보았다.

"멋대로 행동하지 않는다고 약속할 수 있냐?"

"긍정! 약속한다고 확약합니다."

No.8이 붕붕 고개를 위아래로 흔들었다.

어째 믿음이 안 가지만 이번엔 용서해 주마.

"간다—."

"존스미스, 정면의 벽에 문자가 적혀 있다고 보고합니다!"

"그러니까, 멋대로 행동하지 말라니까!!"

정면을 가리키며 돌격하려는 No.8의 목덜미를 붙잡아 멈추고 머리에 꿀밤을 쥐어박았다.

"체벌은 아프다고 보고합니다."

"아프라고 하는 거다. 이 바보야!"

"바보라고 말한 쪽이—."

No.8 등 뒤에서 나타난 No.1이 뒤에서 홀드한 상태로 볼을 잡아당겼다.

"No.8. 학습 기능이 없는 불량품은 벌을 줄 겁니다."

"자, 잘못했어요, 라고 사죄합니다. 벌은 봐달라고 애원합니다."

No.8이 떨면서 필사적으로 호소했다.

"다음에는 경고 없이 벌을 줄 겁니다. 명심해 두세요."

"네, 네. No.1."

글썽이는 No.8이 No.6에게 안겨서 얼굴을 쓱쓱 비비고 있었다.

이번에는 진짜 반성한 모양이군.

"시가 국어 같은데, 못 읽겠어……."

간단한 읽기 쓰기는 죽을 각오로 배웠지만, 여기에 쓰인 문장은 전혀 의미 불명이다.

각기 다른 폰트와 크기로 적힌 「석판에 손을 대고, 정당한 마중이란 것을 드러내라」라는 문장은 읽을 수 있었다.

여기에 오는 계기가 된 노래는 일본어로『같은 고향에서 온 자여. 마중하러 오라』였으니까 일본인인 내가 오면 알 수 있는 장치가 있을 거라고 생각했는데, 그렇게까지 무르지 않군.

"야카스토마베라시토로세마."

No.8이 수수께끼 주문을 외기 시작했다.

"No.8. 언어 회로가 파손됐는지 묻습니다."

"이 문장을 읽었다고 No.6에게 항의합니다."

문장을 읽었다고?

아아, 의미 불명의 문자 나열을 음독으로 읽었구나― 잠깐만.

"진짜냐……?"

나는 바닥에 양손을 짚고서 힘이 빠졌다.

이세계에서 대각선 읽기? 왕조 야마토, 옛날 사람 아니었어?

"존스미스, 무슨 일이죠?"

나는 No.1의 물음에 대답하지 않고 석판에 손을 댔다.

『―강.』

내가 짧게 일본어로 말하자, 석판이 파도치는 희미한 빛에 휩싸였다.

음독한 석판에는「산이라고 하면?」이라는 수수께끼가 대각선 읽기로 적혀 있었다. 시가 왕국에서는「산」이라고 하면「계곡」이 페어로 취급 되니까 지금까지 정답자가 없었겠지.

이 정도라면 전생자나 역대 용사가 대답하지 못할 리 없었다.

그러면, 이 앞에 아직 비밀이 있겠지.

석판에 댄 손이 갑자기 가라앉았다.

"존스미스, 대체 무슨—."

No.1에게 대답할 틈도 없이, 나는 석판 안으로 빨려 들어가 버렸다.

◆

"몸이 안 움직여."

나는 힘을 주어 팔과 머리를 움직였다.

손에 차가운 바닥의 감촉이 있었다.

"—마등."

누군가의 말과 동시에 주위가 밝아졌다.

나를 붙잡으려고 한 No.1 일행이 달라붙어서, 그대로 함께 석판 너머까지 딸려온 모양이다.

몸이 안 움직이는 건 이 녀석들이 위에 올라타고 있어서였다.

"석판을 통과한 것 같군요."

일어선 No.1이 내 손을 잡아 세워주었다.

"아아, 그러게."

나는 밝아진 방을 둘러보았다.

너무나 선진적인 예술가가 만들었을 법한 수수께끼 물체가 많았다.

수수께끼 물체들은 모두 바닥이랑 융합해 있어서 움직일 수 없었다.

바닥에는 한 변이 1미터쯤 되는 커다란 타일을 깔아놨다.

『같은 고향에서 온 자여. 마중하러 오라.』

주점에서 들은 가사가 벽에 커다랗게 적혀 있었다.

아무래도 여기까지 온 사람은 과거에도 있었나 보군.

"존스미스, 이쪽에『때가 되어 대란의 때에 나는 잠에서 깨어 나리라』라고 적혀 있다고 보고합니다."

No.8이 천장을 가리켰다.

그곳에는 무늬처럼 장식된 히라가나 문장이 적혀 있었다.

"No.8, 대답해라."

"무엇을? 이라고 묻습니다."

"어째서, **일본어로 적힌 문장을 읽을 수 있지?**"

내 질문에 No.8이 고개를 갸웃거리고, 도움을 청하듯 No.1을 돌아보았다.

"언어 세트에 포함되어 있기 때문입니다."

"전 마스터의 서적을 읽는데 필요하다고 고합니다."

"고전에스에프를 좋아한다고 선언합니다."

"순정만화가 재미있다고 주장합니다."

No.1에 이어서 다른 여자들도 입을 모아 말했다.

"우리들을 만든 전 마스터는 전생자였습니다."

전생자라면 이해가 된다.

하지만, 지금은 그것보다 물어봐야 할 것이 있었다.

"너희들을 만들었다고?"

그래서 얼굴이 다 똑같은가?

전생자인 전 마스터란 녀석은 마법인지 연금술인지로 클론을 만든 건가?

"그렇습니다. 엘프의 현자 토라자유야가 제조를 포기한 우리들 호문클루스를 전 마스터가 뒤를 이어 만들어준 겁니다."

"너희들 말고도 있냐?"

"No.7은 현 마스터에게 동행하고 있다고 고합니다."

다행이군.

전에 읽은 라이트 노벨처럼 왕창 있는 건 아닌가 보네.

이런 전투력을 가진 녀석이 2만 명이나 있으면 국가 전복도 간단하겠지.

"존스미스, 이쪽에 이상한 무늬가 있다고 고합니다."

헤어 밴드 머리채— 아마 No.4가 수수께끼 물체 뒤에서 손짓했다.

본론을 잊을뻔했군.

이 녀석들의 내력보다 유적 조사가 우선이다.

돈 될 법한 것 하나라도 얻지 않으면, 위험을 무릅쓰고 이런 장소까지 온 보람이 없지.

"시계의 문자판?"

No.4가 발견한 것은 회중시계를 모티프로 삼은 물건이었다.

천장의 「때가 되어」란 말에서 연상한 거겠지.

"바늘이 없다고 고합니다."

No.8이 탁탁 두드렸다.

"난폭하게 다루지마."

나는 잡스런 No.8의 머리를 두드렸다.

묘지기 가디언 같은 게 나오면 어쩌려고.

"바늘이 없는 건 어째서지?"

중얼거리며, 멍하니 문자판을 만졌다.

그때—.

문자판에 거대한 눈알이 떠오르더니 찌릿. 의태어가 들릴 법한 움직임으로 우리를 둘러보았다.

"존스미스!"

"위험하다고 고합니다."

No.4와 No.8이 나를 지키는 위치에 끼어들었다.

나를 보고 움직임이 멈춘 눈알이 두 번 세 번 깜빡이더니, 한 순간에 거대한 입으로 모습을 바꾸었다.

『—때가 되었느니.』

거대한 입에서 나온 일본어 목소리가 방에 울렸다.

바닥의 커다란 타일이 소용돌이치며 움직이더니, 우리들과 수수께끼 물체들을 방의 구석으로 몰아냈다.

중앙에 검고 커다란 구멍이 열리더니, 거기서 희미하게 빛나는 파란 수정 기둥이 올라왔다.

"왕조 야마토—가 아냐?"

수정 안에 갇혀 있는 것은 파도치는 검은 머리칼의 미녀였다.

칫. 중요한 부분이 긴 머리칼에 가려 있군.

"나부(裸婦)라고 보고합니다."

"응시는 금지라고 선언합니다."

No.8과 No.6이 나에게 다가왔다.

"아, 안 봤어."

입을 삐죽거리며 나온 말에 절망을 느꼈다.

내가 한 말이지만 진짜 동정 같은 변명이잖아.

—뭐, 동정 맞다 그래.

이럴 거라면 릴리오가 유혹했을 때 주춤하는 게 아니었는데.

"존스미스!"

No.1의 절박한 목소리와, 내 발치의 패널이 움직이는 것은 동시였다.

상승을 마친 수정 기둥을 향해서 아까와 반대로 패널이 돌아갔다.

"우왓!"

나는 어떻게 넘어지지 않고 밸런스를 유지했지만, 이동을 마친 패널의 급정지에 자세를 유지하지 못하고 수정 기둥을 향해 넘어졌다.

내가 만진 순간, 수정 기둥이 실체를 잃더니 위에서 미녀가 푹 떨어졌다.

가슴이 쿵쾅대는 내 귀에 미녀의 목소리가 들렸다.

"……이치로, 오빠?"

미녀가 몽롱한 눈동자로 나를 올려다보았다.

"어? 뭐?"

나체에 닿았다는 죄책감 때문에 머리가 안 돌아간다.

"이제야, 만났어."

꽃이 피는 듯 웃는 표정에 눈길을 빼앗겼다.

그리고, 미녀는 그 말을 마지막으로 의식을 잃고 말았다.

나는 그 웃음을 받아야 할 누군가에게 아주 약간 질투를 느끼면서도, No.8이 난폭하게 그녀를 빼앗을 때까지 아무것도 못한 채 그 얼굴을 바라보기만 했다.

◆

"존 군, 존 군. 저기 사람이 잔뜩 있어."

몽정영묘의 수정 기둥에서 나타난 미녀— 미토가 안개가 떠도는 산자락을 가리켰다.

미토는 아이템 박스에서 꺼낸 망원경을 들여다보았다.

"저 군기는— 이쪽 지방의 영지군인가?"

"그런 것치고는 정규군답지 않은 장비를 입은 자들이 신경 쓰입니다."

기억을 더듬으면서 말하자, No.1이 민병처럼 보이는 모습을 가리켰다.

"존 군, 이 근처는 아직 시가 왕국이야?"

"맞아, 그렇지. 여기는 렛세우 백작령이야."

"어디서 전쟁이라도 났어?"

"아니. 렛세우 백작령은 세 방향이 시가 왕국의 귀족령하고 맞닿아 있어. 또 한 쪽은 뒤에 있는 후지산 산맥이다. 민병을 동원해서까지 전쟁을 할 상대가 없지."

나는 세류 백작령에서 릴리오가 보여준 군용 지도를 떠올리면서 미토의 질문에 대답했다.

"존스미스. 좌익 부대의 깃발 종류가 다르다고 지적합니다."

No.5가 숲 뒤에 진을 친 다른 부대를 가리켰다.

"세류 백작령의 군기잖아?"

영지 2개 너머 백작령의 영지군이 왜 이런 영지에 있지?

─불길한 예감이 들어.

"잠깐 줘봐."

나는 미토가 든 망원경을 빼앗아서 세류 백작령의 군대에 초점을 맞췄다.

─있다.

빨간 단발.

드세 보이는 눈동자가 불안에 떨리고 있었다.

저건─.

"릴리오."

세류 백작령에 있어야 할 그녀가 왜 이런 곳에…….

"아는 사이야?"

"그래. 세류 시에서, 조금."

미토의 물음에 무난하게 대답했다.

"아하~앙. 말하는 느낌을 보니까 짝사랑했던 애든가, 대쉬했다가 거절당한 애거나, 전 여친 같은 거구나?"

묘하게 신바람이 난 표정의 미토에게서 시선을 돌렸다.

"─그 반응은 전 여친이야!"

미토가 정답을 맞췄다.

무시하자 내 얼굴을 들여다보기에 짜증이 나서 정답이라고 가르쳐주고 쫓아냈다.

그래도 끈질기게 이야기를 물어보기에 헤어진 경위를 간단히 가르쳐줬다.

"미토. 대쉬한다는 것이 무엇인지 묻습니다."

"전 여친— 고속 이동 스킬에서 이어지는 연계기가 틀림없다고 추정합니다."

No.6가 미토에게 말을 걸고, No.8이 엉뚱한 추측을 했다.

뭐, 이야기가 딴 데로 빠져서 다행이야.

"—존 군, 큰일이야!"

No.6에게 설명하던 미토가 갑자기 큰 소리를 질렀다.

지평선 너머에서, 안개를 가르고 돌격하는 갖가지 종류의 마물들이 보였다.

망원경을 들여다보던 No.5가 보충했다.

"마물의 연쇄폭주라고 고합니다."

"가자, 존 군!"

모두의 시선이 미토에게 모였다.

"미토, 진심인가요?"

"당연하지! 왜냐면, 저기에 존 군이 좋아하는 사람이 있잖아?"

미토가 심각함 한 조각도 없는 표정으로 고했다.

"그럼, 구하러 가야지! 저 애의 용사는 존 군뿐이야!"

"무력한 내가 용사라고?"

주위와 충돌하지 않도록, 집단에 매몰되는 것밖에 못하던 내가?

"용사라는 건 말이야. 강하니까 용사가 아냐. 소중한 사람을 위해 용기를 내서 노력하니까 용사인 거야!"

미토가 어디선가 꺼낸 하얀 지팡이를 휘둘렀다.

"용기를 보이는 애한테는, 조금 도움의 손길을 줄 수 있는데—."

미토가 결단을 재촉하듯 내 눈을 보았다.

—근성을 보여 봐라, 존스미스.

나는 자신의 볼을 양손으로 두드리고 기합을 넣었다.

"힘을 빌려줘, 미토."

스스로 생각한 것 이상으로 목소리에 힘이 담겨 있었다.

내 말을 들은 미토가 「참 잘했어요」라고 말하는 표정으로 고개를 끄덕였다.

"오케이! 오늘은 깨어난 기념으로 서비스 왕창 해줄게!"

미토가 지팡이를 휘두르자 빛 가루가 우리들 몸을 휘감았다.

몸에 힘과 용기가 솟아난다.

그건 무영창의 마법.

용사와 전생자만 쓸 수 있는 비술.

그러나, 미토의 정체 따위 아무래도 좋아.

나는 평소보다 3배 빠른 속도로 달렸다.

기다려, 릴리오!

지금 간다!

EX-2: 제나 분대의 수난

"위험하다는 건 잘 알고서 응모한 미궁도시 원정이었지만, 이렇게까지 여러 사건이 일어날 거라고는 생각지 못했어요. 그리고, 그것마저도 앞으로 일어날 일에 비교하면—."

"제나, 마물 무리가 와. 비행형이 50마리 이상. 땅으로 오는 게 대형 3, 중형 10, 소형은 잔뜩— 수는 셀 수 없지만, 이쪽 부대의 2배 정도. 대부분 벌레야."

척후에서 돌아온 릴리오의 보고는 생각보다도 절망적인 숫자였다.

게다가, 그것은 적의 극히 일부일 뿐이니까.

우리가 소속된 좌익 부대는 세류 시의 미궁 선발대 중에서 전투 부대 24명을 중핵으로 삼고, 근처 농민이나 농노들에게서 징병한 300명 정도의 민병으로 구성돼 있었다.

그들은 하나같이 떨고 있었다.

무리도 아니다. 평소에는 마물 따위 딱히 볼 일도 없을 텐데, 제대로 된 장비도 없이 싸움을 강요받았으니까.

"잘 들어라, 모두 살아남아라! 적을 쓰러뜨리고 영웅이 되려는 생각은 하지 마라!"

리로 대장이 아군을 고무시켰다.

"너희들은 운이 좋아. 여기에는 익룡 와이번은 물론, 진짜 드래곤이나 상급 마족하고 싸우고도 살아남은 정예가 있다. 잔챙이 마물이나 중급 마족 따위에게 겁먹을 필요는 없어."

조금 이야기를 억지로 밀어붙이고 있지만, 민병들의 얼굴에서 비장감이 줄어든 모양이다. 다행이야.

세류 시를 출발할 무렵의 나는 이런 싸움에 말려들 거라고 상상도 하지 못했다.

◇ ◇ ◆ ◇며칠 전◆ ◇ ◆ ◆

"이제야 렛세우 백작령이네, 제나."

"그렇네, 릴리오."

"릴리오, 사적일 때는 몰라도 행군할 때는 제나 분대장이라고 부르세요."

"네~에. 이오나는 딱딱하다니까."

이오나 씨가 릴리오를 꾸짖었다.

제나 분대장이라고 새삼 부르면 조금 부끄럽다.

우리가 고생 끝에 미궁 선발대 — 미궁도시 세리빌라 연수 선발 부대의 약칭이다 — 에 선택된 것은 몇 개월 전이었다.

봄에 출발할 예정이었는데, 백작님의 의향으로 예정을 앞당겨서 출발하게 됐다.

미궁 선발대는 4명의 기사와 종자로 구성된 기사분대가 둘,

그리고 마법병 1명, 호위병 2명, 척후 1명으로 구성된 마법분대가 셋, 공병분대가 하나. 그 밖에도 문관이 2명에 그 사용인이 4명 정도 동행하는 대규모 인원이었다.

출발하기 전에 데리오 대장과 리로 부대장이 계절이 어떻다고 말했으니까, 올해는 눈이 오는 게 늦어져서 강행하게 됐나 보다.

하지만, 그런 우리들을 비웃는 것처럼 여기까지 오는 여행은 고난의 연속이었다.

기사 8기, 마차 5대의 대규모인 탓에 산간에 언뜻 보이는 도적들도 습격하지 않았다. 세류 시를 나설 때까지는 순조로웠지만, 영지 경계를 넘자마자 고난이 송곳니를 드러냈다.

그것이 떠올랐는지 루우가 조용히 중얼거렸다.

"여기는 아무 일도 없이 통과하고 싶다니까."

"다친 히드라가 주가도를 막고 있다고 돌아서 산길로 간 게 잘못이었지."

릴리오가 질색하는 표정으로 루우에게 대답했다.

"눈사태에 눈보라로 1개월 이상 산 속 도시에 갇히게 된 건 어쩔 수 없지만, 그건 아니지~."

"저급 마족을 조종하는 소환사?"

"그건 데리오 대장이 쓱싹 쓰러뜨렸잖아. 사령술사가 마을 하나 통째로 좀비로 만들었던 거 아냐?"

루우가 말하는 「그거」의 후보를 이오나 씨와 릴리오가 꼽았다.

"둘 다 뒤처리에 시간이 걸렸죠."

"아~ 그것도 힘들었지만. 내가 말하는 건 계곡 바닥에 말도 안 되게 커다란 슬라임이 살고 있어서 구름다리 건너는 사람들을 잡아먹었던 사건 말야."

"아~ 그건 귀찮았었지."

"화염 마법사인 로도릴은 즐거워 보였죠."

불이 번져서 우리들까지 불에 휩쓸릴뻔한 탓에. 필사적으로 바람 마법을 써서 불의 기세를 억눌렀던 걸 떠올리자 조금 싫은 기분이 들었다.

가도를 따라 피어 있는 작은 꽃을 보며 거칠어진 마음을 치유하고 있는데 릴리오가 빼꼼 얼굴을 들여다보았다.

"―그런데 제나."

"왜?"

대답하는 목소리에 경계심이 묻어 나왔다. 왜냐면 릴리오가 이런 식으로 물어볼 때는 제대로 된 일이 아니니까.

"이렇게 늦어지면, 기다리다 지치는 거 아닐까?"

평정심을 가지려고 했지만 흠칫, 반응하는 것을 막을 수는 없었다.

어쩌지? 「기다리다 지치다니 누가?」라고 물어보면 더 파고들 거다. 「아무도 안 기다려」라고 대답하는 건 어쩐지 싫고.

"기다리다 지치다니 누가 말야?"

내가 대답을 망설이는 틈에 루우가 물어 버렸다.

이오나 씨는 입 다물어 줬는데, 루우도 참.

봐, 릴리오가 엄청 사악한 표정으로 시글시글 웃음을 참고 있잖아.

"빤하잖아, 소년 말야."

릴리오는 사토 씨를 소년이라고 부른다.

분명히 연하에다 연령 이상으로 젊어 보이지만, 동안인 릴리오에게 소년이라고 불릴 정도는 아닌 것 같은데.

뭔가 특별한 호칭 같아서 좀 싫었다.

—질투, 일까?

"소년이라니?"

"제나 씨의 연인을 말하는 겁니다."

루우의 질문에 이오나 씨가 대답했다.

이오나 씨도 연애담은 좋아하니까 참지 못한 모양이야.

"헤~ 제나. 그런 거야?"

"아니에요. **아직** 연인 아니에요."

루우의 확인에 그렇게 대답하는 게 고작이었다.

"**아직**, 이래."

"**아직**, 이라고 해요."

에잇! 릴리오도 이오나 씨도 너무해.

나를 안주 삼아서 이야기의 흥을 돋우는 건 그만하세요. 창피하고, 애절해서, 어떻게 될 것 같아요.

—이런 식으로 평화로운 여행길은, 얼마간 이어진 다음 갑자기 끝을 맞이했다.

"적의 지상 부대가 함정으로 발이 묶여있는 동안에 공중 부대를 친다. 이번에는 궁병이 적다. 제나와 노리나의 바람 마법으로 지상에 떨어뜨려라. 기사대가 단숨에 유린하며 돌파한다. 다른 자들은 부대장 리로에게 맡긴다. 전력으로 적과 접촉해서 한 마리라도 많이 처리해라."

데리오 대장이 작전을 전달했다.

"제나와 노리나 두 사람은 마법을 쓴 뒤 그 자리에서 마력 회복에 전념해라. 두 사람의 분대는 호위에 전념한다. 무슨 일이 있어도 다른 녀석들에게 이끌려 앞으로 나서지 마라―. 시작됐군."

날카로운 눈빛이 어슴푸레한 아침 안개 너머를 노려보았다.

중앙에 위치한 렛세우 백작령의 무슨 남작님 부대가 적과 마주친 모양이다. 흙먼지가 피어오르는 게 아침 안개 너머로 보였다.

"영창 개시."

데리오 대장의 기사대가 출진하자 리로 부대장이 우리들에게 지시를 내렸다. 남성다운 강한 목소리였다.

나와 노리나가 바람 마법 영창을 시작했다.

내가 「추락기류 망치」, 노리나가 「난기류」를 썼다.

「난기류」로 날지 못하게 하고 「추락기류 망치」로 땅에 떨어뜨리는, 와이번전의 필승 전술이다.

문제는 비행하는 적의 수가 많다는 것―.

「난기류」는 그렇다 치고, 「추락기류 망치」의 효과 범위는 좁다.

되도록 무리의 중심이 되도록 지팡이 각도를 신중하게 조정했다.

"……■ 난기류."

"……■ ■ ■ ■ ■ ■ 추락기류 망치."

노리나보다 조금 늦게 내 마법이 발동했다.

─좋아, 제대로 노렸어.

날아온 44마리의 송곳니 등에^{팡 호스플라이} 대부분을 땅에 떨어뜨리는데 성공했다.

거기에 대장 일행이 쐐기 형태의 밀집 진형으로 측면에서 송곳니 등에를 유린했다. 공중에 있다면 모를까, 지상에서는 움직임이 둔하고 마상창과 발굽에 대책 없이 당한다.

"전군 돌격!"

"""우오오오오오!"""

리로 부대장의 호령으로 나와 노리나 분대 말고는 다들 돌격했다.

우리는 마력을 회복하고자 그 자리에서 명상을 시작했다. 군에서 배운 특수한 호흡법을 쓰면 평소보다 빠르게 마력이 회복된다.

그 대신, 명상하는 동안 완전히 무방비가 되기 때문에 호위가 필수다.

몇 마리 송곳니 등에나 한 발 늦게 나타난 폭식 잠자리를^{글러트니 드래곤플라이}, 릴리오의 크로스보우와 이오나 씨의 대검이 요격한 모양이다.

나는 루우의 대형 방패 뒤에서 회복에 전념하고 있느라 그 활약을 보진 못했다.

　그런 식으로 비교적 유리하게 싸우고 있는 건 우리들뿐인가 보다.

　처음으로 우익이 무너지고, 그것을 뒤따르는 것처럼 중앙의 붕괴가 시작됐다.

　이 때 우리는 눈앞의 적을 격퇴하는 게 고작이라 아군의 상황까지 파악하지 못했다. 그 탓에 퇴각을 시작하는 게 늦어지고 말았다.

　상황에 휩쓸려 최후미를 맡는 꼴이 됐다.

　무의식중에 가죽 갑옷의 가슴팍에 손을 댔다.

　그곳에는 잘 개어놓은 스톨이 들어있었다.

　내 소중한 부적이다.

　"⋯⋯■ ■ ■ 공기 망치."

　등 뒤에서 닥쳐오는 마물의 무리를, 바람 마법으로 떨쳐냈다.

　쓰러뜨리고 쓰러뜨려도, 마물이 끊이질 않았다.

　마력은 이미 불안하다.

　기적이라도 일어나지 않는 한, 이 궁지를 탈출하는 건 불가능할 거야.

　그래도 우리가 발버둥 치면 그 시간에 아군의 목숨을 구할 수 있다고 믿고, 나는 주문을 읊었다.

　"⋯⋯■ ■ ■ ■ 공기 벽."
　　　　　　　에어 쿠션

나는 남은 마력을 쥐어짜서 마지막 마법을 썼다.

발을 묶기에도 부족한 마법을, 마물들이 우회했다.

루우의 방패도, 이오나 씨의 대검도, 세찬 물결 같은 마물들을 모두 막아낼 수 없다.

마물의 발톱이 릴리오의 소검을 넘어 나에게 다가왔다.

그때—.

부유하는 느낌과 함께, 섬광과 충격이 우리들을 휘감았다.

◇ ◇ ◆ ◇며칠 전, 저녁 시간◆ ◇ ◆ ◆

"무슨 일 있었어?"

휴식 시간까지 아직 많이 남았는데 마차가 멈춰 버렸다. 금세 선두 마차 쪽에 확인을 하러 간 릴리오가 돌아와서 사정을 들었다.

"렛세우 백작의 군이랑 마주쳤대."

"렛세우 백작의 영지에 그 영지군이 있어도 신기할 것 없잖아?"

"그게 말야, 백작이라고 하는 게 소년이야."

"백작님은 장년이었을 텐데요?"

"덤으로 패잔병 같은 느낌이야~."

그런 느낌으로 잡담을 하고 있는데 대장이 호출했다.

대장이 한 말은 영도인 렛세우 시의 괴멸 소식이었다. 그것도 마물을 이끌고 온 마족이 습격을 했다고 한다.

"마족은 레벨 40이상의 중급 마족이라고 한다. 이끌고 있는 마물은 비행형이 200, 지상형이 1,200이다.”

 “어느 정도 강한 건가요?”

 “마물은 몇 마리 강력한 놈이 섞여 있다고 하는데, 기본적으로는 병사보다 조금 강한 정도다. 마족의 세부 사항은 불명이지만, 화염계 마법을 특기로 삼는 말 머리 마족이라고 하는군. 렛세우 시의 백작군은 마족 하나의 기습으로 괴멸했다고 한다.”

 데리오 대장의 말에 모두 표정이 흐려졌다.

 하급 마족이라면 이기지 못하더라도 싸울 자신은 있었지만, 아무래도 중급이 되면 지금의 전력으로는 승부가 안 된다.

 데리오 대장과 리로 부대장이 레벨 20후반인 것을 제외하면 다들 레벨 10대다.

 세류 백작령 최강인 키고리 님이나 궁정 마법사를 맡았던 노사가 여기 있었다면. ─하는 사치스런 말은 안 한다. 하다못해, 마법 포격전이 특기인 본직 마법사나 궁병대라도 있었다면…….

 여기에 있는 건 나를 포함한 3명의 마법병과 연사에 부적합한 크로스보우를 가진 릴리오 뿐이다.

 우리도 마력 용량이 적으니까 화려한 포격은 할 수 없다.

 대군을 상대하기 위한 진용이 아니었다.

 “새로운 렛세우 백작은『하늘색 계약』을 내세워 우리들에게도 마족 토벌전에 참전하도록 요구했다. 이것은 거절할 수 없어. 비전투원을 가까운 마을로 마차와 함께 피난시킨다. 어설픈 도시보다는 안전하겠지.”

 대장이 말하는『하늘색 계약』은, 시가 왕국 건국 때에 귀족들 사이에서 나눈 가장 오랜 계약이다.

마족을 상대할 경우, 영토의 울타리를 넘어서 군사적으로 상호 협력을 한다.

어지간해서는 발동하지 않고, 내가 태어나기 전에 무노 후작령에서 발동한 것이 마지막이었다고 수업에서 배웠다.

우리는 하는 수 없이 이렇게 렛세우 백작령의 제2도시에서 편제된 급조군에 들어가게 되었다.

전력은 정규병 8백과 민병 2천뿐. 마물의 2배라지만 민병으로 수를 늘린 병사들이니 고전할 것이 확실했다.

마족이 직접 공격해오면 끝장이지만, 시벽을 사용해서 농성전을 한다면 승산이 있을 거야.

다행히 이 도시에도 긴급시의 연락 전용 마법 도구가 있어서, 왕도나 근처 영지에 급보가 닿았을 것이다.

―이제는 원군을 기다리기만 하면 된다.

다들 그렇게 생각했다.

젊은 렛세우 백작이 마물들과 야전을 하기로 결정한 것은 다음날이었다.

대장 일행이 뜻을 거두라고 권했지만 무리였다고 한다.

사토 씨.

미궁도시에서 재회할 약속은, 지키지 못할지도 몰라요.

"제나, 살아 있어?"

"네, 어떻게든―."

기억이 분명치 않았다.

분명히 퇴각군의 최후미에서 마물을 막고 있었을 텐데.

"루우가 지켜준 모양이에요."

"잠깐, 릴리오. 걱정하는 건 제나 뿐이야?"

"루우는 제일 중장비잖아. 그리고 이오나가 죽는 건 있을 수 없고."

"신뢰해줘서 참 기쁘네요."

이오나 씨가 잔해 너머에서 돌아왔다.

"역시, 아까 그 섬광은 마족이 쓴 전술급 상급 마법 같아요. 제나 씨의 방어 마법이 없었다면 우리도 사망자들의 동료가 될 뻔했어요."

다들 흙먼지 때문에 새까맣다.

어떻게 목숨을 건지긴 했지만 그것도 잠깐이다.

마물들의 발소리가 다가온다. 상공에 있는 마족도 우리들이 움직이면 가차 없이 하늘 높은 곳에서 마법으로 저격할 게 틀림없었다.

마족 주위에 모인 송곳니 등에와 폭식 잠자리 무리가 세 집단이 되었다.

"이오나, 저게 오면 막아낼 수 없어."

"그, 그래요. 제나 씨, 방어 마법은 쓸 수 있나요?"

"공기 벽 정도라면, 어떻게든."

기절한 동안에 조금 회복했지만, 공기 벽을 한 번 쓰는 게 고작이었다.

하지만, 마력 회복량을 늘리기 위한 명상을 할 여유가 없었다.

왜냐면, 지금 그야말로 하늘에서 마물들이 쏟아지고 있었으니까.

"위험해, 지상에서도 온다!"

잔해 너머에서 몇 마리의 큰 턱 귀뚜라미^{라지 조 크리켓}가 나타났다.

"······■ ■ ■ ■ 공기 벽."

거친 물살 같은 큰 턱 귀뚜라미 무리는 내 바람 마법만 가지고는 막을 수 없다.

"루우, 기합을 넣으세요."

"응!"

내 공기 벽을 돌파한 큰 턱 귀뚜라미를 루우의 대형 방패가 막아내고, 이오나 씨의 폭풍 같은 대검이 쓸어버렸다.

그래도 모두 막아내는 건 불가능했다.

몇 마리 큰 턱 귀뚜라미가 두 사람 발치를 기어서 이쪽으로 온다.

"제나한테는 못 가!"

릴리오가 큰 턱 귀뚜라미에게 소검을 박았다.

나는 소검을 휘둘러 큰 턱 귀뚜라미를 견제하는 게 고작이었다.

또 한 마리의 큰 턱 귀뚜라미가 릴리오의 사각에서 깨물려고 했다.

"릴리오!!"

내 외침으로 사각에서 다가오는 큰 턱 귀뚜라미를 눈치챈 릴리오의 표정이 굳어졌다.

"―릴리오오오오오오오!"

외침과 함께, 하얀 빛을 띤 무언가가 중간에 끼어들었다.

검은 머리칼의 소년.

―사토 씨?

비슷한 생김새지만, 달랐다.

사토 씨는 저런 여유 없는 거친 표정은 안 지으니까.

"존?"

"한눈팔지 말라고."

입을 맞출 것 같은 가까운 거리에서 검은 머리 소년이 릴리오와 대화를 나눴다.

그 두 사람에게 새로운 마물이 기어왔다.

"두 사람, 오른쪽!"

내 목소리와 동시에, 열을 넘는 유리 같은 투명한 화살이 날아왔다.

화살은 순식간에 지상의 마물들을 시체로 바꾸었다.

"시시덕대는 건 나중에 하세요."

"전투중이라고 충고합니다."

"시시덕대지, 않았거든."

외투를 입은 일곱 명의 마법 전사들이 신비로운 빛을 두른 무기로 주위의 마물들을 유린했다.

그 움직임은 데리오 대장이나 리로 부대장을 능가하고, 무기의 무게가 느껴지지 않는 날카로움으로 마물을 일도양단하는 솜씨는 세류 백작령 최강인 키고리 님에 가까울 정도였다.

릴리오를 구해낸 검은 머리칼의 소년도 움직임은 서투르지만, 그의 손에서 빛나는 검은 마물의 몸을 가볍게 한 번에 베어 버렸다.

"미토의 지원 마법은 굉장하다고 찬사를 보냅니다."

"아아, 그러게— 미토는 어디 갔어?"

"위라고 고합니다."

"위?"

검은 머리 소년에게 이끌려 위를 올려다보자, 공중에 선 검은 머리칼의 여성이 보였다.

하급 귀족 같은 복장에, 어디든지 있을 법한 막대기 같은 반듯한 긴 지팡이를 들고 있었다.

공중에서 마족과 대치하고 있는데, 그 옆모습에는 아무런 부담이 안 보였다.

그녀의 분위기에서, 어쩐지 사토 씨를 떠올렸다.

"어이, 하늘의 마물은 어디 갔어?"

"저 검은 머리칼의 여성이 쓰러뜨려 버렸습니다."

루우와 이오나 씨가 말을 나눴다.

마족과 대치하는 그녀에게 눈길을 빼앗겨서 눈치 못 챘는데, 분명히 그렇게 많던 송곳니 등에와 폭식 잠자리 무리가 사라져

있었다.

—FWOONWYOOOO.

"물러! 마법 파괴!!"
브레이크 매직

중급 마족이 발사한 하늘을 태우는 거대한 불 마법을, 검은 머리칼의 여성이 지팡이를 한 번 휘둘러 지워 버렸다.

마치, **전설에 나오는 왕조님처럼.**

"이력의 창 난무—."

검은 머리 여성에게서 유리처럼 투명한 단창이 15개나 발사됐다.

중급 마족은 추격해오는 단창을 필사적으로 피했다.

"—그리고, 신위 거창!!"
디바인 랜스

결계주 사이즈의 거대한 창 3개가 검은 머리 여성 주위에 나타났다.

"가라아아아아아아아아아아아아!"

여성의 검은 머리가 흔들리며, 그 중 하나의 거창이 어마어마한 속도로 중급 마족에게 날아갔다.

중급 마족은 제비 같은 움직임으로 거창을 피했지만, 주의가 흐트러진 등 뒤에서 이력의 창 난무의 단창이 차례차례 착탄하여 몸을 파헤쳤다.

시간차로 날아온 두 번째 거창이 중급 마족의 상반신을 날려 버리고, 세 번째는 검은 안개로 변한 중급 마족의 잔재를 흩어 버리며 하늘 너머로 사라졌다.

"—이런."

검은 머리 소년이 하늘을 올려다보며 중얼거렸다.

하늘에 서 있던 검은 머리 여성이 축 늘어진 몸을 비틀거리는 모습이 보였다.

"저 바보가. 깨어난 지 얼마 안 됐으면서 무리를 하긴!"

"전원, 남은 적을 토벌하면서 미토 공을 회수하러 간다!"

"""알겠다고 고합니다.""

금발의 마법 전사들이 낙하하는 검은 머리 여성 쪽으로 달려 갔다.

"기다려!"

함께 달려가려는 검은 머리 소년을 릴리오가 붙들었다.

"기다려, 존! 존스미스 맞지?"

―그렇지. 저 소년은 헤어졌다는 릴리오의 연인이야!

"미안, 릴리오. 자세한 이야기는 나중에 하자."

검은 머리 소년― 존스미스가 릴리오의 머리를 거칠게 쓰다 듬었다.

"너무 무모한 짓 하지마."

그는 작게 웃더니, 릴리오의 손을 놓고 마법 전사들 뒤를 좇 았다.

"살아 있는 녀석은 대답해라! 잔해 아래의 동료를 구한다!"

잔해 너머에서 리로 부대장의 목소리가 들렸다.

모습은 보이지 않지만 사방에서 동료들이 대답했다.

아무래도 우리들은 살아난 모양이다.

이 기적 같은 행운이 없었다면 우리도 다른 사람들처럼 전장에서 시체가 되었을 거다.

　―강해지고 싶다.

　하다못해, 마족과 대등하게 싸울 정도로는.

　죽어간 동료들 몫까지 우리는 강해질게요.

　다음에는, 우리가 기적을 일으키는 쪽에 서는 거예요!

안녕하세요? 아이나나 히로입니다.

이번에 「데스마치에서 시작되는 이세계 광상곡」의 제12권을 집어주셔서 정말로 고맙습니다!

이번에는 오랜만에 페이지가 적었으니 본작의 볼거리를 짤막하게 말해보죠.

지난 권에서 마족의 속셈을 저지한 사토 일행은 이제야 본래의 수행 타임으로 돌아가서, 드디어 「계층의 주인」에게 도전하기 위한 준비를 갖추어 갑니다.

그 준비를 하는 도중에 그리운 사람들과 재회를 하면서, 새로운 장비나 새로운 기술을 얻어 강적과 싸우게 되는데요…….

물론, 포근따끈한 장면이나 인명 구조도 평소와 같습니다. WEB을 베이스로 하면서도 새로운 에피소드를 넣어서 재구성하고, 더욱이 권말에 그리운 그 사람들이 활약하는 단편을 2개 추가했습니다.

또한, 애니메이션은 드디어 다음달부터 방송이니까, 기대해주세요!(※한국어판 발매 시점에서는 이미 방송이 끝났습니다.)

그러면 이번에도 인사입니다! 담당자 A 씨와 I 씨, 그리고 shri 씨, 그밖에 이 책의 출판이나 유통, 판매, 미디어믹스에 연관된 모든 분들에게 감사를!

그리고 독자 여러분. 본작을 마지막까지 읽어주셔서, 정말 고맙습니다!

그럼 다음 권, 새로 쓴 중편이나 각종 단편을 수록한 EX권에서 만나요!

아이나나 히로

■역자 후기

안녕하세요? 불초 역자입니다.

이번에는 작가 후기가 상당히 짧군요. 덩달아서 역자 후기도 짧아집니다. 최근에 겪은 역자둥절한 에피소드로 때워 볼까 합니다.

아시는 분들은 아시겠지만 『Fate/complete material』 시리즈 4권 엑스트라 머테리얼이 발매가 됐습니다. 이것도 역자가 담당하고 있기 때문에 한창 이번 작업을 하는 도중에 역자 증정본이 도착했지 뭡니까. 그런데 여기에 함께 『Fate/side side materiale』 시리즈 1~4권을 합친 『Fate/side side materiale complete』 통칭 「그거 책」이란 것이 함께 왔습니다. 번역이 안된 일본어판이었죠. 역자는 처음에 「다음 의뢰는 이것인가?」라고 생각했지만 엑스트라 머테리얼 띠지를 보니 초판 한정 부록으로 증정한다는 문구가 적혀있지 않겠어요?

역자는 혼란에 빠졌습니다. 일반 구매자라면 인터넷에 글이라도 쓰고서 「이거 일어판으로 왔는데 여러분도 그래요?」라고 물어보겠지만, 저는 역자잖아요! 만약에 번역 의뢰면 어떡합니까! 그래서 편집부에 문의를 했죠. 그 결과 감수를 맡은 TYPE-MOON 측의 요청에 따라서 번역 없이 증정하게 되었단 답변을 들었습니다. 역자라서 남들에게 물어보지 못하고 가슴 속에 품고 있던 심정을 헤아려주시면 좋겠습니다.

그럼 다음 권에서 또 봬요!(후기를 빙자한 좋은 홍보였다)

데스마치에서 시작되는 이세계 광상곡 12

초판 1쇄 발행 2018년 7월 10일

지은이_ Hiro Ainana
일러스트_ shri
옮긴이_ 박경용

발행인_ 신현호
편집부장_ 김은주
편집진행_ 최은진 · 김기준 · 김승신 · 조미연 · 원현선 · 권세라
편집디자인_ 양우연
국제업무_ 정아라 · 안수지 · 고금비
관리 · 영업_ 김민원 · 이주형 · 조인희

펴낸곳_ (주)디앤씨미디어
등록_ 2002년 4월 25일 제20-260호
주소_ 서울시 구로구 디지털로 26길 111 JnK디지털타워 503호
전화_ 02-333-2513(대표)
팩시밀리_ 02-333-2514
이메일_ lnovelpiya@naver.com
ㄴ노벨 공식 카페_ http://cafe.naver.com/lnovel11

DEATH MARCHING TO THE PARALLEL WORLD RHAPSODY Vol.12
ⓒHiro Ainana,shri 2017
First published in Japan in 2017 by KADOKAWA CORPORATION, Tokyo.
Korean translation rights arranged with KADOKAWA CORPORATION .

ISBN 979-11-278-4566-7 04830
ISBN 979-11-278-4247-5 (세트)

값 9,000원

*이 책의 한국어판 저작권은 KADOKAWA CORPORATION과의 독점 계약으로
(주)디앤씨미디어에 있습니다.
저작권법에 의해 한국 내에서 보호를 받는 저작물이므로 무단전재와 복제를 금합니다.
*잘못된 책은 구매처에 문의하십시오.

© Hayaken / Illustration Hika Akita
Originally published by HOBBY JAPAN

VRMMO 학원에서 즐거운 마개조 가이드 1권
~최약 직업으로 최강 대미지를 뽑아봤다~

하야켄 지음 | 아키타 히카 일러스트 | 이경인 옮김

게임을 좋아하는 소년, 타카시로 렌의 취미는 세간에서 평가가 낮은 비인기 직업이나
유감스러운 스킬을 마개조해서 빛나게 만드는 것이다!!
그런 렌은 중학교 때부터 온라인 게임 친구였던 아키라의 권유를 받아
VRMMO 게임을 수업에 도입한 특별한 고등학교에 입학!
숨 쉬는 것처럼 당연하게 게임 안에서
최약이라 이름 높은 직업【문장술사】를 고른 렌은
그 직업을 최강 화력으로 마개조하기 시작하는데ㅡ.
"어, 아키라는 여자아이였어?!", "그런데?"

실은 미소녀였던 온라인 게임 친구와 함께 하는 최강 게임 라이프, 개시!

© KINEKO SHIBAI ILLUSTRATION:Hisasi
KADOKAWA CORPORATION ASCII MEDIA WORKS

온라인 게임의 신부는 여자아이가 아니라고 생각한 거야? 1~14권

키네코 시바이 지음 | Hisasi 일러스트 | 이경인 옮김

온라인 게임의 여자 캐릭터에게 고백!
→ 아깝네요! 실제로는 남자였답니다☆

그런 흑역사를 감추고 있는 소년 · 히데키는 어느 날 게임 안에서
한 여자 캐릭터에게 고백을 받는다. 설마 그 흑역사가 다시금 반복되는 것인가?!
그렇게 생각했으나, 게임 안에서 내 「신부」가 된 아코 = 타마키 아코는
정말로 미소녀에, 현실과 가상세계를 구분하지 못한⋯⋯다고⋯⋯?!
"안녕, 루시안!"이라니, 하, 하지 마! 창피하니까 캐릭터명으로 부르지 마!
다른 사람들 앞에서도 게임 캐릭터명으로 부르며 게임 속 남편에게 착 달라붙는 아코.
히데키는 너무나도 유감스럽고 위험한 아코를 「갱생」하기 위해
길드의 동료들(※단, 다들 미소녀)과 함께 움직이는데―.

유감스러우면서도 즐거운 일상 ≒ 온라인 게임 라이프가 시작된다!

TV애니메이션 방영 화제작!!

라이트노벨의 새로운 빛! L노벨의 신간은 매월 10일에 발매됩니다. http://cafe.naver.com/lnovel11

© Kei Azumi/AlphaPolis Co., Ltd.
illustration Mitsuaki Matsumoto

달이 이끄는 이세계 여행 1~4권

아즈미 케이 지음 | 마츠모토 미츠아키 일러스트 | 정금택 옮김

어느 날, 부모의 사정으로 인해 츠쿠요미노미코토에 이끌려
이세계로 가게 된 나, 미스미 마코토.
치트 능력도 하사받고 이건 그야말로 용사 플래그인가! 라고 생각했더니
이 세계의 여신에게 「너 얼굴 못생겼다」라는 이유로 거절당하고
나는 『세계의 끝』으로 전이당하고 말았다…….
……뭐, 어쩔 수 없지. 기왕에 이렇게 된 거 이세계를 즐겨볼까!
이렇게 오직 내 한 몸만 가지고
타인의 온기를 찾아 여행을 시작하게 되었지만,
만난 것은 향기로운 냄새가 나는 오크 소녀, 시대극에 심취한 드래곤,
마조히즘 속성을 지닌 변태 거미 etc―
……내 주위는 멋들어질 정도로 이종족 페스티벌입니다.
젠장! 웃기지 마! 난 절대로 지지 않을 거니까!!

제5회 알파폴리스 판타지 소설 대상 『독자상 수상작』!

ⓒNatsume Akatsuki, Kurone Mishima 2017
KADOKAWA CORPORATION

이 멋진 세계에 축복을! 1~13권

아카츠키 나츠메 지음 | 미시마 쿠로네 일러스트 | 이승원 옮김

게임을 사랑하는 은둔형 외톨이 소년, 사토 카즈마의 인생은
너무도 허무하게 그 막을 내린…… 줄 알았는데,
정신을 차려보니 눈앞에 여신을 자처하는 미소녀가 있었다.
"이세계에 가지 않을래? 원하는 걸 딱 하나만 가지고 가게 해줄게.",
"그럼 널 가지고 가겠어."
이리하여, 이세계로 넘어간 카즈마의 대모험이 시작……되나 싶었는데,
결국 시작된 것은 의식주 확보를 위한 노동이었다!
카즈마는 그저 평온하게 살고 싶지만,
문제를 연달아 일으키는 여신 때문에 결국 마왕군에게 찍히고 마는데?!

애니메이션 방영 화제작!!